青薔薇姫のやりなおし革命記 3

Princess Blue Rose and Rebuilding Kingdom

1. ふたりの女王

重い布の間から、朝の日差しが薄く入り込む。侍女が起こしにくるにはまだ早い時間帯にもかかわらず町はすでに動きはじめたようで、細く反響する船の汽笛が、遠い海鳥の声の間に混ざった。

その音につられて盛り上がった上掛けがもぞもぞと動き、中からハイルランド王女アリシアが顔をのぞかせた。

（また、あまり眠れなかった……）

澄んだ朝の空気とは裏腹に、アリシアがまとう空気はどんよりと重い。普段は利発な印象を与える空色の目も、今はしょぼしょぼと細められて、下にはうっすらとくまが滲んで見える。

ここ2日ほどの間、彼女はひどい寝不足に苛《さいな》まれていた。では、その原因は何か。そんなものは単純明快であり、わざわざ考えるまでもない。といって、問題が明確であるからすぐに解決可能であるかというと、それはまた別の問題なのだ。

ベッドの上で体を横たえたまま、アリシアは無意識のうちに自身の頰に触れ、それから桜色の唇を指でなぞった。

途端、唇を熱い吐息がかすめた感触がよみがえった。

（～～～っ。ああ、もう……！）

ぱちんという乾いた音が、寝室にひびく。そうやって頰を叩いてから、アリシアはベッドを抜け出し、外の光を遮っていた重い布をどけて、窓を大きく開け放った。

風が潮の香りを運び、海と空、境界線があやふやとなる青一色の世界を、白い鳥が駆け上る。

それらを胸いっぱいに吸い込もうとするように大きく伸びをして、王女はほっと息をついた。

思い煩うことはいつでもできるし、後回しにしたところで誰も困りはしない。一方で、この町でアリシアにしかできないことが、目の前にはいろいろと山積みなのだ。

悶々と悩んでいる暇があったら、今日も一歩を踏み出すのだ。

ここのところ、何度となく自分にいいきかせた魔法の言葉をふたたび胸の内に唱えて、アリシアは新しい一日に備えて動き始めたのであった。


宴の翌日、アリシアは拠点をキングスレー城から、サンプストンという港町にあるクラウン外相別邸へと移していた。

今回のエアルダール訪問は、隣国の王族との顔合わせ以外にも、いくつかの目的があった。そのひとつが、隣国各所への視察である。

隣国を訪れる前、あらかじめアリシアは視察希望地として、貿易が盛んな商業の中心地と、領主制にかわって隣国が採用した地方行政を視察できる場所と要望を出していた。それらの要望をもとに隣国側が提示したのが、サンプストンと王都キングスレーの二都市だった。

エアルダール陣営でサンプストンへの視察に同行したのは、クラウン夫妻と護衛騎士だけであった。

全体行程を鑑みて、先にサンプストンの要所をまわってから後日王都を案内してもらうことになっていたのだが、偶然とはいえ、このタイミングでキングスレー城を離れることができたのは幸運だった。

正直、あの夜に自室で起こった出来事でアリシアの頭はいっぱいいっぱいであるし、何かしらぎくしゃくとした空気が流れてしまわないとも限らない。フリッツにそのことを感づかれでもしたら、面倒以外の何物でもないのだ。

だが一方で、気がかりなこともあった。城を旅立つ前のシャーロットの様子が、どうにもおかしかったのである。

ふさぎがちな彼女を心配に思ってアリシアが声をかければ、シャーロットは顔を俯《うつむ》かせて言葉を詰まらせるばかりで、理由を聞き出せる状態ではなかった。前日の宴の席までは普通だったから、何かあったとすればその後なのだが、アリシアには思い当たる節はまったくないのが困りどころだ。

と、少々気になることはあるものの、視察のほうは順調に進んでいた。

サンプストンは、ハイルランドでいうところのローゼン領ヘルドと同じ、航路におけるエアルダールの一大貿易拠点だ。

といっても、ふたつの町が与える印象は若干異なる。どちらも明るく活気があって開放感に満ちているのは変わらないのだが、ヘルドが小綺麗でかわいらしい田舎町であるのに対し、サンプストンは大都市といった風情だ。

エアルダールは年々、海路の開拓に力を注いでおり、サンプストンはその拠点となっている。そうした背景もあり、ぱっと見て目立つのは海にいくつも浮かぶ大型帆船の影と、いくつもの文化が混ざり合った異国情緒漂う街並みである。

まず1日目は、外相の案内で街全体をめぐり、遠い異国の文化が混ざり合うさまを確認しつつ、そうした地における行政の在り方についてサンプストンの行政官と意見を交わした。さすがは周辺国の中でも随一の規模を誇る港町とあり、積み上げられた知識や技能は目をみはるものがあった。

そして2日目、アリシアはイスト商会の拠点を訪問していた。

「はじめまして。代表を務めております、ダドリー・ホプキンスと申します。お会いできて光栄です、アリシア王女殿下」

自分のことは、どうぞダドリーとお呼びください。揉み手しながらそのように告げた男は、イスト商会の会長だ。小太りで背は低いが、にこにこと細められた目の奥には抜け目なさがにじんでおり、相当のやり手であることがうかがえる。

「はじめまして、ダドリー。忙しい中、時間を割いてくれてありがとう」

「とんでもない。ハイルランドの王女殿下にお会いできるなど、身に余る光栄です。そしてアリシア様。こちらの男が……」

「バーナバス・マクレガーです。どうぞ俺のことも、バーナバスと」

そう言って手を差し出したのは、商人というよりは海の男といったほうがしっくりくるような、がっしりとした体格の日焼けした男だった。

「全体的な商会の運営や対外的な交渉は私が、現場運営のほうはこのバーナバスに任せてあります。城からは、アリシア様が双方の話に関心がおありだと伺っていましたので、現場側の代表として同席させました」

「お気遣い感謝するわ。バーナバスも、どうぞよろしくね」

今回アリシアがイスト商会を訪れたのは、何年か前からメリクリウス商会とイスト商会との提携の話が持ち上がっているためだ。

6年前、アリシアがローゼン領主ジュード・ニコルと共にメリクリウス商会を立ち上げた際、他国の中でまっさきに商会との交易を認めたのが、エアルダールであった。その理由は詳しくは知らされなかったが、隣国からの使者は女帝の強い意向のもとであることを匂わせていた。

しかし、選りすぐりの商人を集めたとはいえ商会も立ち上げてすぐであり、エアルダール内でのルートも確立していなかった。そんなとき、手を差し伸べてきたのが、意外にも隣国の広域商会であるイスト商会だった。

当然、何かしら裏の意図があるに違いないと疑い、ジュードもイストとのやり取りはかなり慎重に行った。しかし、商人同士の独自の情報網を通じて探ってもメリクリウス商会にとって不利な内容は見つからず、ジュード自身何度かダドリーとも顔を合わせる中で、信頼できる範囲で手を結んできたのである。

「メリクリウス商会がここまで短期間で成長できたのは、イスト商会の手助けがあったから。ジュードも私も、イスト商会には感謝しているわ」

「感謝せねばならないのは私のほうです。おかげで女帝陛下にはたいそうお喜びいただけました。よほどあの方はメリクリウス商会に関心がおありと見える……。もしくは、その設立を促したアリシア様、あなた様に」

三日月のように細い目の奥で、瞳が光りを放つ。

抜け目のない商売人であるダドリー・ホプキンスは、それゆえに信頼に値する。ジュードからは、事前にそのような報告を受けていた。

彼の判断基準は、基本的に商会にとって得であるか損であるかだ。そして、商会にとって最も得となることが何かといえば、エアルダールの絶対的指導者であるエリザベス帝の機嫌をとることである。

もともと、先帝の代に憂き目にあっていた商人たちにとって、エリザベス帝の即位はまさに救済であり、彼女への支持率は高い。中でも、他国との貿易でめきめきと利益を上げていたイスト商会は女帝の関心の中心にあり、彼女の期待に応え続けることで、商会の地位を確かなものへと押し上げた。

そうした背景もあって、女帝がメリクリウス商会ないし設立者であるアリシアに興味を抱いている間は、イスト商会側の利害も働き、ダドリーはメリクリウスの敵にはならない。なりようがないと言ったほうが正しいでしょうねと、ジュードは肩をすくめていた。

「それでは、あらためて我がイスト商会の商圏についてですが……」

ダドリーが口火を切り、提携に向けた具体的な説明へと話題が移る。仔細についてはこれから詰める必要があるし、現場での判断はジュードや商会のメンバーに任せてはあるが、商会の後ろ盾の立場であるアリシア自身がこうして相手側責任者と顔を合わせて説明を受けることも十分に必要なステップであるのだ。

相槌を打ちながら手際よく話を進めるアリシアを、少し後ろに下がった場所で、補佐官であるクロヴィスと護衛騎士であるロバートが見守っていた。


「あれで、よかったのか？　イスト商会との面会、お前は全然口を出さなかったが」

クラウン外相の別邸に戻ってすぐ、日の当たるサロンでお茶を楽しみながら、ロバートの口からはそのような疑問が飛び出した。

彼らが仕える相手であるアリシアは、アニやマルサに手伝ってもらいながらよそゆきの服装から着替えている最中であり、この場にはクロヴィスとロバートのふたりしかいない。騎士の向かいに足を組んで座るクロヴィスは、一口紅茶に口をつけてから、ティーカップを白いガーデンテーブルの上に戻した。

「口を挟まなかったのは、必要を感じなかったからだ。今回の訪問の目的は、商会の後援者であるアリシア様がイストの内情を確かめた、という実績をつくること。イストの拠点を訪れた時点で、その目的の8割方は達成している」

「まあね。細かい判断は、侯爵やメリクリウスの商人がするわけだしな。けど昔のお前だったら、姫さまにべったりくっついて口出ししたんじゃないか？　それこそ、雛鳥をかいがいしく世話する親鳥みたいにさ」

「俺はそこまで過保護じゃない」

黒髪の間からじろりと友をにらんで、クロヴィスが答える。

「それに、あの場において、アリシア様は俺の助けを必要としていなかった。それほどに、あの方は王族として成長されたんだ」

「確かに、あの方の成長は目を見張るものがあるよ。もともと賢い人であるし、チャレンジ精神旺盛というか度胸はあったけれど、ここのところの肝の据わった感じはいっそ逞しいとすら思うよ。護衛泣かせ……というより、お前の心臓は持たないかもしれないが」

面白そうに言ってから、ロバートはにやりと笑った。

「ところで、今日は随分と甘い紅茶をご所望なんだな」

言われたクロヴィスは瞬きをしてから、自分の手元を見つめた。……その手には銀のティースプーンがあり、こんもりと白い砂糖が盛られていた。

無言でクロヴィスはそれを砂糖壺へと戻し、蓋を閉じた。それから念のためにスプーンでカップの中をよくかき混ぜ、そしらぬ顔でそれに口をつけた。――直後、黒髪の補佐官は片手で顔を覆い隠して悶えた。

「おいおい、落ち着け。無理に飲まんでもいいだろう」

「……いや。たまには、甘いものを飲みたい気分だったんだ」

「おーお。強がりを言いやがって」

「強がりなものか。これも、まあ、悪くない」

口ぶりとは裏腹に、恐る恐るといった手つきでクロヴィスが再度紅茶に口をつける。頬杖をついてそれを眺めながら、ロバートはにこりと笑みを浮かべた。

「で、姫様に何したんだ?」

「ごふっ、……！」

クロヴィスの口から秀麗な顔には似合わないくぐもった声が漏れる。続いて彼はひどくむせた。ごほごほと苦しげに咳き込む友に、「あーあーあーあ。ばかやろう」とあきれながらロバートは胸元からチーフを取り出し渡してやった。

「上手くつくろっているようで、案外わかりやすいよな。お前って」

「……ほっといてくれ」

「そうはいかない。俺は近衛騎士団を預かる身だが、それより前からお前の友だ。友が呆《ほう》けて腑抜けているという危機に、だまって見過ごせるわけがあるか」

「俺は呆けてなんかない！」

強く抗議してから、一瞬の間をおいた後、「たぶん」とクロヴィスは付け足した。きまり悪そうに目を逸らすクロヴィスに、これは重症だなとロバートは内心で呟いた。

繰り返しになるが、太陽の光をいっぱいに取り込む心地よいサロンにいるのは、ロバートとクロヴィスのふたりだけだ。

エアルダール側の騎士は屋敷の外を固めているし、ハイルランドの騎士たちは別の場所に休ませてある。外相夫妻やあちらの使用人が聞き耳を立てていないのも、当然、確認済みだ。それすら気づけないようでは、近衛騎士団長の名が廃るというものである。

だからロバートは、なかなか口を割ろうとはしない友人に、再度話を促した。

「アリシア様と何かあったんだろ。話してみろよ。少しは助けになれるかもしれないぞ？」

「ほっといてくれと言ったろう……。これは俺の問題だ」

「やだね。護衛騎士としても、補佐官のお前が上の空では困るんだよ。大事な姫さまに迷惑かけたくないだろう？」

　アリシアに深い忠誠を誓うクロヴィスは、主人の名を持ち出されれば滅法弱くなる。それをわかった上でロバートが口に出せば、散々渋った後ではあったが、案の定クロヴィスはぽつぽつと少しずつ――宴の夜のことを語り始めた。

　友のよき理解者を自負するロバートは、話し手にとってちょうどいい塩梅に身を乗り出して、親身になって話を聞いていた。だが、話が進むにつれてロバートは頬杖をつくようになり、しまいには両肘をついて呆れた顔をした。

「ああ、いや。ものすごく思い悩んでいるところ悪いんだが……。お前、それは何かをしたうちに入らんだろう。ていうかさ。そこで思いとどまるなよ、意気地なしめ」

「馬鹿を言うな！　俺は補佐官で、あの方は仕えるべき主だぞ。本当に、どうかしてたんだ。なんだって俺はあんなことを……」

「あんなことってなあ……。そりゃあ、わかりきったことだろう。お前があの方のことを」

「やめてくれ。――ありえないことだ」

　友が発した硬い声に、ロバートは口をつぐんだ。やれやれと思いながら向かいを見れば、クロヴィスは両手で頭を抱えており、表情をうかがい知ることはできない。しばらくたってから、ロバートは大きく息を吐いた。

「ありえない、ね。当の本人が言い張るならかまわないけどさ、それで本当の気持ちから目を逸らせていると思うなら、救いようのない大馬鹿野郎だぞ」

「……お前だって言ったじゃないか」

らしくもない言い訳めいた言葉と共に、クロヴィスが両手を頭から離す。俯いたまま、補佐官は己の両手を見つめていた。

「手を離す準備をしておけ。覚悟を、しておけと。そうすることが正しいから。俺などが手を伸ばせる相手では、伸ばしていい方ではないから。だから俺は……」

「ようやく認めたか。つくづく面倒くさい奴め」

にやりと笑ったロバートに、クロヴィスが押し黙る。否定の言葉が飛び出さなかったあたり、従者としての仮面を決して脱ごうとしなかったクロヴィスにしては、一歩前進と言えるであろう。

それにしたって、ロバートに言わせれば実に回りくどくて今更のことだ。彼自身が自覚するずっと前から、クロヴィスは彼女のことを、主人としてではなくひとりの女性として、大切に守り抜いてきたのだから。

「ああ、言ったさ。そのほうが手っ取り早いし、楽だからな。簡単に諦められる、その程度の想いだっていうんなら、さっさと捨てちまうに限る」

「お前……！」

「はいはい、気色ばむな。そうじゃないんだろ。そうじゃないから、苦しいんだろう」

面倒くさい奴めと、ロバートは口には出さず、内心で繰り返した。

「諦められない。捨てられない。捨てたくない。そうだろ？　──だったら、今度こそ覚悟を決めろ」

「……だから、それは前にも」

「違う。腹くくれって、そう言ってるんだ」

ふたりの間に、沈黙が訪れた。

補佐室でも群を抜いて頭が切れるくせに、クロヴィスは友の真意をはかりかねて、次に発すべき言葉を見つけられないらしかった。

途方に暮れた友を尻目に、ロバートはすっかり冷めてしまった紅茶をぐびりと飲み干すと、両手を頭の後ろにやって椅子の背にだらりと身を預けた。語るべきはすべて語った。あとは正真正銘、本人の問題だ。

とはいうものの。

(姫様も気の毒に。こいつが相手じゃ、さぞや苦労されるだろうな)

投げ出した足を優雅に組みながら、呆れ半分、同情半分に、ロバートは天井を仰ぐ。優秀にして、有能なる補佐官殿。その仮面に隠れて育まれた想いはあまりに大きく、それゆえに彼を戸惑わせ、形無しの臆病へと変えてしまう。

だが、存外に愛とはそういうものかもしれない。

と、ロバートが生暖かい目で友人を見守っていたところ、ふと外が騒がしくなった。


「アリシア様、クロヴィス様をお連れしました」

「ありがとう。中に入ってもらって」

廊下から掛けられた声にアリシアが応えればすぐに扉が開き、アニと、その後ろに控えるクロヴィスの姿が目に飛び込んできた。つい先日の出来事が一瞬だけ頭をかすめ、アリシアはぐっと息をのんだ。けれども、すぐに首を振って雑念を追い出すと、そろりと薄くカーテンを開けて外を指し示した。

「あれよ。急に外が騒がしくなって、人々が集まっているのが見えたの」

「身なりは貧しい。商人、というわけでもなさそうですね」

「そうね。人数は……20名ほどかしら」

躊躇なく窓辺に近づいたクロヴィスが、アリシアのすぐ近くに並び、カーテンの細い隙間から外を窺う。いつもと変わらない――補佐官としての、クロヴィスだ。

あの夜以来、彼は徹底して、王女付き補佐官としての顔しかアリシアに見せてくれない。それは一見して当たり前のことのようでありながら、ふたりの間に奇妙な溝を生んでおり、アリシアは彼に拒まれているとすら感じていた。

だが今この瞬間、問題にすべきは彼と自分のことではない。アリシアもまた、あくまでハイルランド王女として、有能な補佐官に意見を求めた。

「クラウン外相に、自分のほうでこの場は対応するから、ハイルランド側は屋敷で待機していてほしいと頼まれたわ。遠目には武装をしているようにも見えないし、私も、我が国側はまだ動くべきではないと思うけれど……お前は、どう思う？」

「問題ないかと。ただ、情報だけは必要です。今、ロバートに外の様子を探らせておりますので、しばし、こちらで待ちましょう」

そのように、クロヴィスが答えたときだった。

ばたりと扉が開き、一本にまとめた銀髪をなびかせてロバート・フォンベルトがさっそうと部屋に姿を現した。彼は肩やら背中やらを払いながら「状況がわかりやしたぜ」と口をへの字にした。

「なんのことはない、なつかしの連中だ。あれは統一帝国派の集まりだ。ハイルランドから姫さまが来たってんで、連中が騒ぎ始めたんだ」

近衛騎士の予想外の報告に、アリシアとクロヴィスは顔を見合わせた。

「それは、間違いないことなの？」

「ええ。連中が言い争っている内容が、そっち方面の話でしてね」

「エアルダールに着いて数日経つというのに、今更だな」

「王都のほうじゃあ警備が厳しいし、女帝のおひざ元で騒いだらどんな目にあうかもわからないっていうんで、サンプストンならばましだろうと、こっちで騒ぎを起こしたんだろうよ」

顔をしかめるクロヴィスに、やれやれと首を振るロバート。そんなふたりのやり取りに、そろそろと手を挙げたのはマルサだ。

「あのぅ、すみません。その、統一帝国派？　っていうのは、なんですか？」

きょとんとして青年ふたりを交互に見る侍女のために、アリシアは代表して口を開いた。

「統一帝国派っていうのはね、ハイルランドをエアルダールに統合して、大エアルダール帝国を建国すべしっていう人たちのことなの。エリザベス帝が即位してからはほとんどいなくなったけれど、昔はそういう人がたくさんいたそうよ」

「姫さまの言う通り。エアルダールを築いた征服王ユリウスは、もともとはハイルランドの王族でしょ。だから、祖先を同じくする王国同士、どうせならひとつにまとめちゃえっていう言い分なわけ」

「だけど、それ、おかしくないですか？　もともとあったのがハイルランドで、そこから独立してできたのがエアルダールですよね。なのに、どうして大エアルダール帝国なんですか？　ハイルランド帝国というのなら、まだわかるのに」

「おっと、お嬢さん。そんなこと、間違っても外の連中に言っちゃあだめだよ。連中のコンプレックスを、無意識に言い当てちゃってるからね」

人差し指を唇の前に立てて、ロバートが片目をつむる。だが、ふたりの侍女は何のことやらわからず顔を見合わせた。そんなふたりのために後を続けたのは、クロヴィスだった。

「今しがた、アニ殿が指摘した通りなのです。経済力、軍事力とあらゆる面で成長したエアルダールですが、唯一、我が国にかなわないことがある。それが、歴史です。彼らは、それが気に入らないわけです」

「建国王エステルが国を築いたのは、今のハイルランドがある場所よ。だから、どれほどエアルダールが大きくなろうともハイルランドの地を手中に収めなければ、チェスター公国の正統なる後継だということはできない。――そういうふうに考える人たちにとって、ハイルランドをエアルダールに統合することは、歴史的な悲願とされているの」

「と、まあ、こっちにとっちゃあ迷惑な考えの連中だけど、そういうことを言うのは主に古い貴族の家だ。つまり、あそこで騒いでいるのは、どうせただの雇われ。ごらんよ。いくら落ちぶれたっていったって、あれはどう見ても貴族の身なりじゃない。自分は隠れたまま金で雇った連中に騒がせるなんて、なんとも肝っ玉の小さな連中だよ」

呆れたようにロバートが首を振る。しかし、本物の統一帝国派が隠れざるを得ない理由も、なんとなくアリシアには察しがつく。なぜなら、統一派と女帝とは、ほとんど反目する立場にあるのだ。

先ほどロバートが言った通り、統一帝国派のほとんどは古い貴族の家柄、つまりは女帝が即位するときに政界から追い出した元々の元老院に属していたものが多い。そうした家の大半が、荒れに荒れた先帝の代、古い利権にしがみつくばかりの百害あって一利なしの存在となり果ててしまったことが露見し、女帝の改革の中で一掃されたのである。

加えて、エリザベス帝自身がどうかといえば、彼女は両国の統合に反対の意を示している。その理由は、女帝がハイルランドに戦争を仕掛けてこない理由と同じく、エアルダール内での改革のほうに注力しており、領土拡大に関心がなかったことが大きいであろう。

そもそも、歴史的な悲願という大義を抜きに考えれば、ハイルランドの地を手に入れることはエアルダールにとって得策であるとは決して言えない。

建国王エステルと守護星との契約の際にも語られた内容だが、ハイルランドは人が生活を営む場所として恵まれた土地ではない。大半の日は雲が空を覆い、一年の半分は寒さに震える国だ。エアルダールのほうがよほど農作物も育ちやすく、過ごしやすい場所だ。

そのような「痩せた土地」を手に入れたところで、エアルダールに一体何の利があるだろう。領主制を取るならいざ知らず、中央集権で帝国を治めるエアルダールにとって、わざわざ面倒を見てやらねばならない土地を増やしても、いいことなどひとつもない。

だから女帝は、実質的な属国としてハイルランドを欲することはあっても、両国の完全なる統一は狙ってこないだろうというのは、アリシアとクロヴィス、おまけにジェームズ王と筆頭補佐官ナイゼルの間でも共通の意見だ。そして、ここ数年の隣国の動きを見ている限り、その読みは当たっていると考えられる。

「けれど、主義主張なんてのは意外と根深くて、しぶといもんだ。特に歴史だの文化だの、自分のアイデンティティを揺るがす類の問題は、力で抑えつければつけるほど、ぶすぶすと火をくすぶらせて広げちまう。そういうのが妙に鬱屈して、こっちに降りかかってくるようなことにならなければいいですけどねえ」

エアルダール側の兵が次々に門に集まって、外に集まる男たちとの騒ぎが大きくなる。それらをうんざりと眺めてから、ロバートは外と中とを切り離そうとでもするように、カーテンの隙間を完全に閉ざしたのであった。


騒ぎが起こった翌日、ようやく空が白み始めた早朝に、予定を半日以上も繰り上げてアリシア一行は王都キングスレーに向けて出発をした。

馬車の窓から振り返り、ここ数日滞在したクラウン外相の館にアリシアが別れを告げていると、向かいに座る外相夫人ベアトリクスが頬に手をあてて、肩を落とした。

「ごめんなさいね、アリシア様。サンプストンを出る前に、最後に港の周辺をご案内できればと思っていたのだけれど」

「いいんです。港の周りは初日に見せていただけましたし、この地で為すべきことは悔いなくすべて終わらせたはずです」

アリシアが笑って答えれば、夫人はすまなそうに眉尻を下げつつも、それ以上泣き言を言おうとはしなかった。……すでに館を出る前に、「あれを食べさせてあげたかった」「あれを見せてあげたかったのに」と、散々嘆いた後ではあったのだが。

出発を早めた理由は、もちろん、昨日の統一帝国派の動きがあったためだ。とはいっても、やはり彼らは金で雇われただけの者たちで、その後ろで糸を引いていた本当の統一派は別のところにいる。だが、念には念を入れて、再び騒ぎが起こる前に王都へ戻ったほうがよいと外相らが判断をしたのだ。

それに今回の騒ぎは、アリシアらハイルランド側がどう受け止めるかとは別に、女帝にしてみれば醜態を他国にさらしたに等しい。

あのエリザベス帝が、外交の場で顔に泥を塗られておきながら、笑って矛を収めるような人柄であろうはずもない。サンプストンから早々にアリシアを移したのも、この後で行われるだろう大規模な掃討を見据えてのことに違いなかった。

騒ぎの裏にいた本物の統一派が見つかった後のことを考えると、アリシアの胸は憂鬱なもので満ちた。当然、ハイルランドの代表としては（大事にはならなかったにせよ）身を危険に晒されたことを切り札に、女帝を何かしらの交渉の席に着かせるぐらいの気概が必要であるのはわかっている。

だが、そうした公人としての立場とは別に、自分の来訪をきっかけとして血が流れることになるのは、なんとも嫌な心地がするものだ。表情ひとつ変えることなく、女帝が審判を下すことがわかるからこそ。

「エリザベス帝は不思議な方ですね。臣下への慈悲を覗かせたかと思えば、一瞬後には、為政者としての厳しい面が顔を出す。エアルダールの地を踏んで、唯一あの方については、ここに来る前よりもわからなくなりました」

「血も涙もない、冷酷無比の女帝陛下。諸国でエリザベス様は、そのように言われているのでしょう?」

「……私からは、なんとも」

「あら、そうね。ごめんなさいね、意地悪な質問だったわ。それに構わないのですよ。陛下はそうした噂ですら、武器へと変えてしまうお方だから」

ころころと可憐に笑うベアトリクスからは、姪への深い信頼を見てとることができた。エリザベス帝を今の立場へと押し上げたのが彼女だったことを思い出し、アリシアは居住まいを正してあたらめて問いかけた。

「ベアトリクス様。私はこの国を、エアルダールを見極めるために、この地を踏みました。まだ知らぬあの方のことを、私は知りたいのです。——ベアトリクス様はなぜ、エリザベス様を玉座に推薦したのですか?」

しばらくの間、ベアトリクスはまるでアリシアの問いかけが聞こえていないかのように、窓の外に視線を向けたままだった。だが、ややあってから、その顔に柔らかな笑みが浮かんだのであった。

「なんだか懐かしいわ。昔のあの子を相手にしているみたいで」

「そう、なのですか?」

「ああ、けど、あの子のほうがもっと手厳しかったわね。泣く子も黙る女帝陛下の片鱗は、思えばあの頃からあったのかもしれないわ」

独り言のように呟いて、ベアトリクスはくすくすと笑う。恐らく彼女の目には、アリシアと同じ年の頃のエリザベス帝の在りし日の姿が、ありありと浮かんでいるのだろう。

アリシアも少女の頃のエリザベス帝を想像してみたが、すぐに断念した。アリシアが物心ついたときからエリザベスは絶対的統治者としてエアルダールに君臨しており、それ以前、彼女がどのような少女時代を過ごしたかなど、欠片《かけら》も思い描くことはできなかったのだ。

ゆっくりと瞬きをしてから、ベアトリクスがアリシアに視線を移す。そして彼女はエアルダールの外相夫人としてではなく、血のつながりを持つ年長者として目を細めた。

「ねえ、アリシア様。少しだけ昔話がしたい気分なのです。付き合ってくださるかしら」

「冷酷非情の、女帝エリザベス。皇位継承権から最も遠いところにいた、聡明で美しい、ひとりの若い女でしかなかった彼女をそのように変えたのは、この国そのものでした」

からからと馬車の車輪が回る音が響く中で、ベアトリクスは静かに語り始めた。

幼い頃、エリザベスはキングスレー城ではなく、母方の貴族の家が所有する地方の城で過ごした。皇帝の血を引くとはいえ庶子という身の上により、あくまで貴族の娘として育てられたのである。

皇后への配慮もあり、基本的に幼いエリザベスは帝室の者たちと顔を合わせることはなかった。

ベアトリクス自身、クラウン外相のもとへ嫁いでから初めて、エリザベスとの面会がかなったほどだ。

　初めてエリザベスと会った日のことを、まるで昨日のことのように思い出せると、夫人は微笑んだ。

「この子は飢えているると、そのように感じましたわ」

「飢えている、ですか？」

「ええ。まだ幼いというのに、あの子の瞳は愛に飢え、知識に飢え、世界に飢えていた。こんな田舎の城は、この子には小さすぎる。この子はより大きな世界で、偉大な人となるだろう。そう確信したからこそ私は、あの子の後見人となることを決めたのです」

　それから彼女はベアトリクスのもとで過ごし、初期教育を含めるあらゆる教育を施された。クラウン夫妻が子供を持たなかったこともあり、外交で諸国を回るときは、エリザベスが連れていかれた。アリシアの父、ジェームズと初めて会ったのも、この頃だという。

　月日は流れ、すべてに飢えていたひとりの少女はやがて、才能にあふれ、挑戦的な眼差しを持つ美しい女へと成長した。

　大きく流れが決したのは、エアルダールの先帝エドワードが病に倒れた年であった。

「エリザベス様が即位する前、エアルダールが荒れていたことはご存知？」

「伺っております。お祖母様も、かなり胸を痛めていたとか」

「……ええ。そうです。状況が日に日に悪くなっていたというのに、王が倒れて初めて、私たちは帝国が転覆の瀬戸際にあることに気がつきました。もっと前に、できたこと、すべきことはたくさんあったはずです。しかし私たちは、領主らの言葉を鵜呑みにし、悲鳴を上げる民の声に耳を貸さなかった。とんでもない、愚か者であったのです」

絶望に打ちひしがれたそのとき、ベアトリクスの頭には天啓のように、ひとつの考えが浮かび上がった。

「私がなぜ、あの子を育てていたのか。あの子は何を成し遂げるために、あの小さくも可愛らしい城から足を踏み出したのか。すべてはこの日のためだったと気づいたとき、私の全身には震えが走りました。国を救うのはあの子しか――エリザベス様しか、ありえない。今でも私は、その考えに間違いはなかったと思っていますわ」

実際、エアルダールの状況は最悪だった。

皇位継承権筆頭にあった第一皇子は王国を傾かせた当時の元老院に取り込まれており、彼が即位したならば、帝国は崩壊の一途を辿るのが目に見えていた。といって、第二皇子は生まれつき病弱であり、第三皇子に至っては自ら皇位継承権を手放す始末。第一皇女は他国の王に嫁いだ後で、第二皇女は皇帝の器という意味で頼りない。はっきり言って、手詰まりだ。

だからこそベアトリクスはのろしを上げるがごとく、年の離れた妹のように育てたエリザベスにすべての願いを託し、次期皇帝へと推薦した。

「当然、反対の声が多く、特に第一皇子と彼を擁立する貴族たちとは真っ向から対立することとなりました。けれども、エリザベス様は素晴らしかった。あの方の野心、飢え、溢れんばかりの才覚。そのすべてが実を結んだとき、あの方は本当の意味でこの国に生まれた。……女帝エリザベスの姿が、そこにはあったのです」

その後の顛末は、アリシアも知っている。妾の子にしか過ぎなかったひとりの女が統治者の椅子を得るまでの物語は、あまりに有名だ。

多くの元老院貴族が、自国の領で行っていた不正を白日の下に晒され、表舞台から追いやられた。爵位を奪われただけならばいいほうで、投獄や幽閉、処刑すらもあり得る厳しい沙汰が下された。

そこまですれば国の体制そのものが揺らいでしまいそうなものだ。しかし、そもそもエアルダールは崩壊の一歩手前まで追い詰められていたし、腐敗した元老院に虐げられていた人々がエリザベスに味方したため、かろうじて国の形を維持していた。

こうなると面白くないのは第一皇子で、彼はひとつの企てをした。……すなわち、敵対するエリザベスを暗殺しようと目論んだ。

しかしながら、企みは未然に暴かれ、失敗に終わる。さらに言えば、その事件が決め手となり第一皇子は皇位継承権を剝奪され、幽閉された。

その数か月の後、彼は牢の中で衰弱して死んだという。

「同じ頃、不幸にも第二皇子も持病が悪化して亡くなりましてね。そりゃあもう、さまざまな憶測が飛び交いましたわ。毒を盛ったのだろうとか、刺客を放ったのだろうとか、実はエリザベス様は黒魔術に手を染めた魔女なのだとか。人って面白いですわね。想像力というのは、どこまでも果てしないものですよ」

第一皇子、次いで第二皇子がこの世を去り、第三皇子は最初から争いから身を引いている。最後の頼みの綱と持ち上げられた第二皇女の夫エリック・ユグドラシルは、協議の後、自らエリザベスに道を譲った。

そうしてエリザベスは、玉座を手に入れた。

彼女に逆らう者は、今のエアルダールにはいない。

「ベアトリクス様。その、ひとつだけ、不躾な質問をよろしいですか？」

「ええ。もちろんですとも」

にこりと微笑んで、夫人が頷く。そのことに後押しされるように、アリシアは思い切って感じていた疑問を口にした。

「陛下が手を下し、第一皇子と第二皇子の命を奪ったのだと、広く諸国で噂されています。しかし、それが真実でないならば、なぜ陛下は否定なさらないのでしょう？」

ベアトリクスの言葉を信じるならば、第一皇子は牢で不幸にも亡くなったのだし、第二皇子に至ってはたまたま時期が重なっただけだ。それにアリシア自身、直接エリザベス帝に会ってみて、第一皇子はともかくとして、対立候補ですらなかった第二皇子を彼女がわざわざ殺すよう命じるとは思えないのである。

だが、クラウン夫人はしばらく考えてから、いたずらっぽく笑みを漏らした。

「だって、否定する必要なんてないんですもの」

「え？」

つまり、噂は本当であったということだろうか。どきりとして聞き返すアリシアだったが、ベアトリクスが述べたのは別の理由だった。

「エリザベス様が行った改革の数々は、どれも急進的で、通常ならばこれほど短期間では成し遂げられないものです。それを可能にしたのは、あの方の才覚――そして、恐怖です。あの方は噂によって向けられる悪感情ですら武器にしてしまわれた。恐怖を煽《あお》るのは、むしろ好都合だったのです」

それに、噂が本当かどうか、そんなことはどうでもいいのだと。

窓の外に視線をずらしながら、ベアトリクスは呟いた。

「私たちは強い皇帝を求め、エリザベス様はそれに応えた。レイブンとジノ……ふたりの皇子の訃報が届いたとき、あの方は私以外の誰にも知らせることなく、礼拝堂で静かに祈りを捧げました。理由はひとつ、当時すでに言われていた〝冷酷無比の女帝〟のイメージを壊さないためです。あの方以外の誰が、ここまで国のために身を捧げることができましょう？」

強い人だと、素直にアリシアは思った。そして、父が彼女の手腕を認め、同時に隣国を警戒する理由を初めて真に理解した。確かに女帝エリザベスなら、エアルダールにとってハイルランドが必要だと思ったときには、どんな手を使ってでも、それこそ戦争で血を流してでも、奪いにくるに違いなかった。

血縁者として――そして幼き日のエリザベス帝の保護者として、ベアトリクスは困ったように眉尻を下げ、アリシアを見た。

「アリシア様のことを、陛下は高く買っています。自分とは異なる為政者としての資質に惹かれ、フリッツ様のそばにいてくれたらと望んでいるのでしょう。あの方が、このように誰かに執着することはほとんどありません。……いえ、これ以上はやめましょう。あなたはすでに、御心を決めているようですから」

ベアトリクスが口を閉ざしたことで、馬車の中に沈黙が落ちた。アリシアは窓の外に視線をずらし、流れる景色を見ながら、キングスレー城で待つ深緑の瞳を持つ女帝のことを思った。

エリザベス帝と向き合うべき時が、すぐ近くまで迫っていた。


「見ろ。これが我がエアルダールの中心、キングスレーだ」

木漏れ日の中を進むことしばらく、突如として開けた丘の上で、馬上のエリザベス帝がまっすぐに街を指し示す。その指先を追って、同じく白馬に乗るアリシアも、キングスレーの街並みに視線を落とした。

サンプストンからキングスレーに戻った2日後、アリシアは女帝と共に馬を走らせ、キングスレーの郊外を訪れていた。むろん、この遠出はふたりきりではない。エアルダールからはフリッツ皇子、ハイルランドからはクロヴィス、それと双方から護衛騎士が付き従っている。

町民をけしかけた統一派貴族が捕まったという報告は、いまだ受けていない。サンプストンから帰還してすぐ、クロヴィスから正式に宰相ユグドラシルへと抗議を入れ、宰相からも、事態の背後を早急に調査しハイルランド側に提示すると回答を得ている。

そうしたこともあって、ハイルランドからの追及を避けて、女帝は今日の遠出をキャンセルするかもしれないとクロヴィスはアリシアに話していた。しかし蓋を開けてみれば、さっそうと馬に乗り彼女が現れたので、こちらとしても驚いていた。

「そして、あれがキングスレー城。あの中には、政治、軍事、経済、そのすべてが集まっている。

言うなれば城は我が国の心臓、城を中心に領土の隅々まで血管を張り巡らせ、エアルダールという巨大な生き物を生かしている。――その中で、王とはなんであろう」

歌うように言葉を紡いだエリザベス帝は、ふと、眼下の街並みから視線をフリッツへと移す。

「王とはなんだ？　国家の中で、王族とは何だと考える」

「力であり、象徴です」

柔らかな金髪を風になびかせて、フリッツ皇子はよどみなく答えた。なぜか彼はちらりとアリシアを見てから、口元に笑みを浮かべた。

「ひと昔前ならいざ知らず、王がすべての権力を掌握した今、王とは国家そのものです。名声と金、なにより力。王はそれらを体現し、民もまた、王の姿にそれを見ることでしょう」

「なるほど、そういう見方もある。どうだ、アリシア。そなたにも同じ問いかけをしよう。ハイルランド王を目指す身として、王とはなんだと心得る。……なぜ、そなたは王を目指す」

王とは、何か。王を目指す理由は、何か。アリシアはしばし考え込んだまま、エアルダール建国の象徴である黒馬に乗る女帝を見つめた。

自分の目指す未来は、民と王とが力を尽くし合い、新たな王国の可能性を切り拓く世界だ。そのためには、わが身のすべてを捧げるつもりであるし、その決意は変わらない。

しかし一方で、キングスレーへの道中で聞かされた、エリザベス帝が皇位を手に入れるまでの話を、ここ数日の間アリシアは何度も反芻していた。そして、己に向けられる悪意も、汚名も、恐怖も、すべてを力に変えて君臨する彼女もまた、国に身を捧げる王のあり方のひとつだと考えるようになった。

比べるまでもなく、自分とエリザベス帝は異なるタイプの人間だ。それに、たとえエリザベス帝が全く同じことをハイルランドでやったとしても、必ず成功するとは言えない。

しかし、王として、国を守る者として、時には非情な判断が求められることは確かだ。頭ではわかっていたが、実際に彼女に会って、その考えが強くなった。

だから、改めて、アリシアは己に問いかける。

王とは、なんだ。自分が王を目指すのは、なぜだ。

黙りこくったアリシアに、エリザベス帝が愉快げに赤い唇をつり上げる。しかし、従者のひとりが近づいていって耳打ちすると、彼女は眉をくいっと上げた。

「残念だが、タイムアップだ。そなたに、いいものを見せてやろう」

「どちらを目指すのですか？」

馬首を巡らせたエリザベス帝に、とっさにアリシアは問いかけた。この遠出自体、王都郊外の森を散策するとしか聞かされていない。そっとクロヴィスを窺えば、彼もまた訝《いぶか》しげに女帝を見ていた。

するとエリザベス帝は、秘密を共有する仲間であるかのように、唇に人差し指をあてた。

「案ずるな、危険はない。……為政者としての資質があるか、余が見てやろう」

馬で森を進むことしばらく、ふいに石の壁が現れた。アリシアたちが進む道の先には関所のようなものがあり、そこを通ると壁の中に入れるらしい。

関所の両側には鎧をまとった兵士が立つ。その手が握る巨大な槍は凶暴であり、木漏れ日に反射して鈍く光った。

アリシア一行が近づくと、兵士は槍を置き、その場に跪《ひざまず》いた。屈《かが》んでもなお体軀の大きさがわかる男に、女帝は馬上から声をかけた。

「ユグドラシルに使いをやらせた。話は聞いているな」

「もちろんです、陛下。すぐ、北の塔へとお連れいたします」

「よい。行き方は知っている。なにより、勝手知ったる場だ」

皮肉な笑みを浮かべたエリザベス帝に、アリシアはそこがどこであるかを知った。

ダンスク城砦――通称、暮れの西城と呼ばれる牢獄だ。古くはキングスレーを守る城砦として使われていたが、今は位の高い罪人だとか反逆を企てた政治犯など、特殊な罪人を幽閉する場として用いられている。

かつてエリザベス帝も、皇位を争った際に第一皇子の策によって中に閉じ込められたことがある。ベアトリクスが手を回したことで彼女はすぐに解放されたのだが、その後、逆に第一皇子がエリザベスの暗殺を企てた咎《とが》で幽閉され、城砦の中で命を落としたというのは、運命のいたずらが為せる皮肉だろう。

しかし、エリザベス帝はなぜ、暮れの西城になど自分を連れてきたのだろう。次第に胸の内の不安が大きくなるのを堪《こら》えつつ、前を行く女帝にならい、アリシアも馬を降りた。

華やいだ外観のキングスレー城とは異なり、ダンスク城砦は無骨な造りをした古いタイプの城だ。規模は異なるが、どちらかというとアリシアの住むエグディエル城に近いと言っていい。

しかし、しんと静まり返った敷地内に人の気配はなく、どこかでカラスの鳴き声だけが響いている。先入観によるものかもしれないが、冷たい石の床や重く閉ざされた暗い窓には、ひたひたと迫る死神の気配が染み付いているようで、アリシアを小さく震わせた。

「アリシア様。ご気分が優れませんか？」

アリシアの顔色が悪いのに気づいたクロヴィスが、そっと耳元で囁く。だが、アリシアは問題ないと首を振った。

エリザベス帝は、アリシアに王の資質があるか確かめるといって、ここに連れてきた。牢獄に何があるかはわからないが、試されている以上、途中で逃げ出すつもりは毛頭ない。

さて、どうやら女帝は、城にそびえる4つの目立った塔のうち、北側の塔を目指しているらしかった。

暗くじめっとした城内の空気は、爽やかな森林の風とは大違いだ。この中に長くいるだけで、体調を崩してしまいそう。そんなことをアリシアは何度か考えたが、そもそも、城の中に本当に人が捕らえられているのか不思議なくらいの静けさがここにはある。

だが、長い階段を上りきり、とある扉の前に女帝が立ち止まったとき、初めて人の気配があった。分厚い扉の向こうから、微かなうめき声が聞こえたのだ。それが聞こえた途端、思わずといったようにフリッツ皇子の視線が女帝に向けられる。表面上は余裕を見せてきた彼だが、どうやら皇子もこの訪問の目的がわからないらしい。

瞬時に緊張の走るアリシアたちを一瞥《いちべつ》して、女帝は笑みを深くする。

「そう怯《おび》えるな。中の者が、そなたたちを襲うことはない。そのような気力が、残っているわけもないのだからな」

扉の前に控えていた兵士が戸を開いた途端、一行は女帝の言葉の意味を知った。

視界に飛び込んできた異様な光景に、アリシアは一瞬、何が起きているのかを判断することができなかった。つい足を踏み出しそうになって、途端、それを阻むようにクロヴィスがさりげなくアリシアの前に体を滑り込ませた。

「先日の騒ぎを民衆に指示した首謀者、でしょうか？」

「そうだ、と答えたいところだが、残念ながら少し違う。この者は、統一派でも貴族でもなんでもない。外相邸前で騒ぎを起こすよう民を集め、彼らに金を払いはしたが、こいつも雇われにすぎん。そして肝心な首謀者についてだが……、そこまでの情報は持っていないという。所詮、切ることを前提とした末端だ」

硬い声音で問いかけたクロヴィスに、女帝はなんでもないことのように肩を竦《すく》める。それを聞いて、アリシアはクロヴィスの肩越しに、暗い小部屋の中を改めて見た。

部屋には、鉄格子のはまった小さな窓がひとつしかない。だから、部屋の中は全体的に薄暗く、空気が澱んでいる。その中には、僅かに血の匂いが混じっている。

部屋の中央には、男がひとり。最初に異様な印象を受けたのは、天井から伸びる鎖が男の両手を縛り、だらりと力の抜けた男の体をぶら下げているためだ。背中をこちらに向けているため顔を見ることはできないが男は意識を失っているらしく、ときおり意味をなさない呻《うめ》き声がこぼれる。壁に沿ってぐるりと並ぶ兵士たちにも当然その声は聞こえているのだろうが、微動だにしないどころか表情筋ひとつ動かしはしない。それが、ますます異常さを際立たせた。

「余は、ハイルランドに申し訳が立たぬ」

いかにも悩ましいと言いたげに、女帝が頭を振る。声につられてアリシアが彼女に視線を移すと、深緑の瞳と視線が合わさった。

「この者が情報を持たぬのは確かだ。これほど痛めつけられても、何も吐けぬとは哀れなことだ……。だが、隣国の客人を脅かし、両国の絆を土足で踏みにじったケジメは、誰かがつけなければならない。なあ、アリシア。そなたが余であればどうする？　エアルダールはハイルランドに、どう詫びればよい？」

「私が、陛下なら……」

「そうだ。そなたが、エアルダール皇帝だったなら」

王の資質を見抜いてやろう。丘の上で女帝に言われた言葉が、ふと、頭の中に響く。

アリシアは再度、吊られた男の背を見た。鎖に縛られた手の先には、黒い血がこびりつく。ぼろ布と化した服はあちこちが裂け、痛々しい傷がのぞいた。

「……命をもって償うように。そう、彼に告げるでしょう」

アリシアの言葉に、クロヴィスがわずかに顔をこちらに向けた。紫の瞳は何かを言いたげに揺れたが、すぐに伏せられた。そのことに、アリシアはほんの少しだけ安心した。彼は自分を止めなかった。ただ、案じただけだ。ならば、間違っていない。

「両国の絆のために、――誠意と、威厳を示すために、彼は処刑すべきです。そして、この国に潜む統一派と、目先の利益に目がくらみ力を貸す民に伝えるのです。エアルダール皇帝は、統一派の主張を認めはしないと」

口の中が乾き、心臓が早鐘を打つ。

それでもアリシアの目に迷いはなく、女帝をまっすぐに見据えていた。

誰かが責任を取らねばならない。女帝が、先に言った通りだ。

さかのぼって事件の背後を突き止めることができない以上、エアルダールが取れる道は限られる。だから、答えは決まっていた。答えが決まった上で、女帝はアリシアに、王として非情な決断を下す覚悟があるのか試したのだ。

牢獄の中に、沈黙が満ちる。ややあって、女帝は赤い唇を吊り上げた。

「なるほど。それは名案だ。すぐに処刑台を整えろ。この者は民の前で罪を告白した後、命をもって罪を償う」

「はっ」

女帝の命を受けて、騎士たちが胸に手をあてる。彼らのうち数名が、城へと伝令を走らせるために動き出そうとした、そのときだった。

「今のはあくまで、私がエアルダール皇帝だった場合です。そして、ハイルランド王女としては別の考えがあります。……我が国は、その者の命を望みません。どうか、彼を解放してください」

凛とした声が、冷たい牢獄の中に響く。退出しようとしていた騎士たちがぴたりと足を止め、その視線が中央にたたずむ女帝へと向けられる。空気がぴりりと張り詰める中、振り返った女帝の眼差しはその場にいる者すべてを凍り付かせるほど冷え切っていた。

「なぜだ?」と、エリザベス帝は短く問うた。

「この男の命に、それほどの価値があるか？　ハイルランドにとって益を生むとでも？　つまらない同情のために王国の威厳を差し出すというのか、そなたは」

「違います。どこの誰ともわからない男の命を奪っても、我が国の憂いは晴れません。ハイルランドが欲しいのはひとつだけ。――ゆるぎない、真実のみです」

「真実だと？」

「はい」

空色の瞳が、まっすぐに女帝を射抜く。女帝もまた、真意を探ろうとするように緑の目をすっと細めた。じわじわと部屋を満たしていく緊張の波に、騎士たちはおろか、クロヴィスやフリッツまでもが口を挟めずにいた。

やがて、女帝は何かに思い至ったように、目を見開いた。その変化に、アリシアはすかさず「お願いです、陛下」と重ねて踏み込んだ。

「少しだけお時間をください。ふたりきりで、陛下のお耳に入れたいことがございます」

「待ちたまえ、アリシア。言いたいことがあるのなら、今ここではっきり述べればいい。騎士たちに知られたくないというなら、せめて私は同席させてもらうよ」

「控えろ、フリッツ。アリシアは余と話している」

ぴしゃりと言葉を遮られ、フリッツが一瞬、驚きに目を見開いた。そして、アリシアを見た。もしもアリシアが彼に視線を向けたなら、その瞳に静かな炎が揺らめいたのを見たことだろう。

しかし、気を張り詰めて女帝と対峙する彼女が、それに気づくことはなかった。

「いいだろう」と、ぞっとするような笑みを浮かべて、女帝は答えた。

「じっくりと話し合おうではないか。余とそなたの、ふたりだけで」

ぎぃっと重苦しい音を響かせて、木製の扉が閉ざされていく。その隙間から、感情の一切を消したフリッツと、――その後ろに控えるクロヴィスの姿が目に入った。クロヴィスは目が合うと、小さく頷いた。それにアリシアが応えようとしたとき、扉が完全に閉ざされた。

「普通に話している分には声が外に漏れる心配はない。当然、中から扉が開かれるまでは、外から戸に触れることは許さぬとも伝えてある」

アリシアが振り返るのと同時に、部屋の中心に置かれた椅子の背に手をかけた女帝が、おやと首を傾げた。

「かつても、似たようなことを口にしたな。……そうか。あれは、ユグドラシルと玉座を競ったときであったか」

「ベアトリクス様にお聞きしました。数日の間、おふたりは閉ざされた部屋の中で協議を重ね、その結果、エリザベス様が王となったとか」

「なつかしいことだ。さあ、そこに掛けるといい。立ったままでは辛いだろう」

「ありがとうございます」

軽く頭を下げてから、アリシアは女帝の向かいの椅子に腰かけた。改めて顔を上げれば、深紅のドレスに身を包んだ女帝が、肘かけにもたれかかって面白そうにアリシアを見ている。妖艶な笑みを浮かべる美しくも冷酷なる女帝は、ただそこにいるだけで相手を萎縮させた。

エアルダール帝国を率いる絶対的統治者、エリザベス。前世でも、やりなおしの生でも、時代を回す大きな歯車として彼女は色濃く影を投げる。そんなエリザベス帝とふたりきりで同じ部屋にいるというのは、いささか奇妙な心地がした。

「ふたりで、というのが気に入った。そなたは、余が怖くはないのか」

「正直に申しますと、恐ろしいと思う気持ちはあります」

「真実が欲しいと言ったな。余に何が聞きたい」

「数年前に我が国で命を落とした、ひとりの男にまつわる事柄です」

緩やかな笑みを浮かべたまま、女帝が目を細める。その反応から、これからアリシアが語ろうとする内容について、見当をつけた上で女帝が交渉の席についたことを知る。沈黙を守ることで先を促す女帝に、アリシアは小さく深呼吸をしてから、思い切って口を開いた。

「シェラフォード公爵、ロイド・サザーランド。彼は6年前、ある罪を告白した後、不幸にも命を落としました。その罪というのは、隣国エアルダールの何者かと密約を結んでいたというものです」

「密約の内容は？」

「枢密院の存続を約束する代わりに、フリッツ殿下と私の婚約を後押しし、殿下にハイルランドの玉座を用意するというものです。しかし、実態はそれだけに留まらず、ロイドは王国の機密を流した上、指示を受けて我が国にとって不利になるような動きを――メリクリウス商会設立の妨害を働いていています」

「大それたことを。誰なのだ。〝何者か〟というのは」

「わかりません。しかし、その者がエアルダールの元老院に属す、高位の人間であるという証拠はあります。証拠は我が国で厳重に保管をしていてお見せすることはできませんが、征服王ユリウスの黒馬の刻印がはっきりと押されています」

「……ほう」

黒馬のことを聞いたとき、初めて女帝の目の奥が妖しく輝いた。

「黒馬の刻印を使うことを許しているのは、元老院に籍を置くものだけ。つまり、そなたの言葉を信じるならば、ロイド・サザーランドと通じていたのは余に近い場所にいるらしいな。――もしくは、余の命を受けて、サザーランドに近づいたか」

「陛下は、ロイド・サザーランドの件とは無関係かもしれない。もともと、私はそのように考えていました。そして、この国で陛下にお会いして、自分の考えは間違っていなかったと確信しています」

「なぜ、余を信じる」

「メリクリウス商会との交易を真っ先に認めたのが、エアルダールだったからです。あれは、国内に潜む内通者がこれ以上下手に動かないよう、牽制したのではないかと」

「それだけか?」

「他にも、イスト商会のダドリー・ホプキンスと会ってみて、陛下がメリクリウス商会に深い関心を抱かれていたことを知りました。それほどまで興味があった商会を、設立前に潰すよう陛下が指示するのは不自然です。……けれど、一番大きかったのは、勘です」

「勘?」

「私と殿下の婚約を確実なものとするために、ロイドに誰かを近づかせる。ひとつの手だとは思いますが、まわりくどい方法です。婚約は建前で、本当は別の目的があった……そうだとしても、やっぱりまわりくどいのです。陛下らしくありません」

「なるほど。たしかに、余のやり方ではない」

小さく肩を震わせて、女帝がくつくつと笑いを漏らす。それに対峙するアリシアは、確信を込めて女帝を見た。

「ロイドの件は、陛下とは無関係。そうですね」

「……そうだ」

肘かけに片膝をついていた姿勢から身を正すと、女帝は頷いた。

「もっとも、証明する術はない。余が言うことを信じるも信じないも、そなた次第だ。だが、余は〝内通者〟を知らぬし、指示を出した覚えもない。――それで、だ」

言葉を区切って、女帝が前に身を乗り出す。太陽が傾いたためか、格子のはまった細い窓から陽の光が差し込み、彼女の顔の半分に暗い影を落とした。

「そろそろ待ちくたびれたぞ。古い事件をわざわざ掘り返したのは、何も余の無実を確かめたかったためではないだろう？」

「陛下がどちらであるか、それも重要なことでしたが……。私が望むのは、ロイドと通じていた高官の特定。および、その者の元老院からの追放です」

床に伸びるふたり分の影が、細く長くなっていく。木々のざわめきや鳥たちの鳴き声が遠ざかっていく中、まるで世界中からこの部屋だけが取り残されたかのような錯覚を覚える。満ちていく影に押しつぶされないように、アリシアはついに核心を突いた。

「ロイド・サザーランドの事件と今回の騒ぎ。……陛下。ふたつの事件の裏にいるのは、同じ人物かもしれません」

〝ふたつの事件がつながっているかもしれない？〟

クロヴィスの言葉に思わずアリシアが首を傾げてオウム返しをしたのは、統一派がクラウン外相邸の前で騒ぎを起こした夜だった。驚くアリシアに対し、クロヴィスはちらりと戸のあたりに控えるロバートを見た。外に耳を澄ませる銀髪の騎士が頷いたのを確認してから、クロヴィスは再び口を開いた。

〝おかしいとは思いませんか。今回の騒ぎは、狙いすましたようにアリシア様の目の前で起きました。私たちがサンプストンに滞在するのはほんの数日だというのに、タイミングがよすぎます〟

〝それは王家の馬車が町に入るのを見たり、あちこちを視察しているのを見て、私がサンプストンに滞在していることを知ったからじゃ……〟

〝それは、統一派の集会が突発的に起こった場合の話です。しかし今回は、民衆を雇い、騒ぎを起こすように指示を出しています。昨日今日の行き当たりばったりの計画であれば、数日のうちに黒幕の貴族が捕まるでしょう。そうならなければ、綿密な計画が練られていた――つまり、以前からアリシア様の滞在日程を知っている者が、背後にいることになります〟

〝なるほどね。けれど、視察中の行程が組まれたのは直前だし、情報が洩れるにしても限度があるわ。すると、事前に滞在日程を知ることが可能なのは、日程を組んだ宰相やクラウン外相夫妻、護衛に当たる騎士たち、あとは元老院くらいしか……〟

自分で言ってから、アリシアは「あっ」と声をあげた。そんな主人にクロヴィスは静かに頷いた。

〝ええ、そうです。ロイドとつながっていたのは、エアルダールの元老院に属する高官でした〟

「過去の事件でも、不可解な点はあったのです。相手はフリッツ殿下がスムーズにハイルランド玉座に納まるよう手配する一方で、ロイドには不信感を煽るような要求を突き付けている。今にして思えば、枢密院とエアルダールの対立を深めようとしているかのような不自然さがありました」

「そして、今回の騒ぎか」

後を継いで、女帝は深緑の瞳を光らせる。

「そなたの目の前で統一派の集会を見せて、我が国への不信を植え付ける。加えて、勘がよければ気付くだろう。黒幕となる統一派は、エアルダールの中枢に紛れているに違いないと」

「はい」とアリシアは女帝を見据えた。

「ふたつの事件の黒幕が同じなら、その目的は両国の関係に深い溝を生むこと。――両国を対立させ、戦争へと導くことを目論む者が、陛下のお側にいるはずです」

女帝はしばらく黙っていたが、ふいに立ち上がると、アリシアに背を見せて窓のそばに立った。その後ろ姿を見守りながら、アリシアはクロヴィスとの会話を思い出した。

ふたつの事件がつながっている可能性を打ち明け、エリザベス帝を味方に引き入れようと提案したのはアリシアだ。

それを聞いたクロヴィスは、はじめ反対した。元老院というのは議長が宰相ユグドラシルで、そこには外相クラウンなどの要人が在籍している。それだけ深部に敵が潜り込んでいるのなら、エリザベス帝もわかった上で敢えて見逃しているのかもしれないというのだ。

だが、クロヴィスの反対を受けても、アリシアは主張した。元老院が疑わしい限り、宰相や外相、さらにはあまり考えたくはないがベアトリクスを含めて、エアルダールを誰ひとりとして信頼することはできない。この不信はいずれ大きくなり、黒幕の思惑通り、両国の溝を深める結果となるだろう。

一方で、本人に話した通り、エリザベス帝は黒幕と無関係だろうとアリシアは考えていた。だからいっそ、黒幕の意表を突く形で、女帝個人とアリシアが繋がるべきだと判断したのだ。

女帝が黒幕を泳がせているのだとしても、両国の良好な関係を望む以上、アリシア側から協力を持ち掛けられれば拒むことはできない。仮に拒むとしたら、女帝がハイルランドとの絆を捨てるということだ。決して好ましい状況とは言えないが、そのときは来るべき戦乱への覚悟を固めよう。

さて、この賭けは吉と出るか、凶と出るか。

固唾をのんで、アリシアは審判を待つ。窓から差し込む光が逆光となって、女帝のすらりとした長身そのものが影と同化する。息苦しさにも似た沈黙が続く。そのうち、ふと女帝が振り返った。その横顔は日の光にくっきりと浮かび上がり、壮絶に美しかった。

「いいだろう」と女帝は笑った。

「売られた喧嘩は買わねばなるまい。余は、そなたと手を結ぼう」

「ありがとうございます」とアリシアは立ち上がった。

「陛下は必ず、そのように答えてくださると信じていました」

「して、どう戦う。簡単に尻尾を出すとは思えぬが」

「ふたりの人間を使いましょう。ひとりは先ほどの男、もうひとりはロイド・サザーランドの息子、リディ・サザーランドです。彼を特任大使としてエアルダールに送ることをお許しください」

アリシアが淀みなく答えると、女帝は眉をくいと上げた。

「リディ・サザーランドか。確かに彼の者なら、黒幕に関する手がかりを見つけられるかもしれない。仮に当てがなくとも、そのように黒幕を匂わせることができれば、何かしらボロを出すこともあろう……。だが、捕まえた男のほうは価値がないぞ。奴が何も知らないというのは相手もよく承知している。囮《おとり》には向かぬ」

「彼の場合は、陛下と私が手を結んだことを知らしめるのに使えます。大きな広場に民衆を集め、陛下と私が並んで見守る中、彼を解放するのです」

それだけで、すぐに女帝は合点がいったらしい。

民衆の前で解放するのには、ふたつの意味がある。ひとつは、統一派が騒ぎを起こそうが両国の固い絆を壊すことはできないという、内外へのアピール。そしてもうひとつは、近くに身を潜ませているだろう黒幕に向けた、アリシアとエリザベス帝が手を結んだことを示すメッセージだ。

通常であれば打ち首になるのが当然なところを、女帝とアリシアの同意をもって解放されるのだ。裏で何かしらの取引があったことを、相手は必ず察知する。そんな中、リディまでエアルダールに駐在するとなれば、相手は相当に慌てるだろう。

「これが牽制となり、二度と動かぬならそれもいい。だが、次なる策略を巡らすというなら容赦はしない。必ずその小賢しい尾を摑み、白日の下に晒してやる」

見ているこちらの腹の底が冷える、ぞっとする笑みを浮かべて、女帝はあまり平和的でないことを言う。間違っても敵に回したくない人物だが、味方にすればこれほど心強い相手もいない。

そう思いつつ胸をなでおろしていると、ふと、女帝は笑みを消してアリシアを見た。

「ところで、アリシア。この件に関して、そなたが信頼に足ると判断したのは余だけか？」

「はい」質問の意味がわからず、アリシアは首を傾げて答えた。

「元老院が絡んでいることを考えれば陛下以外の誰の耳に入れてもならない。そのように考え、ふたりきりで話すことをお願いしたのです」

「そうか」

短く答えて、女帝は重い木製の扉を見やった。

寂寥とも憂いともつかぬ色が、その横顔には浮かんでいた。

「実に、惜しいことだ」


こうして、ふたりきりの会談は終わり、扉は開かれた。

待ち構えていた騎士たちに女帝はすぐさま指示を出し、翌日の朝一番に男は解放された。無論、そこにはアリシアも立ち会った。集まった大勢の民衆の前で、男の罪状が暴かれ、次いで彼を解放する旨が宣言された。ざわつく群衆の頭上に女帝自らが立ち、大声で告げた。

「統一派よ、聞け！　無垢なる民に、己が罪を背負わせた恥を知るがいい！　余は、余の民を傷つける者を許さぬ。余とアリシア王女が望むは、真の咎人《とがにん》の首のみである！」

「え、エリザベス陛下、万歳！」

「アリシア王女殿下、万歳！」

一拍おいて、広場は喝采で満ちた。「万歳！」「陛下万歳！」と大合唱の中、アリシアは民衆たちではなく、女帝の周辺の人々の様子を窺った。だが、柔和な笑みを浮かべる宰相も、なんだか釈然としない様子で小首を傾げる外相も、目立って変わったふうには見えない。

逆に、アリシアのことをじっと観察している者もいた。エアルダール第一皇子、フリッツである。彼は大衆に向けて語り掛ける女帝の背中を見てから、硝子のごとく無感動な瞳をアリシアに向けた。結局、彼は一言も発することなく、すべてが終わると氷が溶けるようにすぐさま姿を消してしまった。

とにかく、賽は投げられた。６年前――あるいはそのずっと前、前世から続く因縁の戦いの終止符に向けて、扉が開かれたのであった。


予定していたすべての視察行程を終え、アリシアたちは帰国の日を迎えた。

出発の朝は、雲ひとつない晴天となった。城門の外には、到着の日の軽く倍の市民が集まった。

出立前の最後の挨拶として、女帝と共にアリシアが城の高台に姿を現すと、群衆の間にわっと歓声が上がった。

「統一派に利用された男を解放したのがよかったのだろう。男を救った功労者が誰か、市民はわかっている。余だけなら、奴を生かしはしないからな」

目を丸くするアリシアに、群衆を見渡しながら女帝がそのように話した。

「余のやり方とは違う。余であれば選びはしない。しかし、確かにこれも、ひとつの方法なのだろう」

かくして、市民たちとの別れも済ませたアリシアは、馬車へと乗り込んだ。動き始めた馬車に揺られながら、アリシアは見送りの中で見かけたふたりの人物、――フリッツとシャーロットに思いをはせた。

フリッツとは二言三言、言葉を交わす機会があった。しかし、いたって表面的なやり取りであり、あの夜に生まれてしまった溝を埋めるようなものではなかった。

そのことを、気がかりに思わないわけではない。相いれない考え方をする人物であるが、エアルダールと良好な関係を築く以上、それなりの付き合いはしていかなければならない。

けれども、今の段階で無理に関係修復を試みても、却《かえ》って裏目に出てしまうだろう。女帝との強い繋がりを作れたわけだし、皇子のほうは時間を置いて、いずれ溝を埋めていけばいい。そう思うからこそ、アリシアはそこまで深刻に捉えてはいなかった。

それよりも気にかかったのは、シャーロットだ。相変わらず自分を避けているらしい彼女をようやく捕まえることができたのは、出発の直前だった。

シャーロットが自分に後ろめたさを感じることといえば、フリッツ皇子に関連することぐらいだ。そう当たりをつけて探ってはみたが、案の定、彼女は謝るばかりで話してはくれなかった。出発の時間が迫っていたこともあり、なんとか文の交換をする約束をしたものの、心もとないことこの上ない。

と、やり残したことがいくつか思い浮かびはするものの、それを上回る成果を得られたと言えるだろう。

なにせ、今回の遠征の中でアリシアは、エアルダールに出発する前にジェームズ王たちと話し合った内容や、統一派との騒ぎを受けて緊急で固めた方針のほぼすべてを、たったひとりで女帝に要求し、結果通してしまったのだ。

女帝相手に立ち回ったアリシアはもちろんのこと、それを間近で見守っていたクロヴィスも、さすがに疲労を感じていた。そうしたこともあり、帰りの車中は互いにひどく無口だった。ふたりの視線は交わることなく、それぞれが外の景色をなんとなしに瞳に映していた。

「私は、ちゃんと前に進めているかしら」

ふいに、ぽつりと零《こぼ》れ落ちた声に、クロヴィスがこちらに顔を向ける。紫の瞳が自分を映すのを感じつつ、アリシア自身は正面を見返すことをできずに、後ろに流れる景色を眺めていた。

「あれもこれも、怖くなるくらい上手くいったと思う。だからこそ、不安になるのよ。この道が本当に正しいのか。何か決定的なものを、見落としてしまわなかったか」

やや間があってから、クロヴィスから返答があった。

「今回の視察は、いわば種まきです。農耕とは、地を耕し、種をまき、育て、その後にようやく刈り取ることができる。過ちがあったとしても、修正すればいい。私たちのしてきたことがよい実を生むかどうかは、これからの私たち次第ですよ」

「……そうよね」

答えながら、全身から強張りが抜けていくのをアリシアは感じた。

「悩んで立ち止まる時間が惜しい。目指す未来を求めて、少しずつ道を繋いでいくしかないのだもの」

「大丈夫。あなたには、それを成し遂げる力がある」

「私とお前には、でしょ?」

アリシアは微笑み、ようやく補佐官と向き合った。窓から差し込む光が、アリシアの輪郭を浮かび上がらせる。それを見たクロヴィスがわずかに息をのみ、眩しそうに目を細めた。

しかしながら彼は、そんな己を咎めるように眉をしかめ、顔を背けてしまった。

「どうかしたの?」

「申し訳ございません。……少し、疲れたのかもしれません」

溜息と共に吐き出された声に、苦渋が滲む。

ああ、そうだったと、ずきりと痛む胸を抱えてアリシアは思った。

解決しなくてはならない諸々のために目を逸らしてきたが、クロヴィスとの関係もぎこちないままだ。あの夜以来、ほんの少しでもふたりの距離が近づく気配があれば、彼はすぐさま分厚い壁を作り上げ、アリシアから遠ざかってしまう。

今だってそうだ。表情を隠そうとするように、クロヴィスは窓のほうを向いて、顔の半分を片手で覆っている。唯一見ることができる薄い唇は僅かに開かれてはいるが、何も語ってはくれない。

このときアリシアは、初めてこの件に関して、クロヴィスに怒りを覚えた。

あの夜――クロヴィスに唇を奪われそうになった夜、確かに、ふたりを隔てる「主人と従者」という境界線が揺らいだ。それはアリシアを戸惑わせもしたが、同時に、心の中を小さくも温かな喜びがトクトクと跳ねるのを感じさせたのだ。

それなのに、彼は一度崩れかけた均衡を取り戻そうとするかのように「補佐官」の仮面を頑なに被り、以前よりも深く大きな境界線を築いている。

そこまでして自分を拒むなら、あの夜はなんだったのだ。

嬉しいと思ってしまった自分の心は、どうなるのだ。

「……ずるい。お前も、何も聞けない私も」

布が擦れる音がして、クロヴィスがこちらを向いた気がした。だが、アリシアが顔を俯かせてしまったため、ふたりの視線が交わることはなかった。

「この数日、お前が私を避けていることは知っているわ。それが、何かを悩んでのことだということもわかる。当然でしょ、もう長い付き合いだもの」

わかるけど寂しいのよ、と。

零れ落ちた言葉は、膝の上に重ねた指の間をすり抜けていった。

「私は主人で、お前は補佐官よ。だけど、それだけじゃないでしょう。もっと違う……ずっと強い繋がりが、私たちの間にはあったでしょう？」

指に力がこもり、ドレスの裾を摑む。

それを見つめるアリシアの視界が滲んでいく。

ついに涙が溢れそうになったとき、温かな手がアリシアの手に重なった。はっとして顔を上げると、伸ばされた手の先にクロヴィスの真剣な顔があった。

窓の外で街路樹が後ろへと流れていく。そのたびに強まったり弱まったりを繰り返しながら、木漏れ日が陶器のごとく滑らかな彼の頬を優しく照らし出す。

白い頬には微かに紅が差し、紫の瞳は緊張に揺れていた。

「ずっと考えていました。私は、――俺は、一介の補佐官です。こんな想いを抱くことなど、……このように思い悩むことなど、許されるべきではないのだと」

しかし、間違っていたと。クロヴィスは、顔をしかめた。

「俺は迷うばかりで、一番大切なものを見逃していました。……あなたに、こんな顔をさせてしまった」

「クロヴィス……？」

「――あなたを愛しています」

時が、止まった心地がした。

切望した言葉のはずなのに、――彼の特別でありたいと何度も願ったというのに、アリシアは今しがたクロヴィスがくれた一言に呆然とした。何かを言わなくてはいけない、けれども、何を言えばいいのかわからない。焦れば焦るほど、思考は上滑りをして意味を成さないものとなっていく。

そんな彼女に焦れたように、クロヴィスがアリシアに指を絡める。そうやって手を合わせてみると、初めて会ったときから随分と経ったが、やはり未だに彼の手のほうがアリシアよりも大きい。ただただ真っ白となった頭で正面を見つめるアリシアに、クロヴィスはきゅっと唇を引き結んだ。そして、忠実で有能、眉目秀麗と非の打ちどころのない完璧な補佐官らしくもなく、胸を焦がすただの男として、クロヴィスは泣き出す寸前のような笑みを浮かべた。

「愛しています、アリシア。あなたを。あなただけを」

「私は……」

心臓が早鐘を鳴らし、胸がきつく締め付けられる。

好きだと。自分もクロヴィスを好きなのだと、アリシアも叫んでしまいたかった。

だが、ためらう空色の瞳は揺れた。彼女を悩ませ、何度となく臆病にさせた想いの数々が、次々と浮かび上がる。当然だ。それらがあったからこそ、ずっと、覚えていないほどずっと前から、アリシアは己の気持ちに蓋をしてきたのだ。

――だから、彼女は逃げようとした。

「前世で、恋に溺れて国を滅ぼしたわ。同じことが起きるかも」

「そうはさせません。あなたが道を誤るときは、俺が全力で止める」

「私は王女よ。あなただって、それで私を遠ざけたでしょう？」

「乗り越えますよ。これでも、策を練るのは得意なほうです」

「エアルダールに睨まれるわ。それに、それから……」

声は途中で途切れた。最後まで言うことができなかったためだ。

クロヴィスに引き寄せられ、気づいたときには唇に触れる柔らかな感触があった。再び頭の中が真っ白になるアリシアを、一度離れたクロヴィスが間近から確かめるように覗き込む。どんな宝石よりも美しい紫の瞳は、そのわずかな時間の中で何かしらの答えを見つけ出したらしい。改めて身を屈めたクロヴィスは、今度は長く――一度目よりもずっと深く、熱を込めて、口付けを落とした。

触れられた箇所から広がる眩暈するほどの甘さに、アリシアは全身がしびれる心地がした。

「言い訳はおしまいですか？」

唇が離れたあとで、こつりと額が合わせられる。慈しむようにアリシアの頬を両手で挟むクロヴィスの手は、稀なほどに熱い。だというのに少しもおかしく感じないのは、自分を逃がしはしないと、身を引くことを許しはしないと全身で告げているためだろうか。

「――まずは、そのすべてを乗り越えたいと思わせるほど、あなたの気持ちを手に入れてみせる。覚悟してください。俺はもう、あなたから逃げない」

「……ばか」

そう呟いて、アリシアはクロヴィスの肩に顔をうずめた。

「ばか。本当に、ばか。さっきまで、私のことを避けていたくせに」

「そうですね。俺は馬鹿です。大馬鹿者です」

けれども、あなたを手に入れられるなら、少しくらい馬鹿になるのも悪くないと。触れられずに苦悩したすべての時間を埋めようとするようにアリシアを抱きしめながら、クロヴィスがささやく。

と、それだけでもアリシアは赤面を免れないというのに、そのまま彼は耳に口付けた。驚いて身を竦ませるアリシアに、彼はもう一度口付けを落としながら「それで」と続けた。

「返事は、アリシア？　まだ、俺は何も言ってもらっていませんが」

「は、はい!?」

ハイルランドの青薔薇姫。その高貴な身の上らしくもなく、アリシアの声が裏返る。だが、そんな彼女を咎める者がこの場にいようはずもなく、いるのは真っ赤に染まり上がった顔を満足そうに見下ろすクロヴィスだけだ。

「へ、返事って、そんな、言わなくてもわかるでしょう!?」

「わかりません。今の俺は、生憎《あいにく》と馬鹿なもので」

しれっとすまし顔で答えつつ、クロヴィスは一向にひく様子がない。さあ、早くと。目だけで訴える彼に見据えられて、アリシアはせわしなく視線を彷徨わせ、頬をこれ以上ないほどの熱に染め上げ、意味を成さない言葉を唇に乗せた。なお、羞恥と葛藤のために空色の瞳は潤み、せめて紳士的であろうとするクロヴィスの理性を焼き切りそうになったことは、彼女の知らない秘密である。

十数秒か、もっとか。たっぷり逡巡したアリシアは、意を決したようにクロヴィスの首に手を回した。そして目を丸くする彼の耳に唇を寄せると、何かをこっそりと告げた。

囁かれたクロヴィスは切れ長の目を見開き、続いて、何処までも幸せそうに笑みを浮かべた。

それはそれは蕩《とろ》けるような、満ち足りた笑みを浮かべたのであった。

ハイルランドの主従ふたりがようやく心を通わせた、ちょうどその頃。人払いを済ませた私室で、フリッツ皇子は愛しい恋人を腕の中に閉じ込めていた。

「放してください。こんなこと、やっぱりいけません！」

「大丈夫。何も恐れることはないよ、シャーロット」

「待って。話を……っ」

抗議しようと開かれた唇を覆い、言葉を塞ぐ。それを何度か繰り返していると、初めはじたばたともがいて抵抗してみせたシャーロットもだんだんと大人しくなった。

そろそろ大丈夫だろう。そう思って見下ろすと、切なげに頬を染めて俯く彼女の姿がある。その愛らしさに胸が疼き、皇子はシャーロットの頬を撫でた。

「身分のことなら、問題ない。血を引いてはいないが、君にはユグドラシル家という後ろ盾がある。それに、私はエアルダールの正統継承者だ。誰にも文句は言わせない」

「違うんです。そうじゃなくて」

俯いたまま目のふちに涙を湛《たた》えて、シャーロットは首を振った。

「殿下はアリシア様と結ばれるのでしょう？　私は、アリシア様が好きです。大好きです。あんなに優しくて強い方を、悲しませたくはありません」

「君は誤解している。彼女は私を好いてはいないし、私もそうだ。我々が結婚すると噂されているのは、陛下が望んでいるからというだけだよ」

「だとしても、エリザベス様は私たちのことをお許しにならないはずです」

「母は関係ない！」

強く響いた声に、シャーロットの肩がびくりと跳ねる。すぐに後悔したフリッツは表情をやわらげ、なだめるように恋人の背を撫でた。

「生まれながらにして、私にはすべてを得る権利が与えられている。そのことに、ようやく覚悟が決まったんだ。――安心しろ。君が私の隣で笑っていられる世界を、私が創ってみせる」

しばらく時間が経った頃、皇子はひとり自室を後にした。去り際、彼は名残惜しそうに、奥へと続く扉を振り返った。だが、次に前を向いたとき、皇子は自らの目指す道を冷たく見据えていた。

人気のない回廊に、規則的な足音が響く。迷いのない足取りで先を急いだ彼は、国の重鎮たちが集うのに使用する大部屋の戸を開いた。

開け放たれた戸の向こうで、数人の大臣たちと話し込んでいたらしい宰相ユグドラシルが、卓上に広げた諸々から顔を上げた。

「これはこれは、殿下。ご機嫌うるわしく……」

「ユグドラシル。そなたに話がある」

手を広げ恭《うやうや》しく歓迎の意を示したユグドラシルだが、皇子の申し出に少しだけ窺うように小首を傾げた。しかし、すぐに大臣たちに目配せをし、退室を促した。

すべての大臣が部屋を出たのを見届けてから、宰相が扉を閉ざす。完全に外と遮断されたのを確かめてから、ユグドラシルは微笑んで振り返った。

「殿下から声を掛けてくださるなど、珍しいことです。何か、お悩み事でも？　それとも、このところ気にかけていただいている、我が娘のことでしょうか？」

「……知っていたのか」

「ご安心ください。娘は口が堅い。ただ、この城の出来事で私の耳に入らぬことは極めて少ないという、ただそれだけの話です。ああ、もちろん、陛下はご存知ないことです。このことが知られれば、愛する娘の立場が危うくなりますから」

「互いにとって、懸命な判断だ」

言葉とは裏腹に、皇子は苦々しく唇の端を上げる。だが、いずれ宰相には知られることだ。ややこしい駆け引きが始まる前に、伝える手間が省けたのは僥倖《ぎょうこう》でもあると、フリッツはそう納得することにした。

だから皇子は、本題を口にした。

「前に私に、偉大な女帝を超える道があると話したことがあったな。その真意が知りたい」

「真意、とはなんでしょう。疑われていたのなら、心外なことです。殿下の才覚が見事なことは、誰の目にも明らかなことです」

「世辞を聞きにきたのではない。そなたの言葉にそれ以上の中身がなければ、用はないぞ」

宰相はただ、口元に静かな笑みをたたえた。逃げもせず、動揺も見せない宰相に答えを見出したフリッツは、声を低くした。

「力を貸せ、ユグドラシル。私はこの手で、玉座を奪う」

「奇妙なことを仰いますね。奪うまでもなく、あなたは皇位を約束されていますのに」

「それでは陛下を超えられない。私は陛下の、母の駒として生きていくつもりはないのだ」

しばらく、ふたりは睨み合った。睨み合ったといっても、宰相は穏やかな空気をまとって微笑んだままであるし、フリッツはというと笑顔の仮面をそぎ落とした完全な無表情だ。ただ言えることは、当事者たちにしかわからない腹の探り合いが、その場で為されたということだけだ。

先に沈黙を破ったのは、ユグドラシルのほうだった。

「宰相としての立場を捨てて殿下の側についたとして、私が得られるものはなんでしょう。シャーロットのことは、口に出さない約束ですよ。本来なら私は、陛下のご意向を汲んで、あの子を殿下から遠ざけるべきなのですから」

「私は、そなたの望むものを与える。地位、財産、名声。何でもいい。玉座以外であれば、なんでもくれてやろう」

「地位も財産も名声も、ご用意いただかなくとも手元にございます」

「それは、母の世での話だ！　私が即位したなら……」

「私の助けがなくては、殿下の世が訪れるのはしばらく先です。幸運にも、それまでは私の立場を脅かす者は現れないでしょう」

フリッツは顔をしかめた。不敬な物言いを断じることは簡単だが、ユグドラシルを味方につけられなければ、フリッツの野望も潰えてしまう。

どうにか、彼の心を動かすことはできないか。そう、フリッツは考えを巡らせたが、次の案が浮かぶより先に宰相が口を開いた。

「ですが、私の欲しいものを、陛下は手に入れてくださらない。そして、それを殿下が得ることができれば、あの偉大な女帝を超える偉業として、歴史に名を刻むことができましょう」

「それはなんだ」

思わず食いついたフリッツに、宰相はゆったりとした足取りで机に歩み寄った。目で追うフリッツの前で、机の上に広げた地図上に指を滑らせた宰相は、とある一点で手を止めた。目をみはったフリッツに、宰相は優雅な笑みを深くした。

「ハイルランドを取るのです、殿下。エアルダールの名誉と誇りのために」

2. 星が巡る

深いふかい、濃紺の世界。無数の青白い光の筋が流星のように走り、無の世界を切り開く。

〝おいで、アリシア。僕らの契約は結ばれた〟

声に誘われて進んでいった先に、ふたりの人間が倒れている。ひとりの姿は暗闇の中に紛れ、顔も服装も見ることはかなわない。だが、その隣に横たわる人物の顔は、流れる青白い光により闇の中にたびたび浮かび上がる。それは、アリシア自身だ。

力なく投げ出されたふたりの手の間には、木筒が転がっている。その表面に彫られた華奢な茨と小さな薔薇は繊細で、美しい。

〝世界は、未来は変えられる。君という歯車が、歴史を回すんだ〟

傍観者としてのアリシアは、木筒に手を伸ばす。ふたりの人間が邪魔になって、すぐ近くに見えているのに、なかなか手が届かない。あと少しで木筒に触れようとしたとき、誰かの手が先にそれを摑む。

とっさに上げた視線の先で、クロヴィスと目が合った。

意識がゆっくりと浮上する。手、指、足、それらの感覚を取り戻していく中、アリシアはわずかに顔をしかめてから瞼を開いた。

そこにあるのは、見慣れた光景だ。天蓋付きベッド、重く垂れ下がるカーテン、隙間から差し込む微かな明かり。もうずっと、幼い頃から見てきた朝の景色だ。

(そっか。私、ハイルランドに帰ってきたんだった)

若干の混乱が残るまま、アリシアはゆっくりと体を起こした。そして頭を軽く振った。

何だか、大事な夢を見ていた気がする。けれども、目が覚めると同時に夢の景色は遠くへと飛び去り、霧の向こうへと消えてしまった。唯一覚えているのは、夢が前世に関する内容だったということと、クロヴィスが夢に現れたということだけだ。

クロヴィス・クロムウェル。前世では革命の首謀者として姿を現し、やりなおしの生では最大の味方として、――さらには恋人として、アリシアのそばにいてくれる青年。前世に関わる夢に、彼が出てきたのはいつ以来だろう。

前世でアリシアの命を奪ったのがクロヴィスだということを、彼は未だ知らない。

上掛けを被ったまま、アリシアは膝を抱えた。美しい青髪が、白いシーツにはらりと落ちた。

「……いつか、ちゃんと話したほうがいいのかしら」

ぽつりと零《こぼ》れた声に答える者はなく。

アリシア自身、その問いへの答えを持ってはいなかった。


シンプルながらも煌《きら》びやかなシャンデリアが下がる、謁見《えっけん》の間。その最奥の檀上で、アリシアはジェームズ王の隣に腰掛け、来訪者の到着を待つ。

中央に敷かれたカーペットを挟むように並べられた赤い椅子には、地方院長官ダン・ドレファスやジェラス公爵ファッジ・ホブスをはじめとする枢密院貴族が控えている。急な招集だったにもかかわらず席がすべて埋まっているのは、6年前の記憶がアリシアだけではなく、枢密院の中にも刻まれている証だろう。

と、そのとき、ナイゼルの出したサインを受けて、扉の両脇に控える騎士たちが動く。彼らがゆっくりと扉を開けると、中央に立つ青年――リディ・サザーランドの姿が明らかとなった。

地方院シェラフォード支部長に就任したときと同じく、リディの足取りは堂々としていた。カーペットの上をまっすぐ歩んだ彼は、玉座の近くまで来るとその場で胸に手を当て、頭《こうべ》を垂れた。

「リディ・サザーランド。まかりこしました」

「うむ」

短く答えた王は玉座から立ち上がり、階段を下りて青年の前に立った。顔を上げたリディを、ジェームズ王はまっすぐに見据えた。

「お主にはつらい思いをさせた。しかし、6年間よく耐えてくれた。そして、仕えてくれた」

「もったいなきお言葉にございます」

「私とお主は、同じ哀しみを抱く同志だ。お主の聞く言葉は私の聞く言葉となり、お主の言葉は私の言葉となる。エリザベスにも、そのように伝えてある。……好きに、自由に動くがいい、リディ。6年前のけりをつけるのだ」

王の言葉を胸に刻み込むように、リディは決意を込めて王を見た。それに目で応えたジェームズ王は、傍らに歩み寄ったナイゼルの差し出す銀盆から王笏《おうしゃく》を取り上げた。跪《ひざまず》いたリディの上に王笏を掲げると、王は謁見の間に響き渡る声で告げた。

「エステルの子、ハイルランド王として、リディ・サザーランドを外交特任大使に任ずる。彼の者の頭上に、守護星の導きがあらんことを！」

「はっ」

短く答えて、リディは立ち上がった。そのとき、王の肩越しにアリシアとリディの視線が交わった。アリシアが頷くと、リディは不敵に微笑んでから、枢密院貴族たちのほうへ振り返った。

一瞬の間があってから、拍手が起こる。ジェラス公爵、モーリス侯爵、アダムス法務府長官、そのほかすべての枢密院貴族が、この任命を承認するとの意を示した。

ステンドグラスから射し込む光が王笏にあたり、宝石がまるで天に輝く星のように煌めく。星の加護を背負い、リディはしばしの間、手を叩く枢密院たちを順に見つめていた。それから優雅に右手を掲げると、彼らに向けて恭《うやうや》しくお辞儀をした。

それは亡きシェラフォード公爵、ロイドを彷彿とさせる仕草であった。


「リディ！」

任命式が終わってすぐに王のそばを離れたアリシアは、広間を出たところに求める人物を見つけて声をかけた。クロヴィス、ロバートと何やら話していたリディは、やや驚いた顔で振り向いた。

「アリシア様！　ちょうど、この後おうかがいできたらと、クロムウェルに話していたところでした」

「そうかもしれないと思って、こちらから来てしまったわ」

茶目っ気を出して答えたアリシアに軽く微笑んでから、リディは表情を引き締めて頭を下げた。

「アリシア様にはなんと御礼申し上げればいいか……。事件を本当の意味で終わらせる。その幕引きのチャンスを、あなたは与えてくださった」

「与えただなんて。私はただ、あなたならできると思っただけ。そう思わせてくれたのは、誰でもない、あなた自身よ」

隣国にリディを送る。その構想を、アリシアはエアルダールに行くより先に、リディには話してあった。彼は最初こそ驚いた様子を見せたものの、すぐに力強く頷いてくれた。

そして、その構想は、エリザベス帝とアリシアが手を結ぶことで、ついに実現へと動きはじめた。

ああ、やっと。

リディと向き合うアリシアは、胸の前で手を握りしめた。

ロイドと通じていた隣国の間者について、王国としてはエアルダールに追及は行わない。6年前、サザーランド家の屋敷でそう告げたときに彼が見せた、怒り、無念、諦め。顔に浮かんだそのすべてを、アリシアはありありと思い出すことができる。なぜなら、アリシア自身が全く同じ感情を抱いていたからだ。

けれども、これでようやく、あのとき抱いた悔しさから前に進むことができる。そして、事件を解明し黒幕を突き止めたときに初めて、星の使いとの契約であり、アリシア自身の願いである「王国の未来を救う」という目的が達成されるだろう。

「シェラフォード支部のことは、安心してお任せください。あなたがいない間、ドレファス長官も特に気にかけてくださるそうですし、補佐室でも後押しします」

「お、聞いたぞ。何でも、坊ちゃんの従兄弟が支部長代理として就くんだっけか」

「ああ。もともと僕のサポートを任せていた奴だし、問題はないだろう。だが、頼んだぞ、クロムウェル。僕のいない間にシェラフォード支部が傾いたりしたら、帰った後で補佐室を訴えてやるからな」

「心得ています」

にこりと笑ったクロヴィスの後を継いで、アリシアは身を乗り出した。

「ひとつだけ約束をして。リディ、必ず無事に帰ってきなさい。絶対に、命を落としてはだめよ」

「アリシア様……」

「エリザベス様は味方になってくださったけれど、事件を裏で操っている人物もまた、エアルダールの中枢にいる。その中に切り込んでいくのだもの。危険が伴う役目だということを、決して忘れないで」

「何を言い出すかと思えば、全く、あなたは相変わらず甘い御仁だ」

肩を竦《すく》めたリディは、気取った仕草で胸に手を当てると、にやりと笑った。

「戻ってきますよ、必ず。サザーランドは、約束を違えない。だから安心して、リディ・サザーランドという駒を使えばいい。僕だけじゃない。あなたは優秀な駒をたくさんお持ちだ。それらの駒を使い、王国の繁栄を築くことこそ、あなたの役目でしょう」

「おーおー。あの、プライドの塊だったリディ坊ちゃんが、いつの間にか立派になっちまって。なんだか俺は、ちょっとばかし寂しくなったよ」

輝く銀髪を揺らして、ロバートが首を振る。だが、次に彼がリディを見たとき、ロバートの瞳にはいたずらっぽい光がきらりと輝いていた。

「しっかし、坊ちゃん。残念だったなあ。もう少し待てば、エグディエルでは星祭が始まる。あの情緒溢れるロマンティックな夜は、想い人に気持ちを伝える絶好のチャンスだったのではないか？」

「あ、わ、馬鹿！！！！」

「え？　リディ、そういう人がいるの？　教えてくれればよかったのに！」

「ああアリシア様まで、何を仰いますか!?」

「誰だったかな？　星祭の夜に交わした誓いの口付けは、愛し合うふたりを永遠に結びつけるとか、なんとか。そんな噂話を、ここ最近、誰かに真剣に聞かされた気がするんだがなあ」

「おま、ロバート!!　きさまぁ!!」

赤みがかった髪を逆立てて、ぎゃんぎゃんとリディが騒ぐ。普段は静かなエグディエル城の回廊がとたんにうるさくなり、遠くを行き交う文官や騎士らが何事かと目を丸くしてこちらを見た。

顔を真っ赤にするリディと、それを涼しい顔であしらうロバート。そんなふたりを前にして、アリシアはアリシアで、全く別のことを考えていた。

（星祭の夜、口付けがふたりを永遠に……）

引き寄せられるように、自然とアリシアの瞳はクロヴィスへと向けられた。すると、微笑みを浮かべて、補佐官は軽く首を傾げた。

「どうかしましたか、アリシア様」

「あ、いえ」

なんでもない。口の中でもごもごと呟いて、アリシアは赤くなった顔を隠すために俯《うつむ》いた。

〝覚悟してください。俺はもう、あなたから逃げない〟

慈しむように顔を両手で挟み、熱のこもる瞳にアリシアを映したクロヴィスの姿が蘇り、アリシアの動悸を速くした。

長いながい片想いに区切りをつけ、彼と想いを確かめ合ったのはつい先日のこと。だが、王女と補佐官という身分の壁があるなか、表向きはふたりの関係は以前のままだ。

だから、エアルダールから帰る馬車を最後に、クロヴィスが恋人としてアリシアに触れることはなかった。

それでも、ふとした瞬間にあの日の出来事を思い返しては、アリシアばかりが動揺してしまう。

一方のクロヴィスはというと、平然と、いっそ余裕すら覗かせて補佐官としての姿勢を貫くものだから、大人と子供の違いを見せつけられているようで、アリシアとしては面白くないのだ。

(それに、星祭の夜にふたりきりになるのは難しいわよね……)

ひとり肩を落として、アリシアはため息をつく。

星祭は王国の建国記念日に合わせて開催される祭りであり、当然、王城では一日中セレモニーが催される。王女であるアリシアも毎年出席しているし、クロヴィスはクロヴィスで式典の進行などを補佐室で管轄するため、終日忙しく走り回っているのだ。とてもじゃないが、人目を忍んで会うことなどできないだろう。

落胆するアリシアをよそに、今日も今日とて、非の打ち所のない完璧な笑みを秀麗な顔にのせて、クロヴィスは手を差し出す。

「行きましょう、アリシア様。……このふたりの言い争いが終わるのを待っていたら、次に間に合わなくなります」

アリシアはまず、白い手袋に包まれた形のよい手を見つめ、それから先にあるクロヴィスの笑みを見た。「さあ、早く」とでもいうように、補佐官は目を細めた。

「……ええ。行きましょうか」

「はい」

すまし顔の恋人の鼻を、少しは明かしてやりたい。そんな、アリシアの小さな復讐心を満たすすべは残念ながら見つからず、仕方なくアリシアは素直に手を取る。クロヴィスがまた、それに対してにこりと微笑むものだから、悔しいことこの上ない。

なんだか、自分ばかりが好きでずるいなと。

そんなことを思いながら、アリシアは回廊を後にしたのだった。

リディがエアルダールへと旅立ってから10日ほど経つ。エグディエル城では、本格的に星祭へ向け準備が始まった。

全体の指揮を執っているのは、王の右腕である筆頭補佐官のナイゼルだ。彼のもとで補佐室があれこれと走り回り、式次第を固めたり、各省庁との調整が行われる。それに伴い、王女付き補佐官であるクロヴィスも多忙を極めるようになり、隣国や前世についてあれこれと議論を重ねる時間はなくなってしまった。

一方のアリシアも、暇にしていたわけではない。王から任されている政務に加えて、張り切る女官長によるマナー講座およびダンスレッスンに追われたのである。

そんなわけで、王女と補佐官がそれぞれに慌ただしい日々を送る中、彼は突然現れた。

「おひさしぶりですね、アリシア様。クロくんも、元気そうで何よりだよ！」

「ジュード!!　本当に来てくれたのね！」

愛嬌あるえくぼを浮かべ、両手を広げて朗らかに現れたローゼン侯爵に、執務机に向かっていたアリシアはペンを置いて声を弾ませた。

名のある侯爵であり、さらにはメリクリウス商会の責任者であるジュード・ニコル。アリシアの戦友のひとりと言える彼だが、貴族界の付き合いを嫌うという変わり者のため、王城に姿を見せることは滅多にない。

そんなジュードが、今年に限っては「建国式典に出席する」と返答を寄越してきたので、招いたアリシアのほうがびっくりしたのである。

「てっきり今年も、何かと理由をつけて断られるかと思ったわ」

「ひどいなあ。それでは、僕がひどく礼儀知らずな男のようではありませんか」

「事実、式典への出席を毎年見送ってきたのは、あなたでしょう」

「あはは。クロくんは相変わらず手厳しいな。僕にもね、いろいろとあるんだよ。気分が乗るとか、乗らないとかも含めてね」

悪びれる様子もなく、笑みをたたえてマイペースに肩をすくめるジュードは、いっそ清々しくて嫌味がない。思わず苦笑したアリシアに、ジュードは腕を組んで目を細めた。

「それに、今回はローゼン侯爵としてというより、メリクリウス商会の責任者として、エグディエルを訪れたつもりですよ。なにせアリシア様にはエアルダールにて、イストの責任者と面会していただいたのですから」

頭の切れる商人としての顔をのぞかせたジュードに、アリシアはすぐに居住まいをただした。ダドリー・ホプキンスと、バーナバス・マクレガー。アリシアはエアルダールの視察の中で、イスト商会の舵を握るふたりの責任者と顔合わせを果たした。そのことを受けて、近いうちに、イスト商会との連携に向けて具体的に話を進めなければと思っていたのだ。

それを察したからこそ、ジュードも城に足を運ぶ気になったのだろう。もっとも、ジュードが足を運んでくれることを期待して、彼本人だけではなくメリクリウス商会で重要な役割を果たす名のある商人も何人か招待しているので、アリシアの狙いが当たったとも言える。

さて、アニとマルサが用意してくれた紅茶と菓子を囲んで、アリシアらは改めて対面した。口火を切ったのはジュードだ。彼は紅茶に口をつけて満足そうに微笑んでから、いたずらっぽくアリシアを見た。

「イストのふたりはどうでしたか？　なかなかに抜け目ない人物だったでしょう」

「ええ。正直、交渉にあたるのが自分でなくてよかったと思ってしまったわ。けど、これで両商会の提携に向けて一歩前進したわ。ジュードには、これから負担をかけるわね」

「いえいえ。舞踏会に出席するよう求められるより、こっちの仕事のほうがずっと楽しい。ダドリーとの駆け引きは刺激的ですし、その先でメリクリウス商会が得られる利益は莫大なもので、想像するだけで胸が躍るというものですよ」

ジュードの言う通りだ。サンプストンの港に浮かぶ巨大な帆船が物語るように、エアルダールは航路での貿易に力を入れている。イスト商会も、船を用いて遠い海の向こうとの交易に乗り出し、異国の珍しい品々を仕入れてはさらなる富を築いているという。

そのイスト商会と連携を深めれば、イストを通じてハイルランドの産業を海の向こうに売り込むこともできるし、逆にあちらの優れた商品を買い取って、新しいもの好きな貴族たちに売ることもできるのだ。

「しかし、気をつけてください。前にも話しましたが、この提携、我が国ばかりに利があるように思います。あちらにもエリザベス帝の機嫌を取るという隠れた目的があるとはいえ、あくまで提携が対等なものでなければ、そのうち足下を見られるのでは？」

「よくぞ聞いてくれたね、クロくん。君の憂いはもっともだけれど、策はあると言ったでしょ？それを見せる目的もあって、ここまで来たのさ」

そう言って、若き領主は傍らに置いた木箱をごそごそと開け、中からビロード生地に包まれた塊を取り出した。慎重な手つきで布を開いていくと、やがて、つるりと光沢のある白肌が姿を現した。

「それは、まさか……」

「ご明察。ついに完成したんだ。ローゼン領主代々の悲願、本物の磁器だよ！」

嬉しそうに掲げるジュードから、アリシアは恐る恐る薄地の皿を受け取った。ふちには繊細な青い絵付けが施されており、器を裏返すとニコル家の紋章が押されている。見た目も、触れた感じも、確かに本物の磁器だ。

「すごい……。とても綺麗だわ」

「ありがとうございます。アリシア様にそう言っていただくと、僕も自信が出ますよ」

身を乗り出して話すジュードは、得意げに微笑んだ。

美しい白肌も、硝子のような硬質さも、手に取る者を夢中にさせてやまない磁器だが、それが作られるのは遠い海の向こうであり、技法は謎に包まれている。そのため、貴族のコレクターの中には、自領地の中で磁器を作ろうと研究を重ねている者もいる。

『東洋の間』という磁器を集めた展示室を作るほど磁器に魅せられたニコル家も、自領に研究機関を抱えているということは、以前ジュードに聞かされていた。もう相当長い間、それこそ何代にもわたって研究を支援してきたと言っていたが、まさか本当に完成させてしまうとは思わなかった。

「メリクリウス商会を設立した、思わぬ副産物ですよ」

嬉しそうに彼が話すことによれば、初めてアリシアがローゼン領に足を踏み入れた頃には、すでに磁器の研究は完成の一歩手前の状態だった。しかし、ある大きな問題が最後の壁として立ちふさがり、一種の手詰まりに陥っていたという。

けれども、ジュード自身がメリクリウス商会の責任者となった結果、東方の商人と駆け引きをする中で、偶然にもその問題の突破口を知ることができた。

「もちろん、絵付けの技術などは、まだまだ発展途上です。ですが、これは原石だ。いや。原石以上の至宝だ。貴族だけじゃない、各国の王族が、こぞって注文をすることになる。もちろん、メリクリウス商会を通じてね」

「なるほど。そこで、〝提携〟が活きてくるわけですね」

「うんうん、話が早くて助かるよ。我が領製の磁器はメリクリウス商会と、提携商会であるイストにのみ卸す。ダドリーにはそれとなく匂わせておいたけど、珍しくわかりやすく目の色を変えていたね。当然だよね。彼は磁器の価値をわかっているんだもの」

アリシアが机の上に置いた白磁の皿を、ジュードが軽く指でなぞる。白く滑らかな表面が窓から差し込む光を受けて輝いた。

「イスト商会には、いつ完成品を見せるの？」

「近々、新しく窯で焼き上げる予定なので、それが上がったらにしようかと思います。建国式典が終われば、ちょっと落ち着きますし。道中で強盗に奪われても困るので、ヘルドからサンプストンへ船を出すことにしますよ」

「では、焼き上がりましたら、ご連絡ください。イスト商会との関係を固める、重要な交渉材料です。あちらに見せる前に、補佐室としても一度確認をしておきたい」

「もちろん、そのつもりだよ。クロくんがローゼン領まで来てくれるのかな？」

「そのように手配します」

クロヴィスの返答に朗らかに頷いてから、ふと、ジュードは瞬きをした。

「そういえば最近、サザーランド家の若い子がエアルダールに渡ったよね。リディくんだったかな？　彼も何か、商売を始めたいだなんてことは言ってなかった？」

思わぬところで出てきた名前に、アリシアとクロヴィスは顔を見合わせる。代表して口を開いたのは、アリシアのほうだった。

「確かにリディをエアルダールに向かわせたけど、どうしてそう思ったの？」

「ああ、いや。聞かれたんですよ、彼に。アリシア様があちらに視察に行っていた頃だと思うんですけどね」

ジュードの話によると、ローゼン領にあるニコル家の屋敷にリディが訪ねてきたのだという。そこで彼は、エアルダールを拠点とするいくつかの商会の名前を挙げ、ジュードと個人的な付き合いがあり、さらには口の堅さが保証できる商人がいれば教えてほしいと頼んだそうだ。

「シェラフォード地区といえば、ヴィオラがあるでしょう？　てっきり、ヴィオラを拠点に新しい商売でも始めるのかなと思っていたのですが、すぐにエアルダールに行っちゃいましたからね。結局、あれはなんだったのかなあと不思議だったんです」

ジュードは首を傾げて主従ふたりを見るが、こちらとしても答えようがない。

アリシアがエアルダールへ行っている間ということは、そのときすでに、リディは自身が隣国に渡ることを見据えて行動していた可能性が高い。すると、商人についてジュードに尋ねたのも、ロイドと手を組んでいた黒幕につながる手がかりを探してのことだろう。

「まあ、どういう目的で接触するつもりだとしても、僕が紹介したのはいろんな意味で信頼の置ける人物ばかりです。万が一にも、リディくんが危険な目にあうことはないとは思いますけどね……」

そうは言いながらも、ジュードはどこか不安げな顔をして、窓の外を見た。残念ながら、先ほどまではよく晴れていた空には重い雲が立ち込めており、しとしとと小雨が空気を湿らせている。

それから3日ほど経った建国式典前日、アリシアたちの心配をよそに、リディから文が届けられた。


アリシアは小走りに駆けていた。その手は、丸めて赤い紐で結ばれた文を握っている。

リディ・サザーランドから書状が届いた。朝からみっちりと詰め込まれたダンスレッスンの最中にナイゼルから報《しら》せを受けたアリシアは、居ても立ってもいられなくなり、すぐに王の執務室へと急いだ。そして、ジェームズ王から書状を受け取るや否や、執務室を飛び出したのである。

「クロヴィスはいる!?」

ばたんと勢いよく補佐室の扉が開き、机に向かっていた補佐官たちが一斉に驚いて顔を上げる。彼らは入口に立つのがアリシア王女だと気づくと、ますます目を丸くした。

だが、アリシアの求める王女付き補佐官の姿は、その中にない。幼い頃のように補佐室に飛び込んでしまったことを今更に恥じながら、扉から一番近くにいた補佐官に、アリシアはおずおずと尋ねた。

「ごめんなさい。クロヴィスに、話したいことがあったのだけれど」

「申し訳ありません、アリシア様。クロヴィスさんはナイゼル様に言われて、今は休んでいます」

「え?」

首を傾げるアリシアに、若い補佐官はすまなそうに眉尻を下げた。その後を継いだのは、ライアンというベテランの補佐官だ。

「クロヴィスのやつ、ここ最近、夜もろくに寝ないで仕事を詰めているんですよ。それをナイゼル様に見抜かれましてね。無理して式典中に倒れられてもかなわないからって、一度部屋に戻したんですよ」

「そんな……。知らなかったわ」

アリシアの前では、涼しい顔をして政務に当たっていた補佐官の顔が、瞼の裏にちらつく。ほとんど毎日顔を合わせているというのに、そこまで無理を重ねていたということに気付かなかった。

けれども、考えてみれば自然なことだ。建国式典の前は特に補佐室は慌ただしくなる。隣国エアルダールへの視察から戻ってすぐにその忙しさの中に身を置き、おまけに、アリシアの政務をいつもと変わらずに支えてくれている。いくらクロヴィスが表面では平気な顔をしていたって、疲れが溜まっていると想像がついて然るべきだった。

ショックを受けるアリシアに、ライアンは慰めるような目を向けた。

「アリシア様が悪いんじゃありません。なまじ器用なだけに、何でも自分でやっちまうあいつが悪いんです。どうせクロヴィスは、あなたの前では弱音を決して吐かないでしょう?」

「そうだけど……」

「それに、アリシア様が至急に用があるというなら、話は別です。どうぞ、部屋でお待ちください。クロヴィスにそちらへ向かうように、私から伝えます」

「あ、いいえ!　そこまでしなくて大丈夫よ」

慌ててアリシアは首を振った。リディの身を案じていたため、無事との知らせが届いた喜びでつい走ってきてしまったが、ぱっと目を通してみた感じではただの近況報告だ。

それに今日はダンスレッスンのほかにも、女官長の強い勧めで仕立てたドレスを合わせるなどの予定が入っており、珍しくクロヴィスと顔を合わせる予定はない。もともと会う予定もなかったのにここで呼び出してしまっては、クロヴィスの負担をさらに増やすだけだ。

「本当に、急ぎの内容ではなかったの。いろいろと教えてくれてありがとう、ライアン」

「いえいえ。無駄足を踏ませてしまってすみません」

あとで、クロヴィスの様子を若い奴に見にいかせますよと。なおも心配そうなアリシアを気遣ってか、ライアンはそう約束してくれた。


補佐室を後にしたアリシアは、しょんぼりと廊下を歩いていた。

クロヴィスとは、昨日も顔を合わせた。そのときは、メリクリウス商会とイスト商会の提携について、ジュードを交えてあれこれと議論を重ねたのだが、有能な補佐官である彼にいつもと変わった様子はなかった。

〝どうせクロヴィスは、あなたの前では弱音を決して吐かないでしょう？〟

ライアンの何気ない言葉が蘇り、アリシアは胸をずきりと痛めた。

クロヴィスは優しい。そして、誰よりもアリシアをよく見ている。そんな彼だから、常に一歩先を行き、アリシアの些細な変化も見逃さずに気遣ってくれる。

それなのに、自分ときたらどうだろう。大切な従者なのに、――恋人なのに、弱った姿を見せてもらうことも叶わず、といって自分で気が付くこともできない。

そもそも自分たちの関係は、本当に恋人と呼べるものなのだろうか。周囲の目があるとはいえ、あの閉ざされた馬車の中でのやり取りを最後に、まともに心を通わせることもままならないのだ。

主従関係ではなく、恋人同士として。

子供と大人ではなく、対等なふたりの人間として。

こうありたいと願うアリシアの気持ちとは裏腹に、差ばかりが歴然と浮かび上がる。

(ああ、もう！　余計なこと考えない！)

ひとり廊下を行くアリシアは、ぶんぶんと勢いよく首を振った。

とにかく、ダンスホールに戻ろう。ナイゼルから報せを聞いたときのアリシアの様子を見て、女官長もすぐに練習を中止にしてくれたが、戻ったら戻ったですぐに再開してくれるはずだ。

そう思うのに、アリシアの足はダンスホールではなく、別のところへ向かう。いくつかの回廊を抜け、居城を一度出て、騎士らとすれ違いながら芝生を歩く。そうやってたどり着いたのは、城の敷地内に建つ文官用の宿舎だった。

日中のためか、宿舎に人の気配はない。こっそり中に入ったアリシアは、以前会話の中で聞かされた情報を頼りに、足早に廊下を進んだ。

そうして、とある部屋の前に立ったアリシアは、緊張した面持ちで扉を見つめた。

記憶に間違いがなければ、目の前の扉の奥に、クロヴィスが住む部屋があるはずだ。幼い頃、城のあらゆる場所に顔を出しては女官長に叱られていたアリシアだが、さすがにここに来るのは初めてである。

（つい、こんなところに来てしまったわ……）

あとで、様子を見に人をやらせる。そうライアンは話していたが、それでも、アリシアはクロヴィスのことが気がかりだったのだ。

すっかり寝入っているかもしれない。自分が行っても、邪魔なだけかもしれない。そんな考えが何度も頭を掠《かす》めた。けれども、もしアリシアにできることがあるなら、……ほんの少しでも彼を見舞うことができるならと、足を運んでしまった。

小さく息を吸って、吐く。恐るおそる、右手を掲げる。

ノックの音は、控えめに響いた。息を詰めて待つが、返事はない。もしかして、気分転換にどこかへ出かけたのだろうか。そう思って試しにドアノブを握ると、意外なことに扉が開いた。

家主の了承もなく入るのは気が引けたが、ここまで来たら女は度胸だ。できるだけ足音を殺して部屋に入ると、アリシアはそっと後ろ手に扉を閉めた。

簡素な部屋だった。華美を好まないクロヴィスらしく、備え付けと思われる調度品以外に無駄な家具はない。寝室は別にあるのか、ベッドの代わりに隣室へと続く扉がある。

何よりも目立つのは、棚にぎっしりと並べられた書物の多さで、納まりきらない本に至っては、絨毯の敷かれた床の上に重ねて積まれている。特に部屋の中央にあるソファの周りには本の山が集中しており、普段、彼がそこに座って書物に目を通していることがうかがえた。

と、こちらに背もたれを向けているソファの影から、足のようなものが伸びていることにアリシアは気がついた。

そろそろと忍び足で近づいて正面に回ると、やはりというか、そこにいたのはクロヴィスだった。

ソファの上で、クロヴィスは眠っていた。ローブや上着、タイなどは外され、反対側に置かれたソファの背もたれに掛けられている。彼が上半身にまとうのは白シャツのみで、いつもは閉じている胸元をいくらか開けて寛がせていた。

軽く手が乗せられた胸は微かに上下に動き、そのたびに薄く開かれた唇から規則的な寝息が漏れる。無防備な寝顔はいつもより彼を幼く見せ、一方で閉じられた瞼を縁取るまつ毛が驚くほど長く、どうしようもなく色気を漂わせている。

アリシアは、顔が熱くなるのを感じた。

一目、顔を見たら帰ろう。そう思っていたのに、アリシアは踵を返すことができない。代わりに眠るクロヴィスに近づくと、身をかがめた。近くで見ると眠る恋人はますます美しく、胸の鼓動が跳ねるのを感じた。

彼に、触れたい。

湧き上がる衝動に抗《あらが》いきれず、そろそろと手を伸ばす。

その手が摑まれ、アリシアはクロヴィスの上に倒れ込んだ。

「感心しませんね。男の部屋になど、不用意に入るべきではない」

「クロヴィス!?　起きてたの!?」

「眠っていましたよ。運よく目覚めただけです」

驚くあまりに、声が裏返る。そんなアリシアを、まだ眠たげな紫の瞳がじっと見つめている。と、自分がクロヴィスの上に倒れ込んだままであるということ、自身の手が彼の胸板の上に置かれていることに気が付いて、アリシアは一気に頭の中が沸騰する心地がした。慌てて彼の上から退こうとしたが、彼女を捕まえるクロヴィスがそれを許してはくれなかった。

「は、離して！」

「嫌です。先に触れようとしたのは、あなたでしょう？」

「そ、そうだけど！　そうじゃなくて！」

「嫌です」

慌てるアリシアを、なおもクロヴィスはきっぱりと一刀両断。それどころか、クロヴィスはアリシアの背に手を回し、さらに自身へと引き寄せた。

「く、クロ……」

「城に戻ってから、――いいえ。その前から、あなたに触れるのを我慢してきたのです。こんな好機を見逃せるわけがない。俺は十分、〝待て〟をしたとは思いませんか？」

クロヴィスの言葉に、アリシアは思わず動きを止めた。まじまじと恋人を見返せば、彼は真剣な顔をしていた。

気恥ずかしくなって、アリシアは俯いた。彼が本当の事を話しているなら。冗談でもなんでもなく、本心を話しているのなら、まるで。

（クロヴィスも、寂しかったみたいじゃない……）

アリシアの指に力がこもり、白シャツに皺が寄る。嬉しいやら恥ずかしいやらで前を向けないアリシアの髪を、大きな手が優しく梳《す》く。

「――目を閉じてください。もっと近く、あなたを感じたい」

その言葉は魔法のように耳を打ち、全身を絡め取った。

彼に言われるまま、アリシアは瞼を閉じる。

首筋に温かな体温が触れ、促すように引き寄せられる。


――そのとき、木の扉を叩く音が三度響いた。


途端、アリシアはがばりと身を起こすと、クロヴィスが止める間もなく脱兎のごとくソファから飛びのいた。

(びびびびびびっくりした!!)

胸のあたりが、バクバクと嫌な音を立てている。そんなアリシアを、クロヴィスはソファから体を半分起こしたまま見て、一度扉へと視線を向け、もう一度アリシアへと戻した。

それから小さく嘆息し、扉へ向けて「どうぞ」と呼びかけた。

かちゃりと扉が開き、先ほどアリシアが補佐室を訪れた際、最初に応対してくれた若い補佐官が顔をのぞかせた。

「失礼します、クロヴィスさん。お加減いかがですか……って、アリシア様!?」

ドームを被せた銀皿と水差しを手に部屋に入ってきた補佐官は、アリシアの存在に気が付くと、ぎょっとしたように目を丸くして足を止めた。当然だろう。同僚の部屋を訪ねて、そこで王女に出くわすなど誰も思わない。

やや腰が引けたまま、若い補佐官はアリシアとクロヴィスを交互に見ている。アリシアが言い訳を口にしようとしたとき、クロヴィスがソファから立ち上がり、腕を組んだ。

「俺が休んでいるなどと、誰か口を滑らせただろう。そのせいで、こうしてアリシア様が心配して駆け付けてくださったんだぞ」

「あ、え、ああ！　そういうことだったんですか。なんだー、びっくりした」

平然と言い放つクロヴィスに、若い補佐官もほっとした様子。途端にすたすたと近づいてくると、申し訳なさそうにアリシアにぺこりと頭を下げた。

「すみません、アリシア様。クロヴィスさんのお見舞いに行かれるとわかっていたら、ここまでお連れしましたのに」

「補佐室を出てから、急に思いついたから……。えっと、それは？」

「ああ、これはですね、ナイゼル様が調理長に頼んで作ってもらったんです。クロヴィスさん、ぐっすり眠っていてお昼も食べられてないだろうからって」

「そこまで寝入ってはないんだが……。まあ、食べてないのも事実ですが」

微妙な顔をして、クロヴィスが銀皿を受け取る。だが、ドームの中から野菜やチーズを挟んだパンが姿を現すとわずかに顔を綻《ほころ》ばせたので、空腹は覚えていたようだ。

結局、いくつかやり取りを重ねた後、若い補佐官は去っていった。クロヴィスも、もともと終日休むつもりはなかったらしく、食事を済ませたら補佐室に戻ると話していた。

そうして部屋には、再びアリシアとクロヴィスのふたりだけが残された。


さて、どうしようと。ソファに座るアリシアは、考えていた。

対して向かいに座るクロヴィスはというと、若い補佐官が持ってきたパンをぱくぱくと片付けている。彼は最初、持ち前の生真面目さが顔を出し、主人を差し置いて自分だけが食事を摂ることを躊躇していた。しかし、気になるようなら部屋から出ていくとアリシアが申し出ると、急に大人しく食べ始めた。

そうしたわけで、かえってアリシアは、クロヴィスの部屋をお暇《いとま》するタイミングを逸していた。

なお、若い補佐官が持ってきた水差しの中身はぶどうジュースだった。小さめのゴブレットに注いでもらったそれをちびちび飲みつつ、アリシアはクロヴィスを盗み見た。

彼に、いつもと変わった様子は見られない。たっぷりと睡眠をとった後だからかもしれないが、とてもじゃないが、無理を重ねて倒れる寸前まで自分を追い詰めていたようには見えない。

いや、今だけではない。昨日だって、その前だって、そんな片鱗はちっともアリシアの前では見せなかった。それは単にアリシアが鈍いというより、クロヴィスが意図的に隠していたためだろう。

「辛いなら辛いと、言ってくれればよかったのに……」

「は?」

相手に聞かせるつもりのない呟きだったが、クロヴィスはそれを聞き逃しはしなかった。彼は食べるのをやめてアリシアを見た。だから、仕方なくアリシアは続けた。

「ねえ。クロヴィスが支えてくれるのは嬉しいけれど、私も昔よりはいろいろなことを自分でできるようになったわ。あまりに忙しいときは、無理して私のところへ来なくてもいいのよ」

「興味深いことを仰《おっしゃ》いますね。それは冗談ですか?」

「冗談なんかじゃないわ。私はお前のことを……」

「心配して、ですか？　それで、あなたにお仕えする時間を削れと」

言葉遣いは丁寧なままだが、クロヴィスの声には若干の不服が混じる。彼は手に持つ残りのパンの欠片《かけら》を口にし、それを咀嚼して飲み込んでから、改めて首を振った。

「お断りします。第一に、私の立場は王女付き補佐官、つまり最優先すべきはアリシア様に関する事柄です。補佐室で他の業務に追われることで、あなたにお仕えするのに支障が出るほうが問題です」

「そ、それはそうかもしれないけれど、補佐室が忙しい期間だけなら」

「第二の理由として、私が、――――俺が、あなたに会いたいんです」

「はい？」

アリシアの唇から、間抜けな声が漏れる。するとクロヴィスは、困ったように眉をひそめてから、目を逸らした。その頬は、微《かす》かに赤く染まっていた。

「自分でも大人げないと思いますが、このところ、視界の端で常にあなたを探している。今日だってそうだ。お会いする予定はないとわかっているのに、会いたくてたまらなかった」

「そんな、だって、そんなそぶりちっとも……」

「格好悪いですよね。俺はあなたより10歳近く年上のはずなのに、こんなにも余裕がない。それどころか恋人として、もっとあなたにも強請《ねだ》られたいと願ってしまう」

言葉が喉に詰まって、アリシアは慌てて顔を俯かせた。そうでもしないと、もう一度クロヴィスの胸に飛び込んでしまいそうだったのだ。

そんなアリシアの内心を知ってから知らずか、クロヴィスは照れくさそうに微笑んだ。

「心配をかけたことは謝ります。後輩たちも育ってきましたし、周囲を頼ることも覚えましょう。だから、お願いです。俺に『来るな』などと、言わないでください」

いけませんか？とクロヴィスが首を傾げる。その甘い仕草も、表情も、声も、アリシアをそわそわと落ち着かない心地にさせる。「はい」とだけ蚊の鳴くような声でどうにか答えると、それはそれは嬉しそうに、クロヴィスは笑ったのだった。


水差しを取り上げ、注ぐ。それを飲み干し白布で口元を拭ってから、クロヴィスは顔を上げた。

「ところで、そちらの書状は何ですか？　思うに、それを見せるために私を探していたのでは？」

言われてアリシアは、傍らに置いたままになっていたリディの文の存在を思い出した。いろいろとあって頭から抜け落ちていたが、もともとはそれを見せるために補佐室へと足を運んだのだった。

「リディから手紙が届いたの。私もさっき、中身を見たばかりなのだけど」

「リディから？」

クロヴィスの目が驚きに僅かに見開かれる。アリシアがそれを手渡すと、丁寧な手つきで紐をほどき、くるくると開いた。

「親愛なるアリシア様。お変わりなくお過ごしでしょうか……」

澄んだ紫の瞳が紙面の上を走るのを、アリシアは見守る。さらりと内容を確認したクロヴィスは、次いで何やら思案するように顎に手を当て、再び書状を読み返した。

なかなか顔を上げようとしない彼に、アリシアは首を傾げた。

じっくり読み込んだわけではないが、手紙の内容は近況報告だった。だからこそアリシアは、緊急の用であればクロヴィスを呼ぶと申し出たライアンに、その必要はないと答えた。

リディの手紙に書かれていたのは、簡単に言えばこうだ。

エアルダールに着いてから、自分はキングスレーのクラウン外相宅に身を置いている。キングスレー城への出入りは自由に行えるよう取り計らってもらえたため、苦労はしていない。近々、何処どこに視察に行くつもりだ――――。

さて、しばらく難しい顔をして考え込んでいたクロヴィスだったが、ふいに立ち上がると、大股の足取りで本棚へと向かった。そして一冊の本を引き出すと、ソファへと戻って手紙の隣にそれを開いた。

「それは？」

「エアルダール視察の間、個人的につけた記録です。こちらはほとんど日誌のようなもので、視察団がつけていた正式な記録は補佐室にありますが……。と、ありました」

はらり、はらりと紙をめくる音が止まり、細い指が流れるような書体の上に置かれた。それでアリシアはクロヴィスの隣へと場所を移り、一緒になって記録と手紙とを覗き込んだ。

「リディが視察に行くと記した地区です。レジェ、イェーツ、ファインズ。どれも、かつて視察団時代に訪れた町や村です」

「そこには何があるの？」

アリシアの問いかけに、クロヴィスは顔を上げた。艶めく黒髪の合間で、切れ長の目がすっと細められた。

「孤児院です。どれも、比較的大きな」

そう、クロヴィスは言った。

「3つの孤児院は共通して、宰相エリック・ユグドラシルが支援しています」


「私が気になるのは、3つの場所を訪問する目的が手紙の中に明示されていないことです。よくも悪くも、リディは物事をはっきり言う方だ。目的を書かなかったのは、それを濁すことで何か伝えたいメッセージがあったのだと考えられます」

すらすらと言葉を紡ぎながら、クロヴィスは手早くタイを締め、上着を羽織る。手慣れた仕草に見惚れていると、仕度を終えたクロヴィスが振り返り、「行きましょうか」とアリシアを促した。

途中、通りがかった侍女に銀皿などを厨房に戻してもらうよう頼みつつ（あとで調理長にもお礼を言いに行かねばと、クロヴィスは言っていた）、ふたりは歩みを進める。その道すがら、クロヴィスはさらに続けた。

「前に、ユグドラシル様がいくつかの孤児院を支援しているという話はしましたね」

「ええ。シャーロットや、彼女の兄たちも、そうした孤児院から引き取られて養子にされたのだったわね」

「シャーロット嬢がもともといたのは、イェーツにあるゴールトン孤児院です。兄たちの出身も、それぞれレジェのブロック孤児院、ファインズのサーセス孤児院。ユグドラシル様が支援する孤児院がほかにないわけではありませんが、この3つは飛び抜けてその比重が高い」

だから、視察団時代も宰相の計らいで訪問する機会があったのだと、クロヴィスは話した。

「リディは当然、この手紙に私が目を通すことを想定しているはずです。しかし、3つの地名から連想できる名をどう捉えるべきか、そこまでは示していない。彼自身、まだ確証がないのかもしれません」

「つまり……、あの宰相が、ロイドと通じていた黒幕だということ？」

アリシアの問いに、クロヴィスは足を止めた。気が付くと、いつの間にかふたりはアリシアの部屋の前に立っていた。

「それは、まだわかりません。警戒すべき人物なのか、そうではないのか。疑いは正しいのか、正しくないのか。それを確かめるためにこれから動くのでしょうが、万が一のときに備えて、先に私たちに名前だけを伝えたのでしょう」

「万が一のとき……」

心臓がぎゅっと摑まれた心地がして、アリシアは無意識のうちに、祈るように胸の前で手を握り合わせていた。すると、クロヴィスの手がそっとアリシアの頭に乗せられた。

見上げたアリシアに、クロヴィスは微笑んだ。

「大丈夫ですよ。あの方はしぶとい。それに、誰よりも芯のある人です。悪戯《いたずら》に我が身を危険に晒して、志半ばにして倒れるような御仁ではありません。そう信じたから、あなたもリディを隣国へ送ったのでしょう？」

「そう……ね。そうよね」

自分に言い聞かせるように、アリシアは何度も頷いた。

サザーランドは約束を違えない。そう言って、リディも「必ず戻ってくる」と不敵な笑みを浮かべていた。危険をわかった上で送り出したアリシアは、彼を信じて待つよりないのだ。

そう納得しようとしても、胸に芽生えた不安の種を簡単に消すことは難しい。浮かない顔でアリシアが考え込んでいると、なぜだかクロヴィスは無言のままじっと見つめていた。

そして、何を思ったのか身を屈《かが》めると、アリシアの額に素早く口付けを落とした。

「妬《や》けますね。そんなに彼が心配ですか？」

細めた目の奥で、紫の瞳が妖しく揺らめく。突然の変化にどきりと心臓を高鳴らせつつ、アリシアは慌てた。

「あ、当たり前でしょ。妬けるだなんて、そんな……」

「冗談です」

にこりと笑って、クロヴィスが一言。感情の起伏が追いつかないアリシアの背を押しつつ、彼は部屋の扉を開けた。

「私の記憶が確かであれば、そろそろ、ドレスの仕立屋が到着する頃合いかと。フーリエ様が迎えにくるまで、こちらでお待ちください」

「あ……」

「また明日、アリシア様。――お会いできて、嬉しゅうございました」

軽く一礼したのを最後に、クロヴィスの手が扉から離れる。ぱたりと音を立てて、それは閉じた。向こうに消えてしまった恋人を想いながら、アリシアは扉の表面をそっと撫でた。

（ほんとに、もう……）

まだ、唇が触れた箇所が熱い。

彼のおかげで不安に思う気持ちは紛れた。それ自体はありがたく思いつつ、素直に感謝できない自分は、まだ幼いのだろうか。そう、アリシアは自問した。

クロヴィスに余裕がないなんて、嘘だ。

だって自分は、離れた瞬間にもう、こんなに彼を欲している。

「姫様？」

「どうしたんですかぁ、姫様？」

主の帰宅に気づき奥の控室から出てきた侍女ふたりが、揃って不思議そうに声を掛ける。それに、半ばやけっぱち気味に「なんでもないの！」と返しつつ、アリシアは扉の前を離れたのであった。


ハイルランドの空に、空砲が響く。それを合図にして、3日間にわたる建国式典がエグディエル城で幕開けした。

式典には、国中から多くの来賓が招かれた。枢密院はもちろんのこと、ジュードのような領主や貴族、東西南北それぞれを預かる騎士団の長、音楽家や画家などの芸術家、名のある商人たち――。

建国式典では伝統として、建国王エステルと守護星とで結ばれた〝契約〟を、様々な手法で再現する。その最も代表的なものは、守護星の庇護の体現者である時の王を司祭に据えた、典礼儀式だ。

祭儀は、かつてチェスター侯国で信奉されていた〈星読教〉の形式によるものである。そのため、今となっては失われた言語での祈りや斉唱、神話を題材にした典礼が行われるなど、どこか浮世離れした雰囲気を漂わせる。

初日はほぼ終日をかけて典礼儀礼が行われ、続いて2日目に行われるのは、市内と城とを結ぶ大通りで催される建国パレードだ。ここでは追撃者の手を逃れ、精霊や星々に導かれてハイルランドにたどり着き、守護星と契約を結ぶまでを演目で再現する。

そして3日目、最終日となるこの日は半日をかけて国王と来賓者とが卓を囲む大規模な昼餐会が開かれる。その後、式典の締めとなる舞踏会が催されるのだ。

王族でありハイルランドの王位継承者と目されるアリシアも、当然すべての式典に参加する。基本的には顔を出してさえいれば問題ないとはいえ、次々に行事が移り変わる中では、なかなかどうして忙しく思える。

一方のクロヴィスも、要所要所の場面ではアリシアのそばに来て控えてはいたが、それ以外の部分では、やはり補佐官として忙しく立ち回っていた。

そうしたわけで目まぐるしく最初の2日間が過ぎ去り、3日目の昼餐会を迎えていた。その中で、アリシアは地方院長官ダン・ドレファスに声を掛けに行った。

「失礼、ドレファス夫人。ご主人を少しばかりお借りしてもいいかしら？」

「これは、アリシア様。っと、ナイゼルも一緒じゃねえか」

夫人に代わり、野太い声で答えたのはドレファスだ。彼の連れである夫人や子息、令嬢が止めるわけもなく、ドレファスはナプキンで豪快に口まわりをぬぐってから、すぐに立ち上がった。昼餐会の最後を飾るデザートが出るのを待ち、人々はのんびりと歓談している。そうした楽しげな声を背景に聞きながら、アリシア、筆頭補佐官ナイゼル・オットー、ドレファス長官、そしてもうひとりが柱の陰に集まった。

残りのひとり、それは、地方院シェラフォード支部長代理のダニエル・サザーランドだ。

彼はリディの従兄弟であり、普段からリディと共にシェラフォード支部の運営に携わっていたという。アリシアも彼に会ったのは2日前の典礼が初めてだったが、リディと違って気の小さいところはあるものの、なかなか芯のある青年という印象は受けていた。

「リディから手紙、ですか……?」

そのダニエルが、恐る恐るといった様子で口を開く。リディより年上だと聞いていたが、大きな背を丸めて上目遣いにこちらを見る様をみていると、なんだか親とはぐれ迷子になった子犬を見ている気分になる。そんな感想を抱きつつ、アリシアは頷いた。

「ええ。まず、彼が元気でいることが確認できたから、ここにいるメンバーには伝えておくわ。それで、内容なのだけれど……」

そう言って、アリシアは先日クロヴィスと話した内容を、掻い摘《つま》んで説明する。ちなみに、ナイゼルとジェームズ王とは、あらかじめ話をしてある。その上で判断を仰いだところ、ドレファスとダニエルには伝えておこうという結論になったのだ。

「宰相エリック・ユグドラシルといえば、お隣の女帝が君臨してからというもの、ずっとその右腕を務める男じゃないですか。そんな男が、ロイドと通じてたっていうんですか？」

「まだ断定はできないの。けど、リディはその線で動くことにした。そう、この手紙からは推測できるわ」

目を丸くしたドレファスは、しばし唖然とした。それから、頭を抱えた。「かーっ」「情けない」「王の右腕が、なんたる醜聞」などと口走っているから、一本気で筋の通らないことを嫌うドレファスにはよほど許せないことだったのだろう。

そんなドレファスにおろおろとしつつ、ダニエルはアリシアとナイゼルとを見た。

「そ、それで……、そのことを知った私たちは、どうすればいいのでしょう？」

「それについては、私から説明しましょう」

眼鏡をかちゃりと押し上げながら、ナイゼルが一歩進み出る。アリシアではなく筆頭補佐官が口を開いたということは、すなわち、それがジェームズ王からの指示であることを意味する。素早くそれを理解したダニエルが、やや猫背気味の背を伸ばして緊張する。

「ドレファス。至急で南方騎士団と連絡をとり、万が一の際にすぐ動けるように、国境の警戒レベルを引き上げてください。本当にユグドラシル宰相が糸を引いているなら、彼もまた、軍を動かしやすい立場にありますから」

「わかった。てわけだ、ダニエル。俺もサポートするが、シェラフォード支部での調整はお前に動いてもらうぞ。で、お隣のジェラス公爵領だが……、ファッジにはどこまで話していいんだ？」

「彼にも、手紙の内容を伝えるつもりです。公爵も、リディのことは気に掛けていましたし」

「ああ。そういやあいつは、こーんな小さな頃からリディを知ってるんだもんなあ」

親指と人差し指に隙間をつくって、ドレファスが肩を竦める。その隙に、アリシアは再び口を開いた。

「それで、建国式典が終わって落ち着いたら、シェラフォード支部に視察に行こうと思うの。ダニエルは慌ただしいスケジュールになるけれど、構わないかしら」

「し、視察ですか!?」

「何をビビってるんだ、お前は。アリシア様直々に足を運んでもらうんだ。そこは光栄に思うところだろうよ」

一気に震え上がったダニエルの背中をばしばしと叩いてから、ドレファスは力強く頷いた。

「もちろん、大丈夫です。俺自身もその頃にシェラフォード支部に足を運ぶつもりだったんで、ご一緒させていただきます。そこで、みっちりびっしり、防衛体制を確認できればと」

「うええ、長官も来るんですか!?」

「当たり前だろうが!! リディがいないってのに、お前だけに任せられるか!」

途端に騒がしくなったドレファスとダニエルのやり取りに、ナイゼルはやれやれと首を振り、アリシアは小さく吹き出した。くすくすと笑いながらも、ドレファスのような面倒見がよい人物が地方院長官でよかったと、改めてそんなことを思うのだった。


そしてついに、舞踏会が始まる。

ご婦人方の華やかなドレスが、ダンスホールを色鮮やかに彩る。軽やかなワルツの調べに乗って、ある紳士は令嬢の手を取って優雅に踊り、ある老紳士は歌を口ずさむ。

アリシアはというと、基本的には父であるジェームズ王にエスコートされながら、改めて来賓の人々に声を掛けて回っていた。

アリシアを幼い頃から見てきた枢密院貴族やメリクリウス商会の面々などは、声を掛けられると朗らかに挨拶を返し、久々の会話に興じてくれる。だが、初めて話す者などは、ハイルランドの青薔薇と称されるアリシアの美貌にしばしぽかんと口を開けた後、やや緊張気味に答えてジェームズ王に笑われるというのがほとんどであった。

長い時間をかけてほとんどすべての来賓者に声を掛け終えた頃には、時折ダンスに応じたこともあり、アリシアはへとへとに疲れていた。といって、舞踏会という公式の場でだらしない姿を見せるわけにもいかず、夜風を求めてアリシアはバルコニーへと抜け出した。

誰もいないのをいいことに、アリシアは手すりにもたれて、暗闇の向こうに浮かぶ小さな灯火を見つめた。ここからでは城壁に阻まれて見ることはできないが、今頃は星祭も最終日を迎えて、エラム川に灯籠を流すべく人々が集まっているはずだ。

そうやって城下に思いをはせていると、王女の背中に声が掛けられた。

「こんばんは、アリシア様。ご一緒させていただいては、お邪魔になりますか？」

「ジュード!!　ううん、もちろん大歓迎よ」

振り返ったアリシアは、そこにローゼン侯爵ジュード・ニコルの姿を見つけて、顔を綻ばせた。

すると彼は、おなじみの愛嬌のあるえくぼを浮かべて、嬉しそうにアリシアに並んだ。

ジュードの手には、細いシャンパングラスが2脚握られている。片方をアリシアに渡すと、チンと軽やかな音を立てて乾杯をした。

「式典はどうだった？　やっぱり、退屈だったかしら？」

「存外楽しめましたよ。久しぶりに出てみると、興味深いところがあるもんで。特に、建国にまつわるストーリーは面白いですよね。メリクリウスの商人たちも、喜んでいましたし」

朗らかに笑うジュードは、相変わらず正直だ。「けど」と言いながら、彼はグラスを持っていないほうの手を掲げて、うんと伸びをした。

「舞踏会となると、話は別です。そろそろ僕としては、星祭にでも繰り出して羽を伸ばしたい頃合いですよ。実のところ、あなたも同じじゃないですか？　だから、ここにいる」

「すごいわね。ジュードには、心を読まれてしまうみたい」

「心を読んでいるのではありません。商売人的な勘というやつですよ」

勘ついでに、もうひとつ当てて見せましょうかと。

そう言ってジュードは、悪戯っぽくウィンクした。

「僕が声を掛けたとき、あなたは一瞬、別の誰かを期待した。ふふ、そうですね。例えばそれは、クロくんだったのではないですか？」

驚いて、アリシアはぱっと顔を上げた。だが、薄暗がりの中でこちらを見る侯爵は親しみを込めた笑みを浮かべるだけで、そこには茶化す様子もなければ、といって咎めるような色も決してなかった。

それでアリシアは、思い切って口を開いた。

「気づいていたのね」

「あなたがクロくんを慕っているということを、ですか？　そりゃあね。知ってましたよ。商売は、心の機微を読むのも仕事みたいなものですから」

楽しげに笑ってから、ジュードはグラスを軽く煽る。次にアリシアを見たとき、その目はひどく優しい色を浮かべていた。

「それで、ついにあなたは、長い片想いを成就させたわけだ」

「そんなことまでわかるの⁉」

「残念！　今のはカマかけですよ。けど、そうなんですね！　いやあ、めでたい‼」

悪びれもなく「カマかけ」などと言っておきながら、ジュードはまるで自分のことのように、手放しで喜んでいる。一方、うっかり嵌《は》められたアリシアはというと、ついジュードを見上げる視線が恨めし気なものとなってしまう。

自分に向ける王女の視線が不穏であることに気づいたジュードは、「怒らないでくださいな」と苦笑した。

「僕はね、とてつもなく嬉しいのですよ。あなたが選んだのが、どこその〝王子様〟なんてあやふやなものじゃなくて、ずっと傍《そば》で支えてきたクロくんだということがね」

「……一応、釘を刺しておくけれど、内緒よ？　隣国との縁談話もはっきりと消えたわけでもないし、お父様もまだ知らないのだから」

「もちろん、心得ています。しかし、身分がなんです！　立場がなんです！　人はみな、生まれながらにして平等かつ自由ではありませんか！」

「こ、声が大きい！」

力強く拳を握りしめた侯爵を、慌ててなだめる。こうも声を張って力説されてしまえば、話の内容がどうの以前に、単純にアブナイ人に見えてしまう。

冷や冷やするアリシアだったが、ジュードは落ち着いたもので、一瞬のヒートアップを冷ますようにひらひらと掌を振った。そして、再び手すりに身を預けつつ、城壁の向こうに見え隠れする街並みに顔を向けたまま懐かしそうに目を細めた。

「前にね、……ああ。これは、クロくんには内緒でお願いしますよ。男同士の裏話を恋人に教えるなんて、本当はマナー違反ですから」

ね、と促しながら、ジュードがわずかに顔をアリシアに向ける。こくりと小さく頷くと、再び彼は視線を夜景へと戻した。

「クロくんが、一度だけ、ひどく酒に酔ったことがありました。商会の定期報告か何かで、彼がひとりで我が屋敷を訪ねたときです。ちょうど、アリシア様の16歳の誕生日の直後でしたよ」

ということは、まだ1年たたない最近の出来事だ。しかし、クロヴィスがジュードの屋敷で「ひどく酔った」というのは初耳である。そもそも彼は酒を嗜《たしな》む程度しか口にしないし、仮に飲んだとしても、ロバートほどではないにせよクロヴィスも酒に強いのだ。

さてジュードによると、いつものように夜に一緒に飲もうと誘ってみたところ、その日のクロヴィスは珍しく、スイスイとウィスキーを口にした。今までこんなに飲んでくれることはなかったので、侯爵が嬉しくなって新しく瓶を開けると、やっぱり彼はスイスイと飲む。

そんなわけで、すっかり楽しくなったジュードが次々にグラスに注いだため、気が付いたときには、クロヴィスは完全に酔いつぶれてしまっていたらしい。

「待って。冷静に、何しているのよ」

「わわ。すみません。僕も悪かったですけど、あのクロくんがまさか、自分の限界を超えるまで飲み続けるとは思わなかったんですよ！」

もの言いたげな目をしてアリシアが睨めば、ジュードは慌てて申し開きをひと言。けれども、確かに彼の言うように、クロヴィスがそういう飲み方をするのは初めてのことなので、アリシアも矛を収めることにする。

話を戻そう。クロヴィスの異変に気付いたジュードは、慌てて水をたくさん飲ませてやった。それでもふらふらとおさまりが付かないのでソファに横たえてやると、クロヴィス自身やらかしてしまった自覚はあったのか、腕で顔を隠して小さく呻《うめ》いたという。

家主としても酔いつぶれた客人をほったらかしに部屋に戻るわけにいかず、しばらくウィスキーを舐めながらそばにいてやると、やがて、クロヴィスがぽつぽつと話し始めた。

「クロくんが話したのはね、先日あったという、アリシア様の誕生パーティのことでした」

「私の？」

「ええ。あなたはそれが、社交界デビューでもあったらしいですね」

素直にアリシアが頷くと、ジュードはグラスで口を湿らせてから、再び口を開いた。

アリシアの16歳の誕生日を祝う宴は、本人が社交界デビューをするという節目の年でもあったため、いつにも増して大掛かりに執り行われた。いわゆる社交界の華と呼ばれる紳士淑女、各国の王族たち、そうした華やいだ世界に、ハイルランドの青薔薇姫が初めて迎えられたのである。

「そのときの光景が瞼に焼き付いて離れないと、クロくんは言っていたんだ」

大広間に管楽器の音色が響く。

朱色の扉が開き、王の腕に手を絡めた姿が明らかとなる。

ゆっくりと足を踏み出した彼女の髪が、はらりと後ろに流れて煌めく――。

「それを聞いて、僕は思ったんですよ。クロくんにとって、あなたは『守るべき小さな女の子』だった。だけど、その瞬間を境に『小さな女の子』には見えなくなってしまったんだなって」

嬉しそうに、苦しそうに。

幸せそうに、つらそうに。

とりとめなく話していたクロヴィスは、いつしか寝入ってしまったという。

「それからがまた、大変でしてね。ご存知の通り、日中はいいですけど、夜の談話室は冷えるんです。だから、なんとかクロくんを担ぎ上げて部屋に運んで……って、そんな話はどうでもよろしい」

自分で始めたくせに、ジュードはぴしゃりと己の話を遮る。

そうして彼は、とても穏やかな笑みを浮かべた。

「要は何が言いたいかということですが、どうか、あなた方には幸せになってほしい。身分もある。立場もある。面倒くさいしがらみが、たんまりとある。けれど、せっかく勇気を出して手を伸ばしたんだ。簡単に離してしまっては勿体ない！」

ジュードの言葉に、アリシアは思わず俯いた。それこそが長い間アリシアを臆病にさせ、最後のさいごまで迷わせた悩みであったからだ。

今だって迷いがないわけではない。けれども、不安のすべてを受け止めた上で、クロヴィスは壁を乗り越えてきてくれた。そのすべてを、共に乗り越えようと言ってくれた。

そんなアリシアの内心を知ってか知らずか、ジュードはしばらくの間、しげしげと年下の王女の様子を窺っていた。そして、ふいにアリシアが手に持つグラスを取り上げると、「えいやっ」とアリシアの背中を押した。

「ちょっと、きゃっ!?」

「まずは飛び込んでごらんなさい！　それが、あなたの十八番でしょう？」
二、三歩、たたらを踏んでからアリシアが驚いて振り返れば、ジュードもまた、広間の中に戻ろうとするところだった。目を白黒させるアリシアに後ろ手をひらひらと振りながら、彼は笑って言った。
「走りなさい！　素敵な夜は、まだまだ始まったばかりだ」

それを最後に、ローゼン侯爵の姿は踊る人々の間に紛れて消えた。

しばらく呆然としていたアリシアだったが、ジュードの姿が見えなくなったところで、はっと我に返った。それから躊躇《ためら》うように一歩を踏み出し、ついでもう一歩を踏み出した。三歩目からは走り出しており、その足取りに迷いはすでになかった。

遠い日に行われた式典のように、アリシアは駆けていた。

紳士淑女たちが、ワルツに体を揺らす。ふわりとしたドレスの裾が、色とりどりの花のように広がる。その間を、薄水色のドレスを翻してアリシアは走る。

何度も何度も、そうやってアリシアは手を伸ばしてきた。

何度も何度も、彼もまた手を伸ばしてくれた。

すれ違う人々の向こうに、すらりとした長身が映る。

大好きな手が、大好きな声が、大好きな笑顔が、そこにある。


「クロヴィス!!」

響いた声に、クロヴィスが振り返る。紫の澄んだ目が、アリシアをとらえて驚きに染まる。いつかの日と同じに彼女は補佐官の右手を摑み、――走り出した。

「――っ！　あ、アリシア様!?」

「来て！」とアリシアは叫んだ。「一緒に来て、私と！」

人々の間を縫って駆けながら、アリシアは後ろを振り返る。肩越しに見えるクロヴィスはひどく驚いた表情でぽかんと口を開け、――――小さく吹き出し、飾り気のない笑顔で心底おかしそうに笑った。

「行きますよ」と、笑い声の合間にクロヴィスは答えた。「あなたとならば、どこまでも」

色彩も、眩《まばゆ》い輝きも、華やかな調べも、すべてが後ろに遠ざかっていく。

そうしてふたりは、社交の場から抜け出した。

「どうしよう……」

夜にもかかわらず、エグディエルの街並みには人があふれている。広間には出店が立ち並び、それぞれが軒先にキャンドルやランタンをぶら下げているため、オレンジの灯がちろちろと揺れて暗さを感じさせない。

そんな中、すっぽりと被ったフードの下で、アリシアは打ちひしがれていた。その隣では、クロヴィスがくつくつと笑いを噛み殺している。

なお、ホールを抜け出してすぐ、ふたりはそれぞれに着替えてから街に来ている。星祭には身なりのいい商人なども来ているため、とっさの変装とはいえ街中で浮いてしまうということはない。

いつまでも肩を震わせている恋人には触れずに、アリシアはさらに頭を抱える。

「あんなふうに抜け出したりして、絶対あとで怒られるわ……。ううん、怒られるだけならいいほうよ。クロヴィスとのことを、みんなに不審に思われでもしたら」

自分で言っていて不安になり、ついにアリシアは顔を青ざめさせる。それで、いよいよクロヴィスは吹き出した。抗議の意味を込めてアリシアが睨みつければ、笑いながらあっけらかんと腕を組んだ。

「今更、何を仰いますか。大丈夫ですよ。いっそ、こういう際には堂々とすればいい。アリシア様のことですから、何かを急に思いついて、居ても立ってもいられずに従者を連れ出したのかなと。みな、そのように勝手に納得してくれますよ」

「そんないい加減なことを言って！」

「いい加減ではありません。あなたの問いを、適当にあしらうことなどあり得ない」

「……そういうところは、ちゃんと補佐官なのね」

「補佐官ですよ。そして、あなたの恋人です」

言うが早いが、クロヴィスはアリシアを引き寄せる。包まれた腕の中で彼を見上げれば、頬を白い指が撫でた。

「とはいえ、余計な横槍を入れられては面倒だ。城に戻ったあとは、念のため火消しをしておきます。今は、まだ」

今は、まだ。囁かれた言葉の意味を、わからないほど鈍くはない。だからアリシアはうっかり赤面しつつ、せめてもの仕返しに頬に添えられた手を掴んでやった。

「…………灯籠流し、近くで見たい。あと、出店も回りたい」

「喜んで」と、クロヴィスは微笑んだ。「それでは、行きましょうか」

ランタンの灯が照らす街並みを、ふたりは手を繫いで歩く。時折、カラーグラスを使ったものが交ざるためか、夜であってもカラフルな色彩が町にあふれている。星祭。その名に恥じず、この町を空から見たならば、大地が星空のように見えるのかもしれないと、アリシアは思った。

エラム川に近づくにつれて、人混みが増す。合わせて、川へと向かう人々の手に灯籠が目立つようになる。

それを眺めていると、道の途中にある出店に立ち寄り、クロヴィスが灯籠を一点求めた。人の好さそうな店主から手渡されたそれは、薄い布の向こうで紅い火がちろちろと揺れて、とても幻想的だ。

灯籠をぶら下げ、ふたたび川へと向かう。隣を行く人も、そのまた隣を行く人も、灯籠を掲げている。通りには次々に人が加わり、自分たち自身がひとつの大きな川になったかのような心地がして、足元がふわふわと落ち着かなくなる。

ふと、このまま人々の中に溶けてしまえたらいいのにと、アリシアは思う。自分は王族などではなく、彼も補佐官などではなく。どこにでもいる普通の男女として出会い、恋し、愛し合う。そんな「当たり前」が、ふたりにあったならと。

けれども、アリシアはすぐに、その考えに首を振る。

一度すべてが終わる瞬間を見てきた自分だからこそ、切り拓ける未来がある。そう信じて歩んできた道を振り返れば、隣にはいつもクロヴィスがいてくれた。

やりなおしの生を与えられた王女と、その補佐官。ふたりの出会いは、一風変わったものだったかもしれない。けれども、この数奇な巡り合わせを経て、ふたりは何度も互いとの絆を結んできたのだ。

「せーの」と声が重なる。その一言で、水に浮かべた灯籠を同時に押し出す。

アリシアたちの灯籠は、ゆらゆらと揺れながら流れに乗った。そして、同じように送り出された他の灯籠と一緒に、水面を照らす光の大群にのまれていく。ついに、自分たちの灯籠がどれであったか判別がつかなくなったとき、隣に立つクロヴィスが小さく息を吐いた。

「キスを、してもいいですか？」

「え？」

思わず聞き返せば、柔らかく微笑むクロヴィスと視線が交わった。

「こんな言い伝えがあるそうです。星祭の夜、想い合う恋人同士が交わした口付けは、ふたりを永遠に結びつけると」

「その言い伝え、クロヴィスは信じているの？」

クロヴィスらしくないので首を傾げれば、案の定、彼はあっさりと首を振る。

「効力があると思うかという意味なら、答えはノーです。奇跡は、人の意志の上に成り立つものです。偶然の巡り合わせに見えても、最後にそれを引き寄せるのは『成そうとする意志』だ。あなたがたくさんの人々の中から、俺の手を摑んでくれたように」

「じゃあ、どうして……」

「願掛けのひとつとして、試してみて損はない。それに口実があれば、恥ずかしがり屋のあなたも受け入れてくれるでしょう？」

エラム川を流れる無数の灯籠の灯が、ゆらゆらと揺れる波に反射する。それはまるで、光の妖精が水面を飛び回って遊んでいるようだ。

「口実なんかなくたって」と、オレンジ色を頰に映してアリシアは答える。「理由なんてなくたって、私だってクロヴィスに触れたい。……キス、してほしい」

虚を突かれたクロヴィスの目が、大きく見開かれる。だが、向かい合うアリシアは、恋人を直視することができずにいる。真っ赤に染まり上がった顔を俯かせていると、クロヴィスの手が腰に回され、抱き上げられた。

驚くアリシアは、慌ててクロヴィスの首に手を回す。逃れようもなく正面から見上げるクロヴィスの視線を受け止めると、彼は溜息をついた。

「困ったな」と、彼は途方に暮れたような声で言った。「抑えが、利かなくなるでしょう」

「抑えなければいいじゃない」と、アリシアも答えた。「あなたは私の恋人なんだもの」

クロヴィスが何かを言おうとしたが、その口が言葉を飲み込んで閉じられる。秀麗な顔はどこか悔しげに見えて、いつも余裕の差を見せつけられてきた（と、本人は思っている）アリシアは、ほんの少しだけ得意な気分になる。

それで、アリシアはゆっくりと身を屈めて――初めて、自分から彼に口付けた。

煌めく水面を背景に、ふたり分のシルエットが浮かび上がる。数奇な巡り合わせで結ばれたふたりも、このときばかりは、数多《あまた》といる恋人たちと変わらずに見えたのであった。


来た道を逆にたどり、アリシアとクロヴィスはエラム川を離れた。

すぐに城に戻っては、ちょうど舞踏会から引き上げる貴族と鉢合わせしかねない。そのため、ふたりは通りの出店などに立ち寄りながら、しばらく時間をつぶすことにした。

出店は、最初に立ち寄った場所のように灯籠を売っているところもあれば、昼間の市場と同じに手軽に買える小物を扱っている店もある。中には、ホットワインや軽食といったものを出している店もあり、食欲をそそるなんとも言えない香りが漂っていて、つい心を惹かれてしまう。

そんなふうにあちこちを巡っていると、背後から聞き覚えのある声が響いた。

「お前、クロか？　で、となりは……っ!?」

名前を言いかけて、青年は慌てて己の口をぱちんと手で覆う。それでも、見えている顔の上半分で驚きをいっぱいに表現する彼に、アリシアの顔には自然と笑顔が浮かんだ。

「エド！　この中で会えるなんて。元気にしてた？」

「元気にしてた？　じゃ、ねえよ!!」

嬉しそうに手を上げたアリシアに、思わずといった口調で青年が叫ぶ。はたして彼は、アリシアが初めて城下に視察に出たときにあちこちを案内してくれた、ガラス細工職人の息子エドモンドである。

当時12歳だったエドモンド少年もすっかり大きくなり、今では父の跡を継ぐために職人工房で見習いとして働いている。そんな彼との交流は、ときどきアリシアが城下へとお忍びで出てくるたびに、密かに続いていた。

周りの人たちに気づかれないようにという配慮だろう。エドモンドは素早くアリシアに近寄ると、こそこそと耳打ちをした。

「お前なあ、いいのかよ。仮にも一国のお姫様が、祭だなんて、あちこちから大勢の人間が集まる場所をウロウロしていて。さすがに危なすぎるだろ」

「大丈夫よ。すれ違ったひと、誰も気づいていないもの」

「あったり前だ！　どこの誰が、『今すれ違った人、ひょっとしてうちの国のお姫様かしら？』なんて思うかよ！　ったく、見た目はばっちり成長したってのに、相変わらずのお転婆だなあ、お前はさ……」

胸を張って答えたというのに、逆にエドモンドには呆れられる。

と、ふたりが身を寄せて話していると、ふいにアリシアの肩が後ろから引かれた。そうやってさりげなくアリシアを自分のもとに引き戻しておきながら、クロヴィスは平然とエドモンドに尋ねた。

「父君は一緒じゃないのか？　星祭は、工房のみなで灯籠を用意して流すのだと、前に聞いたように思うが」

「灯籠流しなら、もう済ませたぜ。で、みんなは先に酒屋に行ってんだ。俺も行くつもりなんだが、その前にこれを工房に置きにいこうと思ってな」

そう言って、彼は肩からぶら下げた重そうな布バッグを見やった。エドモンドによると、中には工具がいろいろと入っているらしい。星祭を見に来たついでに、知り合いの職人が見習いであるエドモンドのために、いろいろと道具を譲ってくれたのだという。

すると急に、エドモンドがぽんと手を打った。

「そうだ。お前ら、まだ時間はあるか？　クロに見せたいものがあるんだよ」

顔を見合わせた主従ふたりは、すぐに頷いて了承した。そして、慣れた様子で人混みの中をすいすいと進むエドモンドの後について、遠い昔に訪れたことのあるガラス工房へと足を運んだ。

エドモンドがふたりを案内したのは職人たちの作業場ではなく、通りに面した表側にある小さな店のほうだった。店内にはこまごまとした雑貨や置物が所狭しと並べてあり、それがさらに室内を狭く感じさせている。けれども、一見雑多に見える展示の仕方は却って趣があり、まるで魔法使いの書斎にでも紛れ込んだようだ。

商会に流す以外の小さな作品や知り合いの職人の作品を取り扱っているのだと、エドモンドはランタンに火を灯しながら説明した。

「じゃあ、前にお母さまが出していた露店のほうは？」

「ああ。あれはな、俺みたいな見習い連中が練習で作った作品のうち、そこそこ出来がいいやつを集めて、ああして売ってんだ。うちの工房の名を背負って売るほどのものじゃねえが、捨てちまうのももったいないからな」

「なるほど。では、エドの作ったものも、市場に行けば買えるわけか」

「お、ちょ、待て！　ちゃんと納得できるもんが作れたら、お前らに真っ先に見せてやるからさ。それまでは、絶対見ちゃなんねーぞ」

少し慌てた様子で、エドモンドが奥の工房へと続く扉を背でかばう。その先にあるだろう彼の作品を見てみたいと思いつつ、エドモンドの職人としてのプライドに免じて、アリシアはひとまず我慢することにした。

「それで、クロヴィスに見せたいものって？」

「そうそう、それだ。たしかここらへんに……。あった！」

ほっとした表情を浮かべてから、エドモンドはカウンターの中をごそごそと漁る。いくつかの品々がどけられる音がしたあと、立ち上がった彼の手には細長い木箱があった。

「前にクロが話してくれたことあったろ。面白いものを作る職人がいるって。こないだ偶然、その人と知り合う機会があって、いくつかうちの店で扱う用に買い取ったんだ。ほら、見てみろ」

そう言って、エドモンドが木箱の蓋を取る。中を覗き込んだアリシアは、そこに予想外のものを見つけて、あっと声を上げた。

「これって、まさか百色眼鏡？」

「え？」

思わず零れた言葉に、クロヴィスとエドモンドが同時に反応する。虚をつかれて瞬きするクロヴィスの隣で、エドモンドは感心したように頭の後ろで腕を組んだ。

「アリシアも知ってんのか。あ、さてはクロに聞いたんだろ。じゃなかったら、あんな田舎の爺さんが切り盛りしている工房の作品なんて、知るわけないもんな」

「いや。俺は何も……」

答えながら、クロヴィスの目がアリシアに問いかける。それで、前世や星の使いと出会った夢の中で百色眼鏡を見たのだということまでは、クロヴィスに話していなかったことに思い当たった。

「えっと……。昔、見たことがあったのよ。それよりも、クロヴィスはどうして百色眼鏡を知っているの？　故郷で作っているって？」

「俺の生まれであるケルスの町に、それを作っているフォードという職人がいるんです。ケルスの町では、百色眼鏡は運勢を占う御守りとして親しまれているのですが、生憎作り手が少なく、今ではフォードの工房ひとつしかありません」

「そうだったの」

意外な答えに、今度はアリシアが驚く番だった。

クロムウェル家が、モーリス侯爵領のはずれにあるケルスという小さな町に本拠地を置いているということは、前にクロヴィスから聞いていた。しかし、まさかそこが星の使いが言うところの、百色眼鏡が作られた『田舎のほうの町』だとは思いもしなかった。

クロヴィスも依然として、怪訝《けげん》な表情を浮かべている。当然だ。先ほどの話によると、百色眼鏡は相当に珍しい代物で、まったく流通していないらしい。

あとで、前世でそれを見たことを説明するべきだろうか。そんなふうにアリシアが悩んでいると、ふたりを交互に見ていたエドモンドがにかっと笑った。

「それはそうとしてさ。これ、クロにやるよ」

「は？　待て、これは商品として仕入れたんだろう？」

驚いたクロヴィスが、アリシアから目線を外す。

「そうだけどさ。お前が教えてくれたわけだし、仕入れたのもこれひとつじゃない。それに、百色眼鏡は御守りになるって、さっき自分で言ってたじゃねえか。大事な王女様を守るのに、持っといて損はないいんじゃねーの？」

「なら、金額を言ってくれ。せめて、きちんと買わせてもらう」

「めんどくせえな。やるって言ってんだから、素直にもらっておけ。なんだかんだ、いつもうちの物を買ってくれる礼だ。ほら、お前のものなんだから、しっかりと持て！」

クロヴィスは困ったような顔で、百色眼鏡をエドモンドから受け取る。アリシアも隣からそれを覗き込むと、木筒の表面には繊細な茨を模した彫りがぐるりと施され、その合間には細やかな薔薇模様も彫られているのが見えた。

その模様には見覚えがある。何度か夢でも見たから、間違いない。

これは、あの夜にみた百色眼鏡と同じものだ。

「……そっか、そうだったのね」

思い出すのは、命を落とす直前の記憶。血の海に横たわるアリシアの前に、百色眼鏡は転がってきた。今まで特に気を留めたことはなかったが、アリシアの持ち物ではない以上、城に乗り込んできた誰かが落としたとしか考えられない。

そしてあの時、クロヴィスは革命軍を先導して星霜の間に乗り込んできた。覚悟を決めた彼が、未来を照らす御守りとして百色眼鏡を懐に入れていたとしても不思議はない。

「あの百色眼鏡は、クロヴィスが……」

「俺が、なんです？」

響いた声に、アリシアは我に返った。はっとして横を見れば、ふたたびクロヴィスが訝しげにこちらを見ている。その目には、先ほどよりもはっきりとした疑念が浮かんでいる。

まずい。

クロヴィスには、彼が前世でアリシアの命を奪った張本人であることはおろか、アリシアの死に際にエグディエル城にいたことすら伝えていない。つまりは彼にとって、アリシアの最期の時に彼の持ち物があること自体ありえない。

「み、見せてもらってもいい？」

紫の瞳にすべてを見透かされてしまう前に、アリシアはとっさに、百色眼鏡に手を伸ばす。

――アリシアの指が木筒に触れた瞬間、違和感があった。

胸のうちに、奇妙な震えが生じる。ざわざわと蠢《うごめ》くそれは、頭から爪の先までを瞬時に駆け巡り、奥底に眠る何かを無理やりに引き出そうとする。見てはならない、覗いてはならないと、全身が警告する。

だが、その場をごまかすことに必死だったアリシアは、違和感を前に引き返すという選択肢を思いつかなかった。

右手が取り上げた筒が、吸い寄せられるように目の前に掲げられる。


そうして、世界が回った。


鏡のピースの中で、細切れの世界がかくん、かくんと形を変える。そのたびに、空に煌めく星の輝きをそのまま閉じ込めたような澄んだ高い音が響く。

かくりと世界が大きく回ったとき、手応えがあった。あるべきモノが、あるべきトコロに収まったという感覚。

途端、アリシアの体は急速に落下を始めた。

落ちていくアリシアとすれ違うように、下から細い光の筋がいくつも上へと流れていく。光はどんどんと増えて、まるで流星群に飲み込まれたかのようだ。

気が付くと、アリシアは、硬い大理石の床の上に立っていた。ひやりとした空気も、遠くから響く張り詰めた音色も、温度のない瞳でこちらを見つめる銅像たちにも、覚えがある。

それは、星霜の間だった。

と、そのとき、アリシアの胸のあたりに何かがぶつかったような衝撃が走る。目線を落とせば、己の胸には鈍く輝く剣が深々と突き刺さり、そこから赤い鮮血が零れ落ちた。けれども不思議と傷口が痛むことはなく、どこか遠い世界で起きている出来事を見ているような心地がした。

〝〈傾国の毒薔薇〉め〟

耳慣れた声が、聴きなれない声音で響く。刃の先を目で追って、そこに前世のクロヴィスの姿を認めた時、アリシアは懐かしいとすら感じた。

〝愛におぼれ、心の目を曇らせ、民に背を向けた結果がこれだ。あの世で己が罪を悔やむがいい〟

冷たい大理石に身を横たえ、アリシアは冷静にその言葉を受け止める。見上げるアリシアの視線の先で、クロヴィスは身にまとうマントの裾で剣についた血をぬぐい、どこか痛ましげに表情をゆがめた。

だが、彼はすぐに表情を消すと、他の男たちへと振り返った。

〝フリッツ王は、この先にいる。おそらく、水路を通じて外に逃れるつもりだ。だが、略奪の王を引きずり出すまでは、民衆が収まることはない。奴を追え、そして暴動を終わらせるぞ！〟

〝ああ!!〟

クロヴィスの呼びかけに、剣を携えた数名が駆け出す。アリシアが倒れてすぐに走っていった者もいたために、見上げる先にいるのはクロヴィスともうひとりだけとなった。

左手だけ革の手袋をはめた男が、クロヴィスに問いかけた。

〝王妃の首を持っていくか？　そのほうが、王も逃げようという気概が削がれるかもしれないぞ〟

〝この方に、手を出すな〟

鋭く返したクロヴィスの声は硬い。相手を一瞥《いちべつ》することもなく投げかけられた言葉に、男も肩を竦める。

〝おいおい。ためらいなく殺しておいて、よく言うぜ〟

〝この方は先王の血を引く、チェスター家の末裔。最後の、希望となるべき人だった。――こんな場所で、こんな理由で死ぬべき人ではなかった〟

〝だが、殺した。到底、『希望』とは呼べない存在になり果てていたから〟

青薔薇姫の呼び名も、今となっては皮肉だなと。男はそう言って唇をゆがめた。対するクロヴィスはそれには答えず、剣を握りなおしてから足を踏み出す。

〝行くぞ。間に合わなくなると面倒だ……っ!?〟

ふいに息をのんだクロヴィスが、振り向きざまに剣を構える。そこに、金属同士がぶつかる重たい音を響かせて、剣が打ち込まれた。

剣を手に襲い掛かったのは、先ほどまで話していた男だ。状況がつかめないアリシアの目の前で、再び打ち込まれた一撃をかわしながら、クロヴィスが広間の奥へと鋭く視線を投げかける。つられてそちらを見て、アリシアは目を見開いた。

先を行ったと思われた男たちが、次々に柱の陰から飛び出す。クロヴィスの呼びかけに応じて後を追っていた男たちも慌てて剣を構えるが、体勢が整うより先に剣を打ち込まれ、血を噴いて倒れ伏す。

一体、なにが起きているというのだろう。

混乱するアリシアは、信じられない想いでゆるゆると首を振る。その間にも、男たちはくぐもったうめき声と一緒に地に身を横たえる。それを横目で確認しながら、剣を受け止めるクロヴィスが叫ぶ。

〝なぜ……！　お前は……!!〟

〝この国の人間じゃないのさ〟

男の声に、初めてエアルダール訛りが混じる。

アリシアは叫んだ。否、叫ぼうとした。だが、アリシアの細い喉は声を発することはなく、できることといえば、背後から襲い掛かった別のひとりの剣がクロヴィスの体を貫くのを見守ることだけだった。

クロヴィスの口から、真っ赤な血の塊がこぼれる。体を支えることが難しくなった彼が膝をつきそうになった瞬間、その髪を男が摑んだ。苦痛に表情をゆがめながらも、必死に焦点を結び、クロヴィスが男を睨みつける。

その首筋に、男が剣を添わせた。

〝暴動を誘導したのち、フリッツ王を無事にエアルダールに連れ帰る。それが、ユグドラシル様から与えられた役目だ。……あんたに恨みはないが、悪いな〟

男が剣を引く。

視界が、赤く染まった。

呆然と、アリシアは目の前に倒れるクロヴィスを見つめた。生者にはあり得ないほど蒼白なことを除いては、秀麗な顔はまるで眠っているかのようだ。と、彼の胸元から何かが落ち、ころころと転がった。すぐ近くで止まったそれは、あの百色眼鏡だった。

何も言えないまま、アリシアは百色眼鏡を見て、もう一度クロヴィスを見た。

その目から、一筋の涙が零れ落ちた。

クロヴィス。クロヴィス。

動かない手を、アリシアは必死に伸ばす。

視界が歪み、頬を涙が濡らしていく。

クロヴィス。クロヴィス。

静かに、残酷に。赤い血が、大理石に広がっていく。

それでもアリシアは、真っ白になった頭の中で、懸命に彼の名を呼ぶ。

死なないでほしい。生きてほしい。笑ってほしい。声をあげてほしい。

クロヴィス。クロヴィス。クロヴィス。クロヴィス――――。


「死なないで!!　クロヴィス!!!!!!!!」

「アリシア!!」


ふいに耳に飛び込んだ凛とした声音に、アリシアの意識は一気に引き戻された。とっさに目の前のものにしがみつけば、それはクロヴィスが身にまとう服だった。それと、身体を包み込む温かな感触で、アリシアは自身が彼の腕の中にいることを知った。

隙間から外を窺えば、青ざめたエドモンドと視線が交わった。

「どうしたんだよ、お前……。急に何かに憑かれたみたいな……こんな……」

「アリシア」

エドモンドの言葉を遮り、クロヴィスが名前を呼ぶ。すがるように、アリシアはクロヴィスの胸に耳を押し当てた。そうやって、彼が生きていることの証を探した。

アリシアの大きな空色の目からは次々に涙があふれて零れ落ちた。蒼白な顔が、力なく投げ出された手が、冷たい大理石に広がる赤い海が、瞼に焼き付いて離れなかった。

クロヴィスにしがみついたまま、アリシアは唇を震わせた。

「死なないで、クロヴィス。嫌よ。死んでしまっては、嫌……」

「俺はここにいます。——大丈夫です、アリシア。俺はちゃんと、ここにいる」

アリシアを抱きしめる腕の力が、強くなる。クロヴィスの言葉がゆっくりと全身に染み入り、恐怖に凍えたアリシアの体を解きほぐしていく。

彼は生きている。その実感が、ようやくすとんと胸の内に落ちた。

「——……っ！」

アリシアは泣いた。声を押し殺し、全身を震わせ、泣き続けた。クロヴィスはその間、彼女を抱きしめていた。だが、アリシアを受け止めてやりながらも、彼自身、迷う瞳は揺れていた。

——百色眼鏡は、何も語ることなく、机に転がっていた。


柔らかな風が、頬を優しく撫でる。

促されるようにしてアリシアが瞼を開くと、深い藍色の空に無数の星が輝いていた。永遠のように続く星空の下、限りのない静寂に包まれた丘にひとりたたずむアリシアは、空を眺めたまま口を開いた。

「あなたはやっぱり不親切だわ。不親切で、意地悪で、ひどい人」

「ひどいなあ。僕だって傷つく心はあるんだよ」

当然のように、返ってきた答え。いつの間にか目の前に立っていた星の使いは、遠い日に見た姿と寸分違《たが》わず、相変わらずに浮世離れをした美少年のままだ。傷つくなどと言っておきながら、言葉とは裏腹にけろりとした顔で星の使いは小首を傾げた。

「アリシアが怒っているのはどうして？　革命が起きたのが、エアルダールの差し金だというのを黙っていたから？　それとも革命軍たちが――クロヴィス・クロムウェルが、あの夜に死んだのを教えなかったから？」

「……両方よ。ううん。それだけじゃないわ。何もかも、あなたは」

「君に伝えることはなかった」

星の使いがあとを継いだので、アリシアは言葉を飲み込んで少年をじっと見つめた。すると少年は、ほんの少し申し訳なさそうに眉を八の字にした。

「僕にもいろいろとあるんだよ。時間軸を弄《いじ》るというのはデリケートな問題なんだ。なにせ、君の言う『前世』の出来事はすべてなかったことになって、可能性のピースだけを残して、ばらばらに砕け散ってしまったのだもの」

「けれども、エアルダールの宰相が危ないと最初からわかっていたら……！」

「どうなったと思う？　エアルダールとハイルランドは、もっと仲良くなった？　今回よりもずっと早い段階で、エリザベスと手を組むことができた？」

アリシアは答えようとして、発すべき言葉を見つけられずに口を閉ざした。そんな彼女の胸中を見透かしたように、星の使いはあっさりと否定した。

「ね？　そうはならないでしょ？　君が抱く疑念はそのまま王国としての不安になり、エアルダールとの関係を悪化させただろう。その場合の敵は、エリックじゃない。エリザベスになったかもしれないよ」

それもまた、可能性のひとつでしかないけどね、と。

星の使いは軽く肩を竦めた。

「それと、クロヴィスのことだけど、君がこんなに胸を痛めることになるとは思わなかったんだ。冷たい言い草かもしれないけれど、前回に会ったときに、彼が命を落としていたことを知ったとして、君はここまで胸を痛めなかったでしょう？」

「それは……」

「恥じることはないよ。君は優しい子だけれど、彼とは出会ったばかりだったもの。それに、たまたま手元に置くことになっただけの『前世で君を殺した男』が、アリシアにとってかけがえのない大切な存在になるなんて、僕ですら予想できなかった」

アリシアは黙り込んだまま、瞼を伏せた。星の使いの言うことは正しく、それほどに、アリシアとクロヴィスの関係は前世とは大きく異なるものであった。

だからアリシアは、俯いたまま別の疑問を――最も恐れていることを口にした。

「もし、このやりなおしを失敗したら、彼も死んでしまう？」

下を向いて固く手を握るアリシアを、少年はしばらく見つめていた。ややあって、星の使いは小さく嘆息すると、観念したように首を振った。

「わからない。さっきも言ったように、残ったのは可能性のピースだけで、君という歯車が組み合わさった先にどういう形が出来上がるのか、それを言い当てることはできないんだ」

けれども、と言葉を繋いだ星の使いの視線が、アリシアをまっすぐに射抜いた。

「ハイルランドに危機が迫れば、君が大切に思う多くの者は傷つくだろう。クロヴィスだけじゃない。ジェームズ王や側近たち、街のみなや商人、君が守りたいと願うハイルランドの民たち、その多くが……ね」

やるべきことは、変わらないよ。

その言葉に引き寄せられるように顔を上げたアリシアは、自分と星の使いを結ぶ一本の線が、きらりと風の中で輝くのを見た。

「これは契約。ハイルランドを救って、アリシア。君が思う、大切な人々を守るためにも」

握りしめる手に爪が食い込み、チリッとした痛みが走る。それには注意を払うことなく、細く長く息を吐き出したアリシアは、祈るように瞼を閉じた。次にゆっくりと目を開いたとき、先ほどまで揺れていた空色の瞳はまっすぐに星の使いに向けられていた。

「わかったわ」と、彼女は答えた。「何も変わりはしない。私はやりなおしの生の中で、この国を滅亡から救ってみせる。たとえ、そのために何かを失うことになっても」

風が丘を駆け抜け、明るい空の色を閉じ込めたアリシアの髪をふわりと広げる。凛と立つ少女の頭上には、胸が痛くなるほどに美しい星々が煌めいていた。


星祭が終了してから、数日が過ぎた。

いつもと変わらずに自室で目覚めた王女付き補佐官クロヴィスは、軽く頭を振ってから、王城へと上がるために手早く身支度をした。城勤めの侍女が運んでくれた朝食も済ませ、さて部屋を出ようとしたとき、——彼の目は、卓上に飾られた百色眼鏡の上で止まった。

それは、星祭の夜に城下へと出たときに、エドモンド少年から贈られたものだ。

クロヴィスはやや迷ってから百色眼鏡に手を伸ばし、慎重な手つきで取り上げた。しばしの間、それを手の中で転がしていたクロヴィスは、目の前に木筒を掲げようとして——やめた。

百色眼鏡を元の場所に戻したクロヴィスは、まるで己の気を引き締めようとするかのように、再度、首元に締めたタイを確認する。それから、上に羽織る長いローブを翻して補佐室へと急いだ。

到着したクロヴィスが戸を開くと、補佐室にはすでに筆頭補佐官ナイゼル・オットーの姿があった。他の補佐官も含め、どことなく浮足立った雰囲気が満ちた補佐室に嫌な予感を覚えた直後、クロヴィスの姿をとらえたナイゼルが立ち上がった。

「クロヴィス。一体どういうことだ。私は、何も聞いていないぞ」

「どういうこととは……なんの話でしょうか」

「まさか、お前も聞いていないのか？」

目を見開いたナイゼルは、こめかみを押さえて「あの方なら、あり得ない話でもない……」と呻く。胸騒ぎが募る中、次いでナイゼルが告げた言葉に、今度こそクロヴィスは時が止まった心地がした。

「今朝、アリシア様がジェームズ王に進言されたのだ。エアルダールとの友好の証として、隣国のフリッツ皇子を自身の夫として迎えたいと」

薄暗い曇天の下、しとしとと降る雨がガラス窓を濡らす。窓際に立ち、それを眺めるアリシアの耳に、微かに言い争う男女の声が響く。

やがて、扉が開く音で声が遮られ、慌ただしい足音へと変わる。そうして、アリシアの自室へ飛び込んできたのはクロヴィスだった。

「アリシア様。ご説明を願えますか」

「ちょっと、クロヴィス様!? いくら、あなただからって、こんなふうに押し入られたら困ります!!」

後を追いかけてきたアニが抗議の声をあげるが、クロヴィスは何も聞こえていないようで、アリシアだけを見ている。張り詰めた様子を隠そうともしない補佐官に、睨みつけていた侍女の表情には戸惑いが混じる。

小さく深呼吸をしてから、できるかぎりの平静を装って、アリシアは振り返った。途端、己を射抜く紫の双眼に怯《ひる》みそうになるが、浮かんだ動揺をすぐに飲み込んだ。

「大丈夫よ、アニ。彼が来るのは、わかっていたことだもの。悪いけれど、ふたりにしてもらえる?」

「けど、姫様……」

「お願い。ふたりにして」

もう一度繰り返せば、アニは悩ましげに口をつぐみ、クロヴィスを見た。だが、最終的には、この忠実な補佐官がアリシアを傷つけるわけがないという信頼が勝ったらしい。侍女として軽くお辞儀をすると、彼女は部屋を出ていった。

雨が少し強まったらしい。吹き抜ける風のようなさあっという音を立てて、冷たい細雨が窓に吹き付ける。それを背後に聴きながら、向かい合うふたりの間にもまるで見えない雨の壁があるかのようであった。

「前世のことを、少しだけ思い出したの」

思い切って口を開いたのは、アリシアのほうだった。クロヴィスはというと薄々と勘付いていたらしく、特に驚く様子もなく沈黙を貫いている。

「エドモンドの工房を訪ねたときよ。取り戻した記憶の中で、はっきりとわかったの。革命は、隣国が仕組んで起こしたものだった。糸を引いていたのは、宰相ユグドラシル。わたしが倒れたあと、ユグドラシルの配下が革命軍を打ち、フリッツ殿下を連れて逃げ出していたの」

「……なるほど、それはわかりました」と、溢れ出す何かを堪えるように、補佐官は低い声で答える。

「そのことと、フリッツ皇子をあなたの夫に迎えるということは、どう繋がるのですか?」

「皇子を泳がせておいては危険だと。そう、判断したのよ」

何度も頭の中で繰り返した言葉を、アリシアは淡々と紡ぐ。

「皇子と宰相が共謀して革命を誘導したのか、たまたま圧政を敷いた皇子を宰相が利用したのかはわからない。けど、もしも前者なら、ユグドラシルを元老院から排除できたとしても、危険をすべて取り除けたとは言えないわ」

リディが証拠を摑んでくれさえすれば、宰相を黒幕として告発し、政治の舞台から排除することは叶うだろう。しかし、いずれエアルダールを継ぐフリッツ皇子ではそうもいかないし、そもそも彼自身に野望がどこまであるか不明である。

もしかしたら前世の彼は利用されていただけで、何も知らずに革命の夜を迎えたのかもしれない。しかし、彼を全面的に信用することができない以上、できるだけ手元に置き、今度の出方を見張っておきたいとアリシアは判断したのだ。

だが、これらを聞いてなお、クロヴィスがまとう空気は鋭い。否、いっそますます不穏なものとなったと言っても過言ではなかった。

「手元に置く。それが、本当に有効な策と言えましょうか？　第一、エアルダールの後継者であるフリッツ皇子を、枢密院や民が手放しに歓迎するとは思えません」

「もちろん、婚姻より先に、お父様に私をハイルランド次期後継者に正式に指名していただくわ。王位継承の憂いが晴れれば、殿下に対する忌避感も少しは紛れるはずよ」

「ではシャーロット嬢はどうします。前世と同じに皇子が寵姫《ちょうき》として囲うようなことがあれば、みなは黙っていませんよ」

「かわいそうだけれど、ユグドラシル宰相が失脚すれば、あの子は殿下の隣にふさわしい立場ではなくなる。なにより、エリザベス帝が黙ってはいないわ。皇子に恨まれることになろうと、シャーロットのことは諦めてもらうわ」

「ああ、なるほど。それは妙案です。しかし、他にも方法はあるはずだ。せっかく、エリザベス帝と友好な協力関係を築いたのです。フリッツ皇子を警戒しつつ、彼女が在位のうちに隣国との関係をより強固なものとしておけば……！」

「それが上手くいかなかったら、多くの血が流れるのよ！」

痛いほどの沈黙が、部屋に満ちる。

変わって、先ほどより強くなった雨が窓を叩く音が、嫌に耳についた。

「決めたのよ」と、声が震え出すのをなんとか堪えて、アリシアは告げた。

「私がやりなおしの生を与えられたのは、王国を救うため。この使命は、どうあっても失敗するわけにはいかない。そのためなら、私は……！」

「――俺はいらないと。そう、仰るのですか」

アリシアの顔を見たクロヴィスは、すぐに「すみません」と呟いて目を逸らす。彼は次に言うべき言葉を探すように三、四歩歩き回った。

立ち止まった彼が顔を上げたとき、その瞳は迷うように揺れていた。

「……ひとつだけ、知りたいことがあります。あなたは二度、俺に怯えたことがある。一度は星霜の間で倒れたとき。そして一度は、初めて会ったときです」

最初は、過去の事件――祖父、ザック・グラハムが起こした一連の騒動を知ってのことだと思ったのだと、ふいを突かれて固まるアリシアにクロヴィスは告げた。

「けれども、あなたはリディが話すまで、過去の事件を知らなかった。では、あなたは何に怯えたのでしょう。なぜ、まるで亡霊を見たかのような顔で、俺を見たのでしょう」

アリシアは、自身の手足が急速に冷えていくのを感じた。

嫌だ。これ以上、先を聞きたくない。

そう願う心とは裏腹に、少女は呆然としたまま、その言葉を聞いた。

「前世であなたの命を奪ったのは、俺ですね」

窓を大量の水滴が滑り落ち、その影が床にゆらゆらと模様を作る。降りしきる雨音の中、緊張をはらんだクロヴィスの吐息が、やけに大きく部屋に響く。

最悪だと、アリシアは思った。

事実を知れば、彼がどれだけ傷つき、苦しむか、アリシアはよくわかっている。それなのに、彼を突き放そうしている自分が、どうして彼を慰めることができるだろう。……ただ、事実を告げることしかできない自分は、なんと残酷なのだろう。

「そうよ」と、掠れる声でアリシアは答えた。「クロヴィス・クロムウェル。あなたの剣が、前世で私を殺したの」

クロヴィスは呻いた。苦しげに声を絞り出した彼は、痛みをこらえるように目を閉じて俯いた。永遠にも思えた沈黙の後、彼は深く長く息を吐き出し、ずっと強張ったままだった肩から力を抜いた。

紫の瞳はもう、アリシアを映してはくれなかった。

「わかりました」と、クロヴィスは疲れたように言った。

「本日、私はローゼン領に発たねばなりません。あなたも、明日からシェラフォード地区への視察がある。互いにそれらが済み、次にこの城でお会いしたとき、隣国との調整についていろいろと方向性を話し合いましょう」

「……この件はあなたではなく、ナイゼルに」

「私がやります」

有無を言わさぬ口調で、クロヴィスが強く遮る。

言葉を飲み込んだアリシアの前で、彼は悲しげな笑みを浮かべた。

「あなたの補佐官は私ですよ。それだけは、奪わないでください」

さあっと、強い雨が吹き付ける。

胸が引き裂かれるほどに切なく、儚く。それだけを告げたクロヴィスは一礼をすると、静かに部屋を後にした。彼が出て行ったあと、閉ざされた扉の音がむなしく部屋の中に響いた。

ひとり残されたアリシアは、天井を仰ぎ、それから窓の外に顔を向けた。


さようなら、と。

音もなく紡がれた言葉は、涙と共に地へと零れ落ちていった。


だが、それから数日後、隣国の使者がもたらした報せにより事態は急変した。

3. その手は何を選ぶか

クロヴィスと話した翌日、国境の国防体制を再確認するべく、アリシアはシェラフォード地区に赴いた。

本来ならばアリシア付き補佐官であるクロヴィスも同行すべきだが、今回は別行動である。これは、ローゼン侯爵との約束――隣国イスト商会との交渉材料となる磁器を確かめに行くという予定とかぶってしまったためだ。

代わりにアリシアに同行するのは、王の筆頭補佐官ナイゼルと、近衛騎士団長を務める傍ら南方騎士団の特別顧問を引き受けるロバートだ。アリシアとナイゼルの組み合わせは珍しいが、そもそも軍備とは国にとって最も重要な領分のひとつであり、王の右腕である彼が足を運ぶのは少しもおかしなことではない。

加えてシェラフォード地区では、地方院長官ダン・ドレファスと支部長代理ダニエル・サザーランドとも合流した。急遽決定した視察にしては大仰な顔ぶれだが、それだけリディからの手紙を重く受け止めた結果である。

そのようにして始まった視察は、順調に進んだ。この6年で、リディ主導のもとに国境付近の武力はしっかりと整えられ、食料などの備蓄も十分すぎるほどに用意してある。また、有事の際の対応も整理されており、これなら万が一の時もすぐに動くことができるだろうと、アリシアたちは判断した。

一方、宰相ユグドラシルが黒幕であることを想定して、国防ラインの警戒を引き上げる必要もある。それについてロバートと南方騎士団長を中心に具体的に内容を詰めようとしたとき、隣国との関所を守る騎士が慌ただしく駆け込んできた。

彼らが伝えたのは、隣国の使いが国境に到着しており、『リディ・サザーランドを謀反人として投獄した』と話しているという内容だった。

時は、少しだけさかのぼる。

エグディエル城が来る星祭に向けて慌ただしく準備を整えていた頃、特任大使として隣国に派遣されたリディ・サザーランドは、クラウン外相邸を拠点に調査を始めていた。といっても、正面切って過去の事件について聞いて回るわけにもいかないので、少しずつ手がかりを追っていくしかない。

「いっそ、僕の来訪に怯《おび》えた黒幕が刺客でも送ってくれれば、話も早いというものだがな」

「嫌ですよ、そんな物騒な話。旦那様に何かあったら、屋敷に置いてきた者たちに申し訳が立ちません」

身支度をしながらぼやいたリディに反論したのは、サザーランド家使用人のアルベルトである。

今回リディは、アルベルトだけは従者として一緒に連れてきていた。それは、彼がロイドの件で事件解決に一役買ったことを称えてのことであり、同時に、当時の状況を詳しく知る重要な証人であるためだ。

うすうす勘づく者もいる可能性が高いとはいえ、リディが派遣された本来の目的を知るのがエリザベス帝しかいない現状、アルベルトはリディにとって唯一の相談できる相手だ。

そんなアルベルトも多少はリディの言うことに同調したくなる気持ちはあったらしく、声を潜めたまま溜息をついた。

「ただ、アリシア王女殿下がくださったチャンスとはいえ、かなり厳しい現状ですね。屋敷に泊めてくれているクラウン外相のことだって、信用しちゃならないなんて」

「ふん。仮に外相が黒幕だったとして、屋敷にいる間に僕らが襲われることはないだろう。女帝とアリシア様が手を組んだことを、相手も警戒しているはずだ。わざわざ自分に疑いがかかるような悪手を、向こうも取れはしまい」

「……それで、〝左手に痣《あざ》のある男〟。リディ様は、そっちの線から調べるんですよね」

「もちろんだ。だからこそ僕は、お前を連れてきたんだ」

頷いたリディは前当主が生前に使っていた飾りステッキを受け取ると、彼らしい堂々とした笑みを口元に浮かべて「行くぞ、アル!」と足を踏み出した。

左手に痣《あざ》のある男――それはかつて、サザーランド家の屋敷に密かに出入りしていた隣国の間者を示す。その者はロイドが何者かに命を奪われるのと同時に身をくらませており、今となってはどこにいるのかもわからなくなっていた。

当主ロイドと男との会合を何度か見かけたことがある使用人たちによれば、男は室内であっても、左手に革の手袋をはめていたという。

その理由を、偶然にアルベルトは知ることとなった。あるとき、男が不注意で紅茶をこぼし、一度だけ手袋を外したのだ。革の手袋の下から現れた皮膚には、大きなやけどの痕がはっきりと残っていたという。

その痣だけが、男を追う手がかりだった。幸いといってはなんだが、ロイドを殺した暗殺者の左手に火傷痕はなく、男はどこかに逃げ延びた可能性が高い。仮に本人を捕らえられずとも、何かしら消息が摑めれば、男の背後につながる情報を得られるかもしれない。

そのように考えたリディは、駐在中に希望する視察先として、いくつかの商会を上げておいた。屋敷に仕えるものたちの証言によると、初めて男が姿を現したとき、彼は〝商人〟として屋敷に上がり込んだという。そのような関係が数回続き、気づいた頃にはいつの間にか〝密談者〟という何とも怪しげな雰囲気を漂わせるようになったという。

残念ながら、男がどこの商会の名を騙《かた》って出入りしていたのか明確に覚えている者はいなかったが、少なくともエアルダールに拠点を置くものだったという。それが単なる隠れ蓑だったにせよ、敢えて名前を出している以上、男と商会が全くの無関係とは考えづらい。

そこで、シェラフォード地区――ヴィオラという陸路の貿易拠点を預かる立場を生かし、ヴィオラとの交易が大きな商会を中心に、その本拠地をいくつか視察して回った。その中で、あらかじめローゼン侯爵に聞いておいた「信頼にたる商人」を捕まえ、それとなく左手に痣のある男について探りを入れてみた。

だが、やはりと言っては何だが、6年も前、それも身をくらませた男の手がかりなど、簡単には出てこない。現に、この日もリディはアルベルトを伴ってとある商会を訪れたのだが、男の消息に関してはさっぱりだった。

これといった収穫も得られないまま、リディはその足でキングスレー城へと向かった。ハイルランドとエアルダール、ないしはアリシアとエリザベス帝が親密な協力関係であることを黒幕に匂わせるために足繁く城に出入りしていたのである。

（黒幕は元老院の一員。やはり、容易《たやす》く尻尾を出してはくれないか……）

そのようなこと考えながら、しかめ面のリディが回廊を通り抜けたときだった。

ふと、赤い髪の少女の姿が目に入り、彼は思わず足を止めた。あらためて見てみれば、やはり彼女は宰相ユグドラシルの娘、シャーロットだった。

普段はクラウン邸に行儀見習いに来ているというシャーロットとは、初日に顔を合わせていた。さすがにリディが滞在する間はユグドラシル邸に戻っているらしいが、その後も、何度かベアトリクスとサロンにいるところを見かけている。

さて、このときシャーロットはひとりではなかった。彼女と隣り合って座るのは、どう見ても貴族とは思えない風貌の男である。

小汚いという意味ではない。むしろ、身につけているひとつひとつは質の良いものである。ただ、男は城に出入りする者にしては、野性味が強すぎるのだ。捲《まく》り上げた袖や開いた胸元から覗く逞しく引き締まった体に、無造作に束ねられた髪。それらには全く嫌味がなく、男の自然体なのだろうと窺わせる。

と、なんとなしにリディが観察していると、シャーロットもこちらに気づいてぱっと立ち上がった。

「リディ様！　それにアルベルトさんも！」

「これはシャーロット殿。今日も麗しく……」

礼節にならって恭《うやうや》しく挨拶を返したリディに、シャーロットはたたっと駆け寄るとちょこんとドレスの裾を摘《つま》んだ。

「今日はどうされたのですか？　リディ様は毎日あちこちを回られていると、父に聞いています。忙しくて、お疲れではありませんか？」

「まさか。疲れるどころか、イキイキしておりますよ。なにせ、二度もこの国を見て回る幸運に恵まれたのだ。シャーロット殿こそ、元気そうで安心しましたよ。国を出る前、アリシア王女殿下があなたのことを案ずるようなことを仰っていたのでね」

お馴染みの気取った笑みを浮かべつつ、リディは注意深く返答を避けた。それは、彼女自身を警戒してというより、父である宰相ユグドラシルを用心してのことだ。彼もまた元老院の一員であることを考えれば、ユグドラシルの耳に入る情報は曖昧であればあるほど好ましい。

それに、このシャーロットという人物についても、気になる点がないわけではない。アリシアから聞いたところによると、彼女は王女が視察に来ている最中に、急に後ろめたげな態度をとるようになったという。今だって、試しにリディがアリシアの名を出してみれば、シャーロットはわかりやすく表情を曇らせた。

少し、彼女の近辺も探ってみるか。

そのように考えながら、リディは親しみを込めて彼女の肩越しに視線をやった。

「ところで、そちらの御仁はお知り合いで？　この国に来て、初めて見た顔だ」

「すみません。私、すぐにご紹介しなければいけなかったのに。リディ様。こちら、イスト商会の副会長を務めるバーナバス・マクレガーさんです」

「ハイルランドのリディ・サザーランド様ですね。お会いできて光栄です」

「リディだ。こちらこそ会えて光栄だ、バーナバス殿」

差し出された手を握り返しながら、リディはちらりとアルベルトに視線をやった。アルベルトもその名前にすぐぴんと来たらしく、小さく頷き返した。

イスト商会のバーナバス・マクレガー。「信頼の置ける人物」のひとりとしてローゼン侯爵が挙げていたひとりだ。

しかしながら、リディはバーナバスに接触しようとは考えていなかった。なぜなら、女帝の後援を得た一大商会であるイストだが、サンプストンを拠点としているだけあって航路での交易がほとんどなのだ。そのため、陸路の交易都市であるヴィオラでの存在感はそれほどなく、ロイドとの交流があったとも思えなかったのである。

だが、手間を取らずに出会えたのは僥倖《ぎょうこう》だ。

「バーナバス殿の名は、我が国のジュードに聞いたことがある。非常に勘が研ぎ澄まされた、優秀な商人だと感心していたな」

「それを言うなら、あの人こそ面白い人ですよ。全くもって貴族らしくない」

くつくつと笑うバーナバスとシャーロットを促して、リディはごく自然に彼らと並んで腰かけた。そのすぐ近くに、アルベルトも当然のように控えた。

「しかし、シャーロット殿は宰相をお父上に持たれるだけあって顔が広いですね。まさか、名高いイスト商会のナンバーツーとも知り合いだとは」

「えっと、違うんです。バーナバスさんとは、なんというか縁があって」

「縁？」

リディは僅かに首を傾げる。見たところバーナバスの年齢はリディより上、30歳を少し超えた頃合いだ。早くに引き取られて宰相の娘として育て上げられたシャーロットと、商会の中心を担うバーナバスが顔見知りであるのは想像に難くないが、それ以上に縁があるというのは不思議な言い回しである。

すると、リディが訝《いぶか》しんでいるのに気づいたバーナバスが、すぐに笑顔を見せる。日に焼けた素肌に、口元からのぞいた白い歯がよく映えた。

「変な意味ではありませんよ。実は彼女と俺は、同じ孤児院出身なんです」

「バーナバスさんと私は、あそこにいた時期は被ってはいないんですけどね」

人懐っこく微笑んだシャーロットによると、ふたりの出身はイェーツにあるゴールトン孤児院――以前、視察団時代にリディも訪れたことがあった――だという。面倒見がよく、孤児院でもリーダー的存在だったバーナバスはそこでエリック・ユグドラシルの目に留まり、彼の紹介を経てイスト商会で働くようになった。

それから彼は、もともとのリーダー気質に加え、貪欲に学んだことにより商売人的才能を開花させ、商会の中でぐんぐん上へと昇っていた。だが、最初にきっかけをくれた宰相への恩義をバーナバスが忘れることはなく、その間もちょくちょくユグドラシル邸へ足を運んでいた。

そんな折に、やはりユグドラシルの目に留まって彼の家に引き取られたシャーロットのことを知り、同郷の出身である彼女を何かと気にかけてきたのだという。

「だからバーナバスさんは、私にとって兄たちと同じ存在なんです」

「嬉しいこと言ってくれるな。ま、俺にとってもお前さんは、いつまでも手のかかる妹みたいなもんだけどな」

「ほお」

にこやかに相槌を打ちながら、リディは冷静にふたりのやり取りを見極める。シャーロットの様子からは、バーナバスのことを深く信頼している様が見て取れる。それに応えるバーナバスも、兄というよりは父親のような温かな目を彼女に向けている。

もう少し深く切り込んでみよう。そう決意して、リディは唇を吊り上げた。

「僕の目からも、今のふたりの様子を見れば、ユグドラシル様が声を掛けたことが間違っていなかったとよくわかる。あの方は、人の本質を見抜くのに優れた方なのだろうな」

「本当にその通りだ。今の俺があるのは、あの方のおかげです。ユグドラシル様ほど公正で、慈悲深い方はいないと、俺は常々思っていますよ」

「なるほど。慈悲深い、ですか」

「素晴らしい方ですよ。シャーロットのような養子だけでなく、商会や騎士に引き立てた者のこともユグドラシル様は案じてくださる。あいつの行方がわからなくなったときも……」

はっとしたように口を閉ざして、バーナバスは言葉を飲み込む。そのことをリディは不思議に思ったが、それを問いただすより先にバーナバスが話題を変えた。

「立派な御仁といえば、お父上――ロイド様のことは残念なことでした」

「父を知っているのか？」

「ええ。その昔、ヴィオラを通じた貿易拡大を商会として検討したことがあり、そのときにシェラフォード公爵にお会いしたんです」

「な!?　つまり、イスト商会と父が面会していたと……?」

「ええ。といっても、正式な会談だったわけじゃない。公爵家と親しくしている他の商会の者に口をきいてもらって、一度昼食を共にさせてもらっただけです。もう10年ぐらい前の話ですよ」

厳しく甘えを許さない人だったが、より自分に対してそのように課している方だと思ったと。

驚きに言葉をなくしたリディに、バーナバスは懐かしそうに目を細めた。

10年ほど前。公爵家嫡男として、リディがロイドの領地経営を手伝い始めたころだ。

その頃に、イスト商会との昼食会など催しただろうかと。そのように記憶を探ってみて、すぐにリディは諦めた。

幼い頃から次期公爵として育てられてきたリディだが、領地経営に手を出してすぐは、さすがの彼も新しい物事を覚えるのに必死だった。加えて、王国随一の力を誇ったシェラフォード公爵のもとには、貴族、商人問わず、様々な者が訪れていた。今の時点でぱっと思い出すことができなければ、いくら頭をひねっても記憶がよみがえることはないだろう。

しかし、重要なのは、イスト商会とロイドを結びつけるものが見つかったということだ。サザーランド家の使用人たちによれば、左手に痣のある男は、最初は商人として屋敷に出入りをしていた。イスト商会と父が接触していたのなら、男が隠れ蓑としていた商会の候補にイストも上がってくるというものである。

「では、彼はイスト商会の者だったのかな」

緊張を悟られないように、何気ない口調でリディは切り出す。顎に軽く手をあてて考え込んでみせれば、案の定ふたりは興味をひかれたらしかった。

「リディ様の知り合いに、イスト商会の方がいらっしゃるのですか？」

「さて。一体、誰だろうな」

「名前はわからないんだ。随分前のことだし、僕が会ったわけじゃない。けど、我が家の使用人によると、父上がその者に随分と世話になったらしいんだ」

肩を竦《すく》めて笑顔を浮かべながら、リディは軽い調子で続けた。

「その者は左手の甲に痣……大きな火傷の痕があるらしい」

「え？」

手ごたえがあった。

ただし、バーナバスではない。――シャーロットのほうだ。

これには、尋ねたリディが虚を衝かれた。

「シャーロット殿は、思い当たる者がいるのか？」

「は、はい。手に火傷痕のあるイストの方って、それは……」

「シャーロット」

静かに。それでいて有無を言わさぬ口調で。バーナバスが、シャーロットを遮る。

戸惑い気味に言葉を飲み込んだシャーロットが、心配そうにリディとバーナバスを見る。一方のバーナバスはというと、先ほどまでの気さくな態度が一転、出方を窺うように用心深くリディを見ていた。

「リディ様。お前さんは、その男を探してエアルダールに来たのか?」

「探してるだって? 僕はただ、ちょっと思い出しただけで……」

「……まあ、いいさ」

厳しい表情を浮かべていたバーナバスだが、ふいに息を吐くと、立ち上がってぱんぱんと膝裏などを払った。

「そろそろ行きます。おやっさんが、俺を探しているかもしれない。またな、シャーロット。リディ様も、次にお会いすることがあれば、もっといろいろと話しましょう」

「バーナバス殿!」

立ち上がったリディは戸惑ったふうを装いつつ、内心に自分を宥《なだ》める。本来、彼の性質は我慢強いとは言えなかったが、そこは元とはいえ公爵家嫡男。バーナバスが何かを隠していることは間違いないが、ここで深追いしてはならないと素早く判断した。

だからリディは、立ち止まって振り返ったバーナバスに親しげに手を広げた。

「せっかく会えたんだ。このまま別れて終わってしまうのは実に忍びない……。普段はどこに?」

「――2週間ほど、キングスレーの商館にいます。その間に、彼女を通じて改めてお訪ねしますよ」

そう言ってシャーロットを見やりながら、バーナバスは逡巡するように眉をしかめた。そして、「さっきの男ですが」と続けた。

「痣のある男というのが俺の知る奴と同じなら、あいつはもうこの世にはいない。だから、たとえ興味本位だとしても、そいつに関心など持たないことだ。死人について語ることなんて、何が本当で何が嘘か、わかりようがないんですから」

まるで己に言い聞かせるように悔しげにそれだけ言うと、内心驚くリディを置いて、今度こそバーナバスは立ち去ってしまった。

それを見送る彼の隣に、いつの間にか同じようにシャーロットが立つ。彼女の瞳は、悲しげに伏せられていた。

「バーナバスさん、やっぱりまだアダムさんの事件のことを……」

「事件？」

ぽつりとこぼれ落ちた言葉に問い返せば、シャーロットははっとして口元を押さえてしまう。先ほどバーナバスに止められたことが響いているのだろう。彼女から情報を引き出すことも難しそうだとリディが肩を落としたとき、それまで黙っていたアルベルトが初めて口を開いた。

「アダムさんというのが、先ほど仰っていた男性のお名前ですか？」

「え、ええ。そうなんです」

びっくりしたように眼を瞬かせたシャーロットは、どうやらアルベルトの存在を忘れていたらしい。それも無理もない。彼はずっとリディの隣に立ち沈黙を貫いていたし、そもそも彼はサザーランド家の優秀な使用人だ。かつては唯我独尊を貫いていたリディにも、今と変わらず気に入られていたくらいなのだから、邪魔にならぬよう気配を消すなど朝飯前なのである。

加えて、良くも悪くも名家の品格が滲んでしまうリディよりも、アルベルトのほうが相手の警戒を解くのは得意だ。従者の意図を察して少しばかり悔しそうに口を噤《つぐ》んだリディに代わり、アルベルトはさも気になるというふうに眉を八の字にした。

「もしや、その方はバーナバスさんと親しい方だったのですか？　急に顔色が変わられたので、気分を害してしまったのでなければいいのですが……」

「違うんです！　確かに親しい方ではあったのですけれど、怒ってしまったとか、そういうわけではなくて！」

自分で言いながら、これでは埒《らち》が明かないと判断したらしい。シャーロットはちらっとバーナバスが去った方向を見やってから、「実は……」と声を潜めた。

「アダムさんは、バーナバスさんの親友だった方です。やはりゴールトン孤児院出身で、同じ時期にお父様に声をかけられイスト商会に入られました。けど、あるときアダムさんは商会を辞めて姿を消してしまった」

「辞めた？　一体どうして？」

「わからないんです。置き手紙ひとつ残して、どこに行くとも知らさずにいなくなってしまったそうですから」

それから数年後。

バーナバスが現会長ダドリー・ホプキンスに目をかけられ、着実に商会の中枢へと登りつめていた頃。

アダムの遺体が、暮れの西城近くの森の中で発見されたのである。


『アダム・フィッシャー。男、推定26歳。

ダンスク城砦付近の森の中で、遺体を発見。

死因は服毒によるものと思われる。』

服毒。目に留まった記述に、リディは思わず顔をしかめた。

リディが見ているのは、王都警備隊が保管しているキングスレー近辺の保安記録だ。これを確認するために、リディはエリザベス帝に便宜を図ってもらい、特別に記録庫への入室の許可を取ったのである。

さて、肝心な記録の内容だが、事前に推測していた通りひどくあっさりしたものだ。先ほどの内容の他には発見者の証言や、遺体が見つかった周辺の状況などが簡単にまとめられているだけだ。唯一為になる情報といえば、関所の記録から、遺体が見つかる数日前にアダムはエグディエルに到着したとみられるということだろう。

ふむ、と資料に視線を落としたまま、リディはしばらく思案した。リディたちが追う左手に痣のある男とアダム・フィッシャーが同一人物であるとは限らないが、彼を取り巻く状況が怪しいのは確かだ。

まずアダムの死んだ時期だが、6年前の、ちょうどロイドが刺客の手で命を落とした数日後だ。それだけでも大した偶然だが、シャーロットの話によると、アダムがイスト商会を抜けて失踪をした翌年に、初めて痣のある男がサザーランド家をひとりで訪ねている。

加えてアダムの死因だ。自ら毒を服《の》んだのか、毒を盛られたのかは定かではないが、どちらにせよ穏やかではない。

仮にアダムを痣の男とするならば、商会を抜けた後に改めて単独でハイルランドに渡り、ロイドと接触。それから数年を間者として過ごすが、事件の発覚と同時にエアルダールへ逃亡し、ロイドと同じく口封じに殺されたと考えることができる。

（……つくづく、反吐が出るな。黒幕とやらには）

沸々と呼び起こされる怒りに、資料に添えた手に力がこもる。こそこそと父の懐に潜り込んだ卑怯者に同情をかけるつもりはさらさらない。しかし、危うくなった途端、トカゲの尻尾切りのように間者をさっさと殺し、自分は安全なままのうのうと生き延びている黒幕はもっと許しがたい。

とはいえ、はやる心を鎮めるためにリディは首を振った。痣のある男がアダムだというはっきりとした確証がないまま、思い込みで動くのは危険だ。もう少し裏をとらなければ。

「おい。この事件について、他に記したものはないのか？」

「なんだって？」

そばに立つ記録庫の管理人に声をかければ、老人はぎょろりと大きな目玉を動かしてリディを見た。背中が曲がっているために随分と背が低いが、目力というか、なんというか圧がある。思わずリディが場所を譲ってやれば、老人は前にぐいっと体をねじ込み、鼻がついてしまいそうなほど記録に顔を近づけた。

エリザベス帝によると、この老人はもう70年近く記録庫で記録の海に浸っているために、大半の事柄は頭の中に入っているらしい。そう予め聞いてはいても、暗くじめっとした記録庫の中から老人がヌッと姿を現したときは、気難しい小鬼が洞窟から這い出てきたかのように見えて、リディは最初ぎょっとした。

さて、老人はすぐに記録から顔を上げると、不愉快そうに鼻の上に皺を寄せた。

「ないない。ないったらない。全く、最近あやつが顔を見せなくなったと思ったら、またこれか……」

「なに？　お前の口ぶりだと、僕以外にもこの事件に関心を持っている奴がいるように聞こえるが」

「いるんだよ。しつこい輩が」

思い出すだけで忌々しいとでも言いたげに、顔をしかめて男が首を振る。「もう6年だ」とか、「いやはや、なんという執念……」とぶつぶつと続けるので、それでリディもぴんときた。

「その男、バーナバス・マクレガーという名ではないか？」

「名前なんぞ知らん。興味もない」

「イストの商人だ。日に焼けた、一見すると船乗りのような男で」

「ああ、ああ。そんな感じだ。あやつめ、許可証もないってのに記録を見せろだなんだ、あげくこちらが折れないと知るや、こっちに喋らせようとするからに……」

姿を思い浮かべたせいか、再び男がぶつぶつと愚痴を呟く。それを聞き流しながら、リディはやはりと頷いた。バーナバスは、アダムの死に何らかの不審を抱いている。そう思わせるだけの状況が、当時のアダムにはあったのだ。

思った以上の収穫を得られた。そのように満足し、リディは記録を老人に戻して記録庫を後にした。重い鉄の扉を押し開ければ、古く湿った紙の匂いに代わって新鮮な空気が肺に流れ込み、ほっとした心地がする。人知れず一息ついてから、見張りの騎士の隣を通り抜けて、リディは外へと足を踏み出した。

「アル！　待たせたな」

「ぼっ……旦那様!!」

所在なさげに体軀の大きな騎士を恐々と見ていたアルベルトが、主人の戻りに安心したように顔を輝かせる。そのまま、歩くリディのすぐ後ろに彼はついた。

「お疲れ様です。随分早かったですね。これだけの記録庫だから、もっとずっとかかるかと思いました」

「書庫の主のような男が、あそこにはいたからな。あの者がいなければ、記録の迷宮に閉じ込められた上、カビ臭い紙の匂いが染み付いた書庫の一部と化すところだったぞ」

「それは、なんとまあ。リディ様、さては気分が弾んでいらっしゃいますね？」

「わかるか？　ああ、今の僕は非常に気分がいいぞ。なんにせよ、動けるというのはいいものだ。長らく我慢を強いられた後なら尚更な」

リディは機嫌よく鼻を鳴らしてから、ふと表情を引き締めた。

「この後だが、イストの商館へ行く。やはり、僕らはバーナバスと接触するべきのようだ」

「でしたら旦那様。私たちが向かうのはキングスレー城です」

「なぜだ？」

訝しんでリディが歩みを止めて振り返れば、どこか誇らしげにアルベルトが答える。

「今朝、クラウン夫人が話しておられました。本日、エリザベス帝の双子の姫、ローレンシア姫とリリアンナ姫のドレスの仕立てのため、イストが抱える専属デザイナーと共にバーナバスが城に上がるようです」

「それはいい情報だ。でかしたぞ、アル」

「たまたまです」

手放しで称賛するリディに、アルベルトが照れ隠しで頬を搔く。だが、こうして謙遜をしていたって、主人が近々バーナバスに接触しようと言い出すことを予想して、先回りして彼に関する情報を集めていたことは想像に難くない。それくらい、リディにとってアルベルトは長い付き合いなのである。

アルベルトもまた、満足げに、まるで自分の手柄のように喜ぶリディの内心などお見通しなのだろう。こほんと咳払いをすると、外に待たせてあった馬車を手で指し示した。

「そうと決まれば行きましょう、リディ様。時間は待ってはくれないのですから」


「リディさま、リリをエスコートするよね」

「リディさま、ララをエスコートするよね」

「むむむむむ」と、エアルダールの双子の姫君、リリアンナ姫とローレンシア姫がぷくっと頬を膨らませて睨み合う。その手で、互いにしっかかとリディの手を摑みながら。

王都警備隊の記録庫を出てすぐ、リディとアルベルトは馬車を走らせてキングスレー城に向かった。もちろん、デザイナーの付き添いで城を訪れているはずのバーナバスに接触するためだ。

といって、王族との約束にいきなり割り込むなどという無礼は働けない。それで、試しに同席しているはずのクラウン外相夫人に使いをやったところ、向こうから姫たちのいる応接間に来るようにと返事が来たのである。

それで、今の状況だ。

「リディさまはリリとおどるの！」

「リディさまはララとおどるの！」

「むむむむむ!!」

「お二方とも、どうか喧嘩はなさらず……」

右手をリリアンナ、左手をローレンシアにギュッと握られたリディは、元公爵家の威厳もなく困り果てた様子。救いを求めて己の従者を見れば、肩を震わせて、笑いを必死に堪《こら》えているといった具合。

（アルベルト、貴様、覚えてろよ……）

「お二方とも、リディ様が困ってらっしゃるでしょう？　レディが殿方を誘うときは、もっと淑《しと》やかにするものですよ」

「そもそも、おチビさんたちにエスコートなんてまだ早いのよ、おませさん！　ほら、採寸をするのだから、さっさとこちらにいらっしゃいな！」

全く頼りにならないアルベルトの代わりに助け舟を出してくれたのは、ベアトリクスと、イスト商会と契約しているというデザイナーの男だった。彼がぱんぱん！　と手を鳴らせば、ふたりの姫は不満そうに「はーい」と返事をしつつも、先を争ってぱたぱたと駆けていった。

やれやれと肩を落としてソファに沈み込んだリディに、ベアトリクスがにこりと微笑む。

「ごめんなさいね、リディ様。お二方とも、リディ様ぐらいの殿方と会うのが珍しくて。すっかり気に入られてしまったみたいですわね」

「ああ、いえ。こちらこそ、急に押し掛けてしまい申し訳ありません」

「いいんですのよ。あの方々と引き合わせるいい機会だと思いましたから。そうだわ、この後のご予定は？　よろしければ、お茶をご一緒しませんこと？」

「喜んで。採寸の間、こちらで待たせていただいても？」

「もちろんですとも。待ってらしてね。生地は選び終わってますから、そう時間はかかりませんので」

　ベアトリクスは嬉しそうにそばにいた侍女に中庭にお茶の準備を整えておくよう声をかけてから、いそいそと隣室へと移動した。隣室に続く扉がしっかりと閉ざされたことを確認してから、改めてリディは『彼』へと体を向けた。

「奇遇ですね、バーナバス殿。まさか、2日続けてお会いすることになるとは」

「奇遇、ねぇ」

　呆れ半分、諦め半分に、バーナバス・マクレガーが答える。その様子から、リディたちがここに現れた真の目的を、彼が薄々と察していることが窺えた。

　それでリディも、まどろっこしい駆け引きなしに、本題に入ることにした。

「アダム・フィッシャーの事件について、記録庫の資料を見させてもらった。単刀直入に言おう。6年が経った今となっても、バーナバス殿が事件にこだわる理由はなんだ。彼は、なぜ命を落とすことになった？」

「記録庫？　お前さん、あそこの記録を見たっていうのか？」

リディの言葉に、バーナバスが立ち上がる。今にも摑みかからんばかりの気迫が彼から滲み出るが、リディは整った顔に笑みを浮かべるだけだ。一向に先を続けようとしない隣国の客人に、バーナバスはすぐにその意図を察した。

「……前にも言ったでしょう。死んだ男に真相を求めても無駄だと」

「無駄かどうかは私が決める。あなたが決めることじゃない」

「今日、俺に会いにきたのは、ハイルランド特使としてですか？」

「そう捉えてもらって問題ない。加えて、極秘の、と認識してもらえれば完璧だが」

室内に沈黙が落ちる。ややあって、バーナバスは嘆息した。

「この6年で、何か証拠を摑んだわけじゃない。けれども、最後に会ったとき奴の様子がおかしかったから。だから俺は、あいつが何か厄介な事情に巻き込まれちまったんだって、そう思っているだけです」

「事件の前に、彼に会ったのか？」

「ええ。あいつの死体が森で見つかる前日に、偶然、キングスレーでばったりね」

そう言って、バーナバスはある夜の出来事を語り始めた。


6年前、バーナバスはユグドラシル邸を訪ねて、王都キングスレーに来ていた。

その頃のバーナバスは、ホプキンス商会長に商売人的才能を認められ、国内外のあちこちを飛び回っていた。その合間を縫って、宰相や奥方に挨拶する傍ら、幼かったシャーロットやその兄たちの相手をするのが、彼の習慣となっていたのである。

ユグドラシル邸はいつもバーナバスの来訪を歓迎し、館に泊めることをすすめてくれた。時に誘いに乗ることもあったが、毎度世話になるのも忍びなく、ほとんどは商会として付き合いのある宿を利用した。

そのときも、バーナバスは町なかに宿をとっていた。ユグドラシル邸で晩餐を共にしたあと、彼は自身の宿に戻るためにキングスレーを歩いていた。そんなとき、暗がりにうずくまるひとりの旅人の姿を目にした。

酔っ払いか宿無しの行き倒れかと思い、バーナバスは隣を行き過ぎようとした。その旅人が、声を発するまでは。

〝……バーナバス、か？〟

〝……アダム？　まさか、アダムなのか!?〟

半信半疑で立たせてやれば、それは随分と前に商会から姿を消した親友、アダム・フィッシャーだった。

いろいろと尋ねたいことがあったが、彼は疲労と空腹とでよろめいていた。それで、とりあえずバーナバスはアダムを支え、近くの酒場へと移動した。

さて、なぜか一文無しの——それも、まるで身ひとつでどこかから逃れてきたかのように、服は全身擦り切れていた——アダムに食事をおごってやりながら、バーナバスは首を傾げた。しばらく見ないうちに、友の身には何があったというのだろう。

〝お前さんは一体、どこで何をしてたんだ。恩義を蹴ってまでイストを出ていったというのに、なんだってそんな死にそうな風貌で帰ってきたんだ〟

〝……すまなかった。バーナバス。お前にも、何も言わず〟

〝何も、ね。ああ、そうだ。紙きれ一枚残しただけで、身をくらませやがって。俺も、ユグドラシル様も、随分とお前さんを捜したんだぜ〟

なのに、足取りを摑むことはできなかった。

個人的な理由でユグドラシルの手を煩わせるのは忍びなかったが、宰相自身もアダムの身を案じて、各方面に手を回して彼の行方を追ってくれた。それでも見つからないとなれば、よほど周到な準備をして身をくらませたとしか思えない。

だがアダムは、言えないと。

この数年間のことは聞いてくれるなと。

頑なに、そう貫いた。

代わりに彼が繰り返したのは〝失敗した〟という言葉だった。

〝失敗した。しくじったのさ、俺は。『あの方』は失望なさっただろう。きっと、見切りをつけられただろう……〟

すべてを諦めきった乾いた笑みを浮かべて、アダムは強い酒を煽《あお》る。まるで、そうすることで自身を痛めつけようとするように。

仔細を知らぬバーナバスは、それでも友を激励した。1回の失敗がなんだと。商会にいた頃を思い出せと。失った信頼を取り戻すのは容易ではないが、それで腐るくらいなら死ぬ気で挽回してみせろと、そのように話して聞かせた。

自身でも、なんとありきたりで中身のない言葉だと思った。だが、アダムはバーナバスの激励に、懐かしそうに目を細め、嬉しそうに笑い声を上げた。冗談を言ってるのではないぞと苦言を呈せば、昔と変わらぬお前がおかしいのだと返された。

それから、かつてに戻ったように親友ふたりは酒を酌み交わした。アダムも次第に快活さを取り戻し、商会にいた頃のように冗談を口にし、愉快に酒を飲んだ。

すっかり夜は更けた。いい気分になったまま、バーナバスは友を連れて自身の宿へと向かい、彼のためにもうひとつ部屋を取ってやった。ベロベロになったアダムを部屋に押し込み、自身もフラフラになりながら、バーナバスはひとつだけ友に釘を刺した。

〝いいか。明日はユグドラシル様のところにお前さんを連れていくぞ。あの方も、随分心配されてたんだ。間違っても逃げようなんて気を起こすんじゃねぇぞ〟

その言葉を、アダムがきちんと聞いたのかは定かではない。ただ彼は、うつ伏せに倒れたベッドの上で力なくひらひらと手を振ってみせた。バーナバスも眠気が限界であり、それに軽く手を振り返してから扉をぱたんと閉ざした。

それが、生きているアダムを見た最後だった。


「翌朝、俺が迎えにいくと、部屋はもぬけの殻だった。あいつは、いなかったんだ」

「再び、姿をくらませたということか？」

「……そういうことに、なるだろうな」

眉をしかめて言葉を濁したバーナバスに、リディは首を傾けて先を促した。すると、やや迷ってからバーナバスは嘆息した。

「なんせね。次に見たとき、あいつは死体でしたからね。それに、宿屋の人間の誰もが、アダムが外に出ていくのを見ていないという。……俺が部屋に戻ったあとに何かあったんじゃないかと、疑りたくもなりますよ」

バーナバスによると、その日の夕方にアダムの死体が森の中で見つかったという。

発見時の状況は、王都警備隊の記録にもあった。見つけたのは見回りにあたっていた兵士で、連れていた軍用犬が騒いだのでいつもより森の奥にまで入っていったところ、発見したとのことだった。

隣室とを隔てる扉は、まだ開かない。中ではふたりの姫君がきゃあきゃあとはしゃいだ声を上げているのだろうが、その声がこちらまで届くことはなく、室内はリディたちが話す声以外は寂しいほどに静まり返っていた。

「リディ様。お前さんがアダムを追っているというなら、教えてくださいよ」

答えを見つけられなかった6年を悔やむように、バーナバスは呻《うめ》いた。

「アダムの言っていた、『あの方』ってのは誰なんです？　――そいつが、アダムを殺したっていうんですか？」

城の中庭のサロンで、ささやかな茶会が催された後。ベアトリクスらに礼を言ってから、リディとアルベルトは退席した。

すっかりリディを気に入ったらしいふたりの皇女が、去っていく彼らに無邪気に手を振る。それに返してやりながら、リディは後ろを歩くアルベルトに囁いた。

「どう思う、アル。僕は、アダム・フィッシャーが痣の男であると考えて間違いないだろうと、そう踏んだだが」

「私も旦那様と同意見です」

同じく囁き声で、アルベルトは答えた。

「死亡した時期や、その前の様子。何より『失敗した』との言葉。それは大旦那様の……ロイド様とのことを指しているのではないでしょうか」

「だろうな。ならば『あの方』というのは、黒幕のことだろう。――ようやく、尻尾を捕まえたぞ。姑息で、卑劣な、あの者のことを」

そうと決まれば早い。リディたちの追う黒幕は、元老院に在籍するエアルダールの高官だ。孤児院出身という身寄りのない身で、かつ商人見習いという立場にあったアダム・フィッシャーに目をつける可能性のある者など限られてくる。

と、ここまで考えて、リディはぴたりと足を止めた。

理由はふたつある。ひとつは、アダムが痣の男である場合に、自然とある人物が容疑者として浮かび上がってくるためだ。そしてもうひとつは、その容疑者――宰相ユグドラシルが、回廊の先に立っていたためだ。

ごくりと、後ろでアルベルトが唾を飲み込む音がした。

西日に当たるのを逃れるように、宰相は奥の薄暗がりの中にたたずんでいる。その中でも、いつもと変わらぬ穏やかな笑みを浮かべているのがわかって、逆に背中を冷たいものでひやりと撫でられた心地がした。

いつまでも立ち止まっているわけにもいかず、リディは足を踏み出した。一歩、一歩と慎重に進んでいけば、そのたびに心臓がどくどくと嫌な音を立てた。

〝父上……、父上!!〟

地下牢へと駆ける足裏に伝わる石畳の硬さも、触れた肌の冷たさも、まるで昨日のことのように思い出せる。

あの日、嘆き、許しを請い、縋《すが》り付きながら、どれほど時間が掛かれども必ず借りは返すと固く誓った。

その仇敵が、目の前にいるかもしれない。

この男がロイドを、――父を、切り捨てたのかもしれない。

胸の内に荒れ狂う感情のすべてを、リディは平然とした表情の下で飲み込む。そうして近くまで行くと、宰相の細身の体を覆う深緑色の装束がふわりと広がり、彼は優雅にお辞儀をした。

「リディ殿。この国で、何か不自由をされていないかと案じておりましたが、杞憂《きゆう》だったようです。お元気そうで安心いたしました」

「お気遣い感謝いたします。おかげ様で、何ひとつ不自由などしておりませんよ」

「それはよかった。アルベルト殿も、何かありましたら遠慮なく私に教えてください」

「ありがとうございます」

柔和な笑みを浮かべて、再度ユグドラシルが軽くお辞儀をする。緊張を相手に悟らせないように注意しながら、リディもそれに応える。そのまま別れようとしたとき——宰相が、彼らを呼び止めた。

「王都警備隊の記録庫に入られたとか。お気をつけください。あなたが陛下に殊更に目をかけられていることを、よく思わない人間もいる。此度《こたび》の行いは、あまりに目立ちすぎます」

すぐ近くでアルベルトが身を強張らせたのが確認せずともわかる。一拍置いてから、リディは強気に口角を吊り上げて振り返った。

「さすがユグドラシル様。この国において、あなたには何ひとつ隠し事ができませんね」

「買い被りですよ。多くの事柄が、私の耳に入りがちであるというだけです」

「だとしても随分と耳が早い。まるでどこかで私の行動を見張っていたようだ」

「お気を悪くなさらないでください。立場上、そうせざるを得ないこともあるのです」

軽く首を傾げて、宰相は申し訳なさそうに眉を下げる。

——そうだ。エリザベス帝とアリシア王女の秘密の協定のもとに、このタイミングで特使として送られたリディの動向に、誰もが興味を抱いている。

黒幕であろうと、なかろうと。ユグドラシルには、リディを見張る理由がある。

……それを成し遂げる〝目〟も、彼なら自然と持ち合わせている。

対峙する宰相に、リディも慇懃《いんぎん》に胸に手を当てて答えた。

「ご忠告感謝いたします。この国の方々との間に溝を生むのは、私の本意ではない……。今後、気を付けましょう」

「ご理解いただけて安心しました。リディ殿の頭上に、守護星の導きがありますよう」

宰相は柔らかく微笑み、今度こそ背を向けて回廊の向こうへと歩き去っていく。その背中が角を曲がって見えなくなるときまで、リディとアルベルトはずっと目を離すことができずにいたのであった。


少し迷ったのち、リディは祖国に向けて文をしたためた。

現状として、ロイドと繋がっていた高官としても最も怪しいのがユグドラシルであるが、あくまで可能性が高いというだけ。しかも、その根拠も、アダム・フィッシャーとエリック・ユグドラシルが元々見知った仲であったという、それしかない。

だが、もしも本当にユグドラシルが黒幕であるならば、一刻も早く祖国に伝える必要がある。そのように判断したリディは、『自分が、ユグドラシルを疑わしいと思っている』という事実そのものだけを知らせることにした。

「と仰いますが、旦那様。私にはどうにもこの手紙がそういう内容には読めないです。そんなこと、一言も書いてないですよね？」

「何を言っているんだ、当たり前だろう。僕らは今、敵陣にいるのだぞ。途中で誰かに奪われるリスクを考えたら、あからさまな内容を書けるわけがない」

「それはそうなんですが……」

「安心しろ。勘の鋭い奴が読めば、ちゃんとそういう手紙になっているんだよ」

リディがそのように言って鼻を鳴らせば、なんだか狐につままれたような顔をして、アルベルトはくるくると手紙を丸める。それを眺めながら、リディは自分をこの国に送り込むことを決めた青髪の王女と、その隣に常に控える補佐官の姿を思い浮かべた。

あの補佐官なら――鋭いクロヴィス・クロムウェルなら、自身の手紙を正しく読み取ってくれるはずだ。〝友〟への信頼ともとれるその確信は、のちにクロヴィス本人に証明されることになるのだが、もちろんこのときのリディが知るよしのないことである。

さて、容疑者が浮かび上がったことで、すぐにでも女帝に伝え、相手を排除するのかとアルベルトは問いかけた。だが、リディは楽観的な予測を立てる従者に首を振り、しばらくは情報収集に徹すると告げた。

理由は大まかにふたつ。

ひとつは、宰相というユグドラシルの立場だ。元老院を束ね、女帝に最も近しい地位にあるユグドラシルを切るのだ。アリシアとの協定があるとはいえ、よほどの確信がなければ重い腰を上げはしないだろう。

そしてもうひとつは、まさしく、確たる証拠がないことだ。痣の男、その不自然な死、その男と繋がる元老院の有力者……。これらの全てがユグドラシルを怪しいと告げるが、決定的な証拠にはなり得ない。

といって、こちらが危険を冒し踏み込んだところで、宰相を黒と裏付けるもの――例えば、ロイドとの誓約書などだ――はとっくに処分済みと考えられる。加えて、こちらの動向のほとんどが宰相には摑まれていると予想できることからも、危ない橋を渡ろうにも、メリット、デメリットの差が大きすぎる。

「そもそも、だ。ユグドラシルが黒幕だとすると、腑に落ちないことがある」

「えっと、黒幕が統一派、ということでしょうか？」

「なんだ。ちゃんとわかっているじゃないか」

意外に察しのよい従者に感心しながら、リディは肩を竦めてみせる。

「そう。クロムウェルによると、黒幕の狙いは我が国とエアルダールとの統合。そのために、両国の関係を悪化させ、戦争へと持ち込もうと暗躍しているらしい。なんとも回りくどくて、気の遠くなる話だ」

それをしているのがユグドラシルというのが腑に落ちないと、リディは顔をしかめる。

「エリザベス帝は、統一派の多くを占めた旧元老院貴族を否定し、即位と同時に排除したと聞く。なのに、『統一派』のユグドラシルを、わざわざ宰相なんて地位につけるか？」

たしかにエリザベス帝から見ても、ユグドラシルをどう扱うかは判断が難しい。彼は姉、第二皇女の夫であり、加えて自身とはタイプは全く違えども優秀な男だ。即位し、国を統治することを考えれば、ユグドラシルのような側近は喉から手が出るほどが欲しかったに違いない。

だが、彼が統一派となれば、話は変わってくる。乱れ果てた国内を立て直すために、エリザベス帝は旧体制を想起させる者を政治の表舞台から徹底して遠ざけた。普通ならユグドラシルのことも同様に、もっと無難で、政治的な影響力の低い役職に収めただろう。

「と考えれば、少なくともエリザベス帝は、エリック・ユグドラシルを統一派だとは思っていない。実際、ユグドラシルは所謂『統一派』ではないんだろう……。だが、だとしたら、奴が我が国と隣国の統合を望む理由はなんだ？　宰相という立場にありながら、女帝に進言するでもなく下らぬ策を巡らせ、叶えたい野望とはなんなんだ？」

それを明らかにするには、今の自分たちには圧倒的に情報と味方が足りない。

そのことを、リディはしっかりと自覚していた。

だからこそ、しばらくは情報収集に専念すべきだとアルベルトに告げたのだ。

「僕らは知る必要がある。ユグドラシルがどういう人物で、何を望み、何を忌避するのか。僕らは誰を敵とし、誰を味方にしうるのか」

こうした考えを踏まえて、次の1週間をリディは茶会や晩餐会、歌劇鑑賞といった貴族的交流に費やした。

幸いリディの元には、外相夫人を通じて山のように社交の誘いが届いた。なにせ彼は、エリザベス帝に招かれた隣国の客人。女帝が隣国と何らかの密約を交わしたことを嗅ぎつけ、有力者たちは我先に、ハイルランドからの特使であるリディに近づこうとしたのである。

さらに幸運なことに、リディはこうした貴族的交流、つまりは華麗なる世界での腹の探り合いが得意だった。このあたりは、さすがは元公爵家嫡男である。

生前の父には「感情が顔に出やすい」と苦言を呈されたものだが、そこはこの6年で成長もあるというもの。特使としての〝親愛の情〟を貴族たちにちらつかせ、代わりとして、巧みに欲しい情報を引き出していく様は見事としか言いようがなく、ずっと近くで仕えてきたアルベルトなどはつい目頭が熱くなりもした。

そのようにして、リディたちは見極める。

誰が、ユグドラシルの味方となりえるのか。

誰が、自分たちの味方となりえるのか。


「――そうして、私を味方だと。あなた方の真の友となりえると。そう、判断くださったのかしら？」

「ええ、クラウン外相夫人、いえ、……ベアトリクス様」

頷いたリディに、向かいに座るベアトリクスは可憐に笑みを漏らした。

ぽかぽかと暖かな日差しが、よく整えられたクラウン邸の庭に降り注ぐ。祖国はそろそろ寒くなる頃だというのに、やはりエアルダールは気候が違うと、リディは思う。そういえば、今日は我が国の建国祭の最終日だったなという思いが、今更のように頭の隅をよぎった。

「国を出るとき、アリシア王女殿下からは、エアルダールにいる間の判断はすべて私に任せると言われております。その上で、私自身の判断で、あなたは信じることができると――アリシア様とエリザベス帝、お二方を決して裏切りはしないと考えました」

「まあ！　それは、光栄ですこと」

にこりと笑みを返した夫人は、上品な仕草で紅茶を口に運ぶ。そこには、驚きもなければ動揺もない。リディが単なる客人ではなく、密命を背負って送り込まれたことを、やはり彼女も察していたのだろう。

ベアトリクスを味方に引き入れることを決めたのは、リディが本人に告げた理由のほかにも、王家を出てもなお彼女が国内外に強い影響力を有しているためでもある。

言うまでもなく、リディの立場は非常に危うい。エリザベス帝という強力なバックがいるが、言ってしまえば彼女しかいない。何かの事情で女帝がリディを切り捨てるつもりになれば、それでおしまいなのだ。

その点で、ベアトリクスは頼もしい。彼女は、宰相のほかに唯一エリザベス帝が耳を傾ける相手だ。そのベアトリクスの口添えがあれば、女帝も簡単にリディを見捨てることはないだろう。

加えて、かつてのこともある。

「私が追う相手は、6年前刺客を送り込み、父を亡き者とした。今回も、同じことが起きたとしても、何もおかしくありません」

「そう……。リディ様は案じておられるのね。ご自身だけでなく、陛下の御身を」

「あまり想像したくない事態には違いありませんが」

あえて気取った笑みを浮かべて肩を竦めながらも、リディはそれを否定しない。

女帝本人を害するつもりがあれば疾《と》うに実行に移しているだろうから可能性は低いが、人間追い詰められれば何をしでかすかわからない。万が一の事態に備えて、女帝のほかにもうひとり、真実を知る者が必要だと考えたのである。

「私は今夜、エリザベス帝に謁見《えっけん》します」

秋の花の香りを運ぶ風が、ふたりの間を駆け抜ける。赤みがかった髪を風が揺らすのを感じながら、リディは身を乗り出した。

「どういう形であれ、今夜を境に事態は動き始めるでしょう。そのとき、ベアトリクス様には、変わらず我が国の――ハイルランドの友であり続けていただきたいのです」

ことりと音がして、ベアトリクスがティーカップを受け皿に戻す。ゆっくりと瞼を閉じた彼女は、ややあって、その目を開いてリディをまっすぐに見据えた。

「リディ様。外相夫人としては、お約束致しかねます。だって私は、ハイルランドの友である前に、エアルダールの忠実なる僕であるのだもの」

息をのむリディに、夫人は「ただし」と続ける。

「私個人、ベアトリクスとしての答えは別です。ヨルム家の子、チェスターの血をこの身に継ぐひとりとして、謹んでお引き受けいたします。あの子たちを――私の愛する子たちを傷つけようとする者を、決して許しはいたしませんわ」

絶望に突き落とされてからの、手のひら返し。リディがなんと反応すべきか戸惑っていると、ベアトリクスは少女のようにくすりと笑った。

「女の扱いがお上手ではないのね。女はね、リディ様。理屈や損得勘定よりも、時として、情に訴えかけたほうが心動かされるものなのですよ。そして私が愛するのは、陛下だけではありません。ジェームズも、アリシアも、みんな私の可愛い子たちなのです」

そう言って、エアルダールで絶大なる影響力を誇る貴婦人――前帝の末妹にして現帝の育ての親は、薄く開いた目の奥で瞳を光らせた。

「リディ様。私が、このベアトリクスが、あなたをお守りしましょう。この身に流れる、王家の血の誇りにかけて」

その夜、リディはアルベルトを伴い、女帝を訪ねた。

「遅くに悪かった。生憎《あいにく》と、この時間しか空いていなかったのでな」

入室したリディを見てすぐ、女帝は手に持つグラスを掲げてみせた。

一日の公務後の、寛いだ姿なのだろう。彼女は灼熱の太陽を思わせる波打つ長髪を下ろし、ビロードに似て光沢のあるドレスに身を包んで、ひじ掛け椅子にしどけなく腰掛けている。その姿は、百獣の王のような迫力がありながら、ひとりの女性としてひどく魅力的だとも思わせる。

さて、ここまで連れてきてくれた騎士が部屋の外へと消え、室内には自分たちだけとなる。それを確認してから、リディは改めて彼女のもとへと歩み寄った。

「どうだ、調査は順調か？　もしくは、それどころではないかもしれないな。どうやら近頃は己の主催する社交の場にそなたを招くことが、我が国の流行りとなりつつあるようだが」

「みな様にはたいへんよくしていただいております。おかげで、興味深い話をいろいろと知ることができた。中には、ぜひ陛下のお耳に入れたいことも」

「結構」

視線で自身の近くに座るようにと告げる女帝に応え、椅子に腰掛ける。すると、人払いをしているために、女帝は自らの手でグラスにワインを注ぎ、リディへと渡す。続いてアルベルトの分も用意してやろうとして、彼が扉の脇から動かないのを見て、彼女は首を傾げた。

「なんだって、そんなに遠くに立っている。来い。従者とはいえ、そなたも客人だ。それでは、せっかくのワインが飲めぬだろう」

「い、いえ、それは……」

「お許しください、陛下。あの者は、これほどまで近くで陛下にお目通りかなっただけで、すでに感無量なのですよ」

顔を青ざめさせ、ちらちらと視線で助けを求めるアルベルトに、仕方なく、リディは茶化しながらも助け船を出してやる。幼い頃から公爵家に仕えており貴族には慣れているとはいえ、あの名高い女帝が相手となれば、さすがのアルベルトも恐縮しきるというものだ。

女帝自身も、相手に恐縮されたり、恐れられたりするのは日常茶飯事のようで、それ以上強く求めることはしなかった。というより、女帝相手にひとりで立ち回ってみせたアリシアのような存在のほうが、よほど珍しいのである。

「両国の変わらぬ友情、そして繁栄に」と、彼女は赤い唇を吊り上げた。

「それで、だ。そなたは今、誰について調べている」

「あなたの右腕、宰相エリック・ユグドラシルについて」

リディの返答に、エリザベス帝の眉がぴくりと動く。グラスを傾けて唇を湿らせてから、彼女はつまらなそうに肩を竦めた。

「あの者は統一派ではない」

「ええ、そうです。宰相閣下は、統一派ではなかったはずだ。少なくとも、次期皇帝候補にあげられる前までは」

含みを込めて女帝を見れば、彼女は沈黙を貫いたまま、再びグラスを傾けた。

統一帝国派。女帝が即位してからはすっかり表舞台から消えたが、古くからエアルダールに存在した一派であり、最盛期には時の王すらも取り込んで何度となく北へと進軍させた。

エリザベスが皇位継承闘争の渦中にあったとき、元老院の中枢、つまりはエアルダールに古くからある家柄の者たちの多くが、統一帝国を主張した。そこには、疲弊しきったエアルダールを立て直す狼煙《のろし》として、改めて「悲願」達成を掲げようとしたという背景がある。

旧元老院に取り込まれていた第一皇子レイブンは、これに賛同した。一方で、ベアトリクスの後押しで表舞台にのし上がってきたエリザベスは、鼻で笑って一蹴した。

そして、当時レイブン第一皇子の片腕であり、彼の旧知の友であったエリック・ユグドラシルもまた、統一派の主張を否定した。

「ユグドラシル様は本来、レイブン殿下が即位された暁に宰相となることが約束された方だったそうですね」

「……我が国の者は、随分と古い話を、そなたに聞かせて喜んでいるらしいな」

「そのような言い方をしては、みな様が気の毒だ。私が尋ねたので、親切に教えてくださったのですよ」

急進的な政策を推し進めるエリザベス帝に最も近い場所に仕え、貴族たちとの繋ぎ役として陰に日向に帝国を支える宰相エリック・ユグドラシル。

その彼はもともと、女帝の政敵にして皇位継承順位第一位であったレイブンの側近であり、傾国のさなか元老院の傀儡《かいらい》となりはてた友を諫《いさ》め、なんとか元老院から引き離そうとした。

だが、警鐘を鳴らし続けたユグドラシルの言葉がレイブンに届くことはなく、最終的にふたりは決裂した。

ユグドラシルが彼の元を去ってほどなく、第一皇子はエリザベスの暗殺を企てた疑いで幽閉された。一説には、暗殺を企てたのは皇子本人ではなく周囲の悪臣たちだったとも言われている。だが真実がどちらにせよ、その事件をきっかけに、皇子は獄中で命を落とすことになった。

貴族たちは、口々に話す。

レイブンに王の器はなかった。

彼と共に、ユグドラシルまで堕ちるようなことがなくてよかったと……。

恐怖にも近い圧倒的なカリスマ性で臣を抑えるエリザベスとも違い、理知的な温厚さで臣の信頼を得ているためだろう。尊敬と親しみを込めて、こうした事柄を、貴族たちは喜んで教えてくれた。

「その中で、ユグドラシル様について、気になることを聞いたのですよ。といっても教えてくれた数名も信じておらず、根も葉もない噂の域を出ない事柄ですが」

「かまわぬ。申してみよ」

先を促す女帝に、リディは恭しく会釈。カラフェに手を伸ばし、空になりつつある女帝のグラスにワインを注いでから、リディは赤味がかった髪の合間から彼女を見据えた。

「宰相ユグドラシルは過去に一度だけ、ハイルランドとの統合をエリザベス帝に進言したことがある。だが、さすがのエリック・ユグドラシルでも、女帝陛下の気持ちを変えることはできなかった、と」

女帝の表情は変わらない。否定も肯定もなしにグラスを揺らす彼女に、リディは挑戦的に身を乗り出した。

「私の見解はこうです。噂は、真実だ。統一派の主張とは別に、両国の統合を望む理由が、ユグドラシル様にはある。いや、あった。それは、疾うの昔に失われた理由のはずだった」

違いますか?と、リディは畳み掛ける。

エリザベス帝は答えない。赤い紅をさした唇を固く閉ざし、リディの視線を正面から受け止める。

だが、彼女がついに重い口を開こうとしたとき、

――エリザベス帝の手からグラスが滑り落ち、高い音を立てて粉々に砕けた。


「……は?」

彼女の足元には、きらきらと光る硝子の破片と、赤い液体とが飛び散っている。深緑の瞳が、驚きに染まって自身の手元を見つめている。――その手が小刻みに震えていることに気づいて、リディも我に返った。

「陛下、お怪我はございませんか?　すぐに人を……」

「まて。これ、は……っ!?」

「陛下!!」

がくりと女帝の体がくずれ、とっさにリディがそれを受け止める。腕の中でエリザベス帝は微《かす》かに震えている。リディがアルベルトに人を呼べと叫んだところで、女帝本人に止められた。

「やめ、ろ!　誰も呼ぶな!」

「しかし、陛下」

「嵌《は》められたのだ!」

そう言ってから苦し気に咳き込んだ女帝を、慌ててリディは抱えなおす。地面に広がるワインが、女帝のドレスの裾に染みを作っていく。それが目に入り、リディもようやくすべてを理解した。

毒だ。エリザベス帝のグラスには、毒が盛られていたのだ。

だが、誰が。いつの間に。頭の中に様々な疑問が駆け巡るなか、新たに響いた若い女性の声に、リディははっと顔を上げた。

「失礼いたします、陛下。今、何か大きな物音がした気が……っ」

グラスの割れる音が聞こえたのだろう。恐る恐る入室した侍女が、その場で息をのんだ。

驚愕に見開かれた瞳が、椅子からくずれ落ちた女帝と、それを抱えるリディとを見た。その瞳を見れば、この状況を目の当たりにした彼女が何を考えたのか、火を見るより明らかであった。

「だ、誰か！　誰か……!!」

「待て！」

呼びかけも空しく、侍女が飛び出していく。

真っ白になった頭で、リディは己の手を下ろした。

じきに大勢の兵がここに押し寄せるだろう。

このまま自分は捕まるのだ。女帝を亡き者にしようとした、謀反人として。

そのとき、ぱんと乾いた音がしてリディの目の前に火花が散った。

「冷静になれ、阿呆が!!」

果たして、リディの頬を勢いよく叩いたのは、毒で全身の自由が利かないはずの女帝だった。

目を見開いて叩かれた頬に触れるリディに、女帝はさらに彼の胸倉をつかんだ。

「まだ、手は、ある、はずだ。考え、ろ。次の、一手を」

アリシアと約束してきたのだろうと。途切れ途切れに、それでも強い口調で問われ、リディの頭は急速に冷えていった。

そうだ。落ち着け、考えるんだ。

サザーランドは、約束を違えない。

それが、脈々と受け継がれてきた一族の矜持なのだから。

「アルベルト!!」

気づけば、リディは叫んでいた。女帝をその腕で支えたまま、事態の成り行きに呆然と立ち尽くしていた従者を振り返り、彼は口早に指示を出す。

「行け、アル。行先はクラウン外相邸。夫人を頼れ。真実を彼女に伝えるんだ」

「で、ですが。そんな、坊ちゃんは……!?」

「兵が来るんだ、早く行け！　お前だけが頼りなんだ！」

頼む。そうリディが続けると、彼の真剣な眼差しを受け止めたアルベルトが、緊張した面持ちでごくりと唾を飲み込む。続けて頷いたとき、従者の目には強い覚悟の色が浮かんでいた。

駆け付ける兵士を警戒してのことだろう。敢えて自身の背後の扉でなく、アルベルトは開け放たれた窓からひらりと身を躍らせる。一瞬リディはぎょっとして目を剝いたが、そこは幼い頃から互いを知る間柄。意外と身体能力の高い彼なら、無事に下まで降り、夜暗《やあん》に紛れて逃げ果《おお》せてくれるはずだと、すぐに首を振る。

頼んだぞ、アル。

従者が消えた窓を祈るような心地でリディが見ていると、ふいに背後が騒がしくなり、荒々しく開かれた扉から兵たちがなだれ込んでくる。

ついに来たかと。額に一筋の汗をしたたらせ、リディは堂々と乱入者たちへと振り返った。

エリザベス帝が倒れた現場に居合わせた以上、リディ本人に逃げるという選択はなかった。この場から姿をくらませれば、より一層容疑をかけられるだけだ。

そして同時に、彼は確信していた。リディが捕らえられる瞬間を見届けるために、黒幕がこの場に必ず姿を現すに違いないと。

だからこそ彼は、王命により遣わされた使者にふさわしく、少しの怯《ひる》みもなく兵たちの視線を受け止めた。

だが次の瞬間、リディは目を瞠《みは》った。

鋭い切っ先を己へと向ける兵士たちの奥には、ふたりの人間がいた。ひとりは、予想した通り、宰相ユグドラシル。先日に回廊で相まみえたときと同じに、彼は穏やかに微笑んでいる。そして、もうひとり――宰相の隣から冷ややかな眼差しを向けるのは、第一皇子フリッツだ。

フリッツ皇子がこの場に駆け付けることに、何も不自然さはない。だが視線が交わった途端、皇子は薄い微笑みを――仄暗く、凍えるほどに冷たい笑みを、整った顔に浮かべた。それで、リディは悟った。

「なるほどな」不敵な笑みと共に、リディは吐き出した。「陛下を敵に回すなら、黒幕は誰を味方に付けるべきか。――その選択は、僕が想定した中で最も大胆なものだったぞ」

兵士のひとりが、剣の柄《つか》を振り下ろす。鈍い音と共に後頭部に衝撃が走り、リディの意識は暗闇の中へと溶けていった。


今より昔、エアルダールに混乱があった。

荒れ果てた国土、利権を争うだけの政治。一部の富める者が私腹を肥やし、弱く貧しき者たちは打ち捨てられた。

その最中に皇位継承闘争は起きた。元老院に傀儡として取り込まれた第一皇子レイブン。庶子でありながら、才覚にあふれたエリザベス。ふたりの争いは、レイブンの投獄という形で決着がついた。

レイブンが投獄されたのは、ダンスク城砦――暮れの西城だ。この事実を知るものは多くはないが、第一皇子が牢に入れられてから、エリック・ユグドラシルが彼の牢を訪ねたことがあった。

先導する兵に扉を開けてもらいユグドラシルが牢の中に入ると、硬いベッドの上で僅かに体を起こしたレイブン皇子は、にやりと唇を吊り上げて旧友を迎えた。

〝来たか、兄弟。どうだ、俺も落ちぶれたものだろう〟

〝ええ、全くです〟

冗談めかして手を広げて見せる元主人を、ユグドラシルは様々な感情が入り乱れる複雑な表情で見下ろす。数か月のうちに、皇子は随分と痩せた。精悍で、王族らしい堂々とした居住まいの面影はそこになく、地位を追われた男の哀れな末路があるだけだ。だから、ユグドラシルは再び同じ言葉を口にする。

〝全く……本当に、あなたは馬鹿なことをした〟

〝やめろ。牢に入ってまで、どうして貴様の小言を聞かねばならん。滅多にない来客だ、もっと俺を楽しませてくれてもいいだろう〟

そう言って、レイブンはぐるりと牢の中を見渡す。牢といっても、中はひどく質素ながら一応はベッドや椅子、机など、最低限部屋としての体裁は整えられている。彼の身分を考えれば、投獄よりは幽閉に近い扱いなのだろう。

だが、暮れの西城に満ちた淀んだ空気は、確実に皇子を蝕んでいた。ユグドラシルの前で、皇子は激しく咳き込んだ。苦し気な体を支え、ゆっくりと横たえてやると、胸の奥底に巣食うものを宥めるようにレイブンは深く長い息を吐き出した。

〝俺はもう終いだ〟と、皇子は天井を眺め告げた。

〝貴様の言う通り、馬鹿なことをした。すべては、俺の脆弱《ぜいじゃく》さが招いたことだ。驕《おご》り、己を過信し、耳触りのいい言葉だけ聞き入れた。俺を見捨てた貴様の判断は、正しかったのだ〟

ユグドラシルは答えない。否、答えようがなかった。

友として、補佐役として、ユグドラシルはレイブンの第一の理解者であり、忠実なる僕であった。そのレイブンと対立し、彼の元を去ったユグドラシルの覚悟は相当なものであり、渦巻く感情を一言や二言で言い表せはしない。

そんな友の葛藤をおそらく察しながら、レイブンはユグドラシルへと手を伸ばす。果たして、その手を受け止める資格が己にあるだろうかと彼が躊躇していると、皇子はユグドラシルの裾を摑んで自分のほうへと友を引き寄せた。

お願いだ、と。聞いたことのない声音で、皇子は懇願した。

〝あいつらを――元老院の奴らを、助けてやってくれ〟

〝……それは、本気で言っているのですか？〟

すっと目を細めたユグドラシルの声は、彼自身が驚くほどに冷たく響いた。

王国が傾いたのも、レイブンが今のような状態に陥ったのも、すべては元老院のせいだ。だというのに、この期《ご》に及んで何を甘いことを、というのがユグドラシルの意見だ。

加えて、次に玉座に座るのはエリザベスでほぼ決まりだ。すでに元老院の半数以上を政界から引き摺り落としている彼女が、今更、その手を緩めるとも思えない。

だが、否定的な姿勢を見せる友に、レイブンは一層強く縋る。

〝今の立場に残してやれとまでは言わない。それでも……っ！〟

〝レイブン！　っ、あなた……!?〟

興奮したのがまずかったのか、先ほどよりも激しくレイブンが咳き込む。身をよじって苦しむ皇子に、慌てて身を屈めてその背中を撫でてやったとき、ユグドラシルは彼の手に赤い血の花が咲いているのを見た。

〝それでも、〟と、言葉をなくしたユグドラシルに、皇子は息を整えながら続けた。〝俺とは違って、奴らには時間がある。やりなおす時間が〟

弱腰であった父を諫めず。国を傾けてなお、己を傀儡として取り込み保身に走った元老院の面々を変えることもできず。すべては己の責だと、レイブンは言った。

〝王族として、ケジメは俺がつける。それで十分だろう？〟

ユグドラシルは瞼を閉じた。そして、相変わらず我が主はなんと甘いことだと呻いた。

元老院と距離を取れ、彼らを解任せよと。何度となく言い募ったユグドラシルに、いずれ彼らとも折り合いをつけるとレイブンは答えた。だが、そんなことはどだい無理な話だった。己のことだけを考え甘い蜜を吸ってきた者共が、今更に改心などどうしてできよう。

エリザベス暗殺の企てにしたって、そうだ。レイブンは決して口を割らないが、彼はエリザベスの死など望んでいなかった。巷では悪臣の甘言に惑わされレイブンが刺客を放ったなどと言われているが、とんでもない。すべては元老院が勝手を働いただけ。エリザベスもそれをわかった上で、玉座を得るための手段として事件を利用したのだ。

しかし、側近としての目には彼の危うさ、至らなさとして映っても、長い友人として見ればその甘さを最後まで嫌いになれなかった。そう、この最後のときでさえも。

〝そんな、〟胸の奥底が焼け付く心地がしながら、ユグドラシルは吐き出した。〝そんなお人好しでいるから、あなたは駄目なんだ〟

〝お人好しはどっちだ〟呆れたような目をして、皇子は苦笑した。〝俺のこの様を見て、それでも、そんな顔をしてくれる貴様のほうが、よほどお人好しな人間だと思うがな〟

友であり、かつては主従であったふたりの密やかな会談からほどなくして。

エアルダール帝国第一皇子レイブンは、静かにこの世を去った。

　窓の外で、枯葉が一枚木から舞い落ちる。窓を背負って執務机に向かうエアルダール宰相エリック・ユグドラシルが、それに気を向けることはない。彼が慣れた様子でさらさらと筆を走らせていると、扉がノックされ、皇子からの使いが彼へ言伝《ことづて》を届ける。

「それはよかった」穏やかな表情で筆を置き、宰相はふわりと微笑む。「すぐに伺いましょう。皇子にも、そのようにお伝えください」

　ほどなくして、ユグドラシルはとある豪奢な扉の前に立つ。ちょうど入れ替わるように中から出てきた医務官と二言三言を交わしてから、宰相は室内にするりと入った。

「殿下、参りました」

「来い。母上が目を覚まされた」

　首だけ振り返って、フリッツ皇子がそばに来るように彼に告げる。

　部屋の中央には大きなベッドがあり、彼らの王、エリザベスが身を横たえている。彼女の視線は天蓋の裏に向けられたままだったが、ユグドラシルが近くに立つと、ゆっくりと瞬きをした。

「なんの毒かと思えば、生温い。ただの痺れ薬とは……」

「そのように軽く見てはいけません、母上。体の自由を奪われれば、剣を突き立てられようが、首を絞められようが、抵抗することはできないのですから。痺れはじきに消えますが、完治するには7日ほどかかるとのことです」

「7日、か。……短いが、事を急ぐなら十分すぎる時間だな。一度回り始めた歯車を止めることは難しい。それが戦争となれば、尚更に」

「母上の御身は、ミレーヌ殿にお移しします。ですから心乱さず、隣国とのことはすべてを私にお任せください」

女帝からの返答は何もない。皇子はそのことを意外に思ったのか僅かに眉を顰《ひそ》めたが、伝えるべきはすべて伝えたとばかりに彼はひらりと身を翻す。皇子に続いて宰相も退室しようとしたとき、その背を女帝が引き止めた。

「なぜ殺さなかった」

足を止めた宰相は、ゆっくりと振り返る。その視線の先に、自分をまっすぐに見据える深緑の双眼がある。ユグドラシルを見据えたまま、「薬を盛ったのは、お前だろう」と続けた。

「事を起こすなら、余が死ぬか、そなたが死ぬかしかなかった。なぜ中途半端に生かした」

「なぜ……。そうですね。あなたにはきっと、私の行動のすべてが無意味で、理解に苦しむものに思えることでしょうね」

いつもの、それこそ、執務中の皇帝と宰相のやり取りと同じに、答えるユグドラシルの声は穏やかなままだ。ふたりしかいない広い部屋で、彼とエリザベスとはしばらく見つめ合った。

やがて、先に口を開いたのはユグドラシルだった。

「覚えていますか？　私たちの始まりも、こうしてふたりきりでした。そこであなたは、ひとつの嘘をついた」

口を開きかけた女帝に、宰相は首を振る。

「行為そのものを責めているのではありません。国を治めるため、嘘は時に必要だ。ただ、あなたのついた嘘のうちのひとつが私にとっては重要な意味を持ち、今日まで私を突き動かした。それだけの話です」

「レイブンとの約束、か」

ため息交じりに吐き出された言葉に、ユグドラシルの顔から笑みが静かに引いた。

その昔、レイブン第一皇子が暮れの西城で静かに息を引き取ったあと。第二皇女を妻に娶《めと》っていたユグドラシルは、皇位継承候補としてエリザベスの対抗馬に指名され、彼女とふたりきりの会談に臨んだ。

会談の舞台となった小部屋に入ってすぐ、ユグドラシルは義妹に告げた。自分はあなたと争うつもりはない。皇位は譲って構わないと。

では、なぜ会談の場を設けたのかと、当然エリザベスは彼に問うた。これに対しユグドラシルは、皇位を譲るにあたって条件があると答えた。

その条件こそ、エアルダールとハイルランドの「統一」だったのだ。

〝ハイルランドとの統合？　義兄上はむしろ、そのような世迷い事を吹き込む連中とレイブンを引き離そうと動いていたと記憶しているが〟

〝殿下。私は、大エアルダール帝国の建設が、保守派とそれ以外の者たち、分断された我が国の人々をひとつに再統合する鍵となると考えているのです〟

ユグドラシルは訴えた。厳しい追及を受けて中心人物の多くを失い、さらにはレイブンも亡くした元老院は、すでにまとまりを欠いた有象無象の集まりだ。彼らはもはやエリザベスの脅威にはなり得ない。

であれば、エリザベスがすべきは混乱を長引かせることではない。過去の過ちを許し、その手を取って正しき道へ導くこともまた、君主の務めであろうと。

「統一帝国を余が掲げれば、反発する保守派たちも余を認める。そうすれば、あとはそなたが連中をまとめ上げ、大人しくさせてみせよう。あのとき、そなたは余にそう言ったな」

「ええ。そしてあなたは、しばらく悩んだ末に頷いた。私の提案を受け入れ、エアルダールの混乱を終わらせようと」

約束は結ばれ、玉座に座る者とその隣に控える者とが決した。そのあともふたりは数日にわたって新体制について話し合い、扉が開かれた。

だが、女帝は約束を覆した。

戴冠式の日。新たな皇帝として姿を現したエリザベスは、戴冠の儀の最後、王城のバルコニーでの演説の中で、ハイルランドとの統合の可能性をはっきりと否定した。

約束が違うと詰め寄るユグドラシルに、エリザベスは冷たく返した。自分が約束をしたのは、エアルダールの混乱を終わらせるという点についてだと。

〝では、はじめから私の提案を受けるつもりはなかったと……！〟

〝そうではない。連中と手を取り合うことに意義を見出したなら、余はそなたの言うようにハイルランドを取るつもりだった。だが、その必要はないと判断した〟

事もなげに言い放つ主君に、ユグドラシルは激昂した。歯を食いしばり、拳を握りしめた彼の瞼に浮かぶのは、亡き主人の最期の姿だった。

〝彼らとて‼〟気づけば、宰相は叫んでいた。〝彼らとて、あなたが手に入れた国の一部ではないのですか!?

〝だからこそ、いらぬのだ〟どこまでも冷淡に、女帝は答えた。〝余の目指す新しき国に、残念ながら連中はいないのだ〟

戴冠式での演説を境に、旧元老院と皇帝の対立は決定的となった。反発した保守派の貴族たちを次々に排除し、女帝は改革に向けて足場を固めた。新しき未来を切り拓く女帝の輝かしい軌跡の裏で、死罪に幽閉、財産没収と容赦ない処罰が下され、多くの者が表から去った。

レイブンの最期の願いを、ユグドラシルは叶えることができなかった。

「なあ、ユグドラシル。そなたの行動に、何の意味がある」

ユグドラシルが見下ろす先で、女帝が目を細める。

「レイブンは死んだ。奴の取り巻きも姿を消した。だというのに、今にしてなぜ、ハイルランドを取る。そなたは何に執着している」

「意味などありません。少なくとも、私以外にとっては」

細い身体に疲れを滲ませ、ユグドラシルは静かに立つ。そうして彼は何故か寂しげに、ここにいない誰かを思い浮かべたように、悲しい笑みを口元に浮かべた。

「これは私の個人的復讐であり、挑戦なのです。あなたが否定し、あなたがいらないと跳ねつけたものを、私は手に入れることができるのか。私に、あなたの選択を覆す力があるのか」

ですが、もっと興味深いことができたと。そう言って、ユグドラシルは身を屈めた。

「天の星々に誓って、告白します。あなたに薬を盛り、隣国の使者にその罪を被せて戦争の口実にすることを決めたのはフリッツ殿下です。殿下は、あなたを超える偉大な皇帝となることを渇望している。私は、その背中を押して差し上げたにすぎません。統一帝国という偉業を成し遂げれば、女帝陛下を超える偉大な王として歴史に名を刻むでしょうと」

「な……」

「事実を知ったあなたは、どうしますか？」

目を見開いた女帝の顔を覗き込み、宰相は静かに問いかける。

「我が子であっても、容赦なく裁きますか？　それとも主義を曲げ、あの方だけは見逃しますか？いっそのこと、共に隣国を奪いますか？　もっとも選択がどれにせよ、私は一向に構いませんが」

「その下らぬ酔狂が原因で、そなたの首が胴を離れてもか」

ぎりりと歯を噛み締め、唸るように女帝が告げる。体の自由がきかないために身を横たえたままだが、視線だけは鋭く、彼を射殺さんばかりである。だが、対するユグドラシルは小さく笑いを漏らすと、ゆっくりと首を振った。

「それこそ、どうでもいいことですよ。この結末を見届けることができるならば」

その言葉を最後に、ユグドラシルは彼女のそばを離れた。彼が部屋の外に出るのと同時に、待ち構えていた医務官らが中に入っていく。女帝の身を、敷地内の別殿であるミレーヌ殿へと移すためだ。

そこで宰相は、てっきり自室にでも戻ったかに思われたフリッツ皇子が、廊下の窓にもたれて立つのを見つけた。ユグドラシルがそちらへと足を向けると、皇子はすっと通った形のよい眉を不機嫌そうに寄せて、開口一番「遅い」と苦情を言った。

「私を差し置いて、こそこそと動くな。母上に何を聞かれた？」

「つまらぬ事柄です。少しばかり、昔話を」

「そのような答えで私が満足するとでも？」

皇子が素早く動いて、ユグドラシルの肩のあたりを掴む。鋭い光を帯びた深緑の瞳を見返しながら、確かに彼は女帝の血を引いていると、そのような感想を宰相は抱いた。しばらく口を閉ざしたままユグドラシルが待てば、皇子は苛立ちをにじませつつも「まあ、いい」と手を離した。

「お前にどういう意図があろうが、事は既に動き出している。途中で逃げ出すことは、お前も、そして私にも、できはしまい。最後まで付き合ってもらうぞ」

皇子の言葉に、やはり宰相は穏やかな笑みを浮かべた。なぜなら、皇子を〝付き合わせて〟いるのはむしろ、自分のほうであるからだ。もちろん、その事実を皇子本人が理解しているかは別にして、である。

喜んで。そう、宰相が皇子に答えようとしたとき。

回廊の先から小走りに駆けてきた兵が、彼らへの来客を告げたのであった。


「まあ、殿下。しばらくお会いしないうちに、なんだか随分と雰囲気が変わられましたこと」

謁見の間に姿を現したフリッツ皇子と宰相ユグドラシルを見てすぐ、外相夫人ベアトリクスはそのように首を傾げた。

統治者が倒れ、その〝犯人〟はすでに牢の中。今後の対応を思えば、今は少しの時間も惜しいといったところだ。だが、ベアトリクスの血筋を考えれば無下にできる相手ではなく、仕方なく皇子は謁見を受け入れたのだ。

とはいえ、皇子は不機嫌さまでは隠さずともよいと判断したらしい。彼は足早に夫人の脇を通りすぎると、通常であれば女帝が座る場所に腰を下ろし、冷ややかに訪問者を見据えた。

「ベアトリクス様。あまり、あなたにこのようなことは言いたくないが、今は非常に忙しい。要件があるならば、手短に済ませてもらえるとありがたいのですが」

「ええ、もちろんですとも。今はエアルダールの明暗を決する一大事。お話に華を咲かせる時間はないですわね」

大いに頷いた夫人は、頬に手のひらを添え、悩ましげにため息を吐《つ》く。

「実は、我が家でお預かりしている隣国のお客人が、昨夜から戻ってきませんの。大切な方に何かあったのではと、私、心配で心配で……」

フリッツ皇子は、思わずベアトリクスをまじまじと見た。続いて、彼の深緑の瞳はいっそう剣《けん》呑《のん》なものとなった。

「……その客人であれば、案じることはない。地下牢に閉じ込めてある。屋敷に使いをやり、報せを運ばせたはずだが？」

「まあ！」と夫人は叫んだ。「報せは本当でしたのね。大変、私、とても信じられなかったものですから……。けれど、いったいどのような咎で？」

「いい加減にしろ！　ふざけているのか？」

　ついにフリッツは立ち上がった。しかし、怒りをあらわに夫人を見下ろした皇子であったが、静かに微笑みを浮かべたベアトリクスと目が合った瞬間に息をのんだ。終始にこやかだった彼女の顔が、急に仮面のように思えたためである。

　相手に悟られないよう動揺を飲み込むフリッツの前で、夫人は小首を傾げた。

「ふざけてはいませんのよ。本当にわかりませんの……。陛下は何者かに毒を盛られたと聞きましたが、その犯人がリディ様であるということですの？」

「……そうだ」

「リディ様が毒を入れたところを、どなたかご覧になった？」

「いや」

「まあ。では、身体の自由の利かない陛下を、傷つけようとした？」

「そうではない、しかし……」

「あらあら。なら、陛下がリディ様を捕まえよと仰った……」

「あの者は、陛下が倒れた場にいた！　陛下に異変があったとき、部屋にいたのは奴と従者だけだ！」

　声を荒げたフリッツに、しかしながらベアトリクスは小さく肩を竦めた。

「そこに座っているだけなら、私でもできますわ。そうでしょう、エリック。あなたもそう思わなくて？」

「――そうですね。仰《おっしゃ》る通りです」

　ですが、と宰相が口を開く。だが、彼が言葉を続けるより先に、我慢のならなくなったフリッツツが宰相を遮った。

「陛下が倒れ、この国の者ではない人間が居合わせた。これ以上に怪しい人間が、ほかにいるとお思いか？　疑わしき者を牢につなぐことに、何の問題がある⁉」

「ああ、なるほど。リディ様は、犯人として疑わしい〝だけ〟ですのね！」

ぱっと顔を輝かせた夫人に、フリッツ皇子は再び虚を衝かれる。皇子は気が付かなかったが、彼の視界の外で、宰相ユグドラシルはぴくりと眉を動かしていた。ぴんと空気が張り詰める中、ベアトリクスはあくまで朗らかに笑顔を浮かべる。

「では殿下。至急、審判を開かねばなりませんね」

「審判、だと？」

夫人の言わんとすることを理解できず、皇子が顔をしかめる。だが、夫人は皇子相手ではなく、むしろ宰相に聞かせようとするように、エリック・ユグドラシルにちらりと視線を送った。

「ええ。審判ですわ。殿下もよくご存知でしょう？　我が国では罪状が疑わしい際、皇帝の御前に証人を呼び、裁きを行うのです」

「しかし、それは無理だ。陛下は、まだ安静が必要で……」

「皇帝が不在の場合、３人の代理人を選出し、その合意を以て審判を下す」

は？　と、今度こそ皇子の口から呆けた呟きが漏れた。思わず宰相に向けられたフリッツの瞳には、「そうなのか？」とはっきりと戸惑いの色が浮かんでいた。その様子を前に、ベアトリクスは気の毒そうに首を振った。

「ご存知ないのも無理ないことですわ。皇帝が不在。そのようなこと自体が、この国の歴史上でほとんどないのですもの。私はこの法が適用される場面を目の当たりにしましたので、たまたま知っていただけです」

「目の当たりにした？　皇帝が不在……、まさかっ」

はっとして、皇子は目を見開いた。彼はすぐに気づいたのだ。王国の歴史で言えば比較的近い昔、自分が生まれる少し前、エアルダールに皇帝が〝不在〟の期間があった。そのとき、まさに審判が必要となる大きな事件があったではないか。

「──母上の、暗殺計画か」

「そのとおりです。あの事件の際、3人の代理人による審判が開かれました。そうでしたわね、エリック。たしか、あなたは代理人のひとりになることを望んだのだけど、それが叶わなかったのではなかったかしら？」

「つまり、お前もこの展開を予想できたというわけだな」

唸るように呟いて、フリッツは宰相を睨む。予想がついていながら、敢えて黙っていたのではないか。そのような疑念に駆られて皇子が宰相を見たわけだが、視線を受け止めるユグドラシルは沈黙を貫くだけだ。

ぎりっと奥歯を噛みしめ、フリッツは無理やりユグドラシルから視線を外し、夫人へと戻した。まずは、この厄介な訪問者をどうにかせねばと判断したのだ。エリック・ユグドラシルへの追及は、そのあとでゆっくりと行えばいい。

「とにかく、今は一刻の猶予もない。南では、オルストレやリーンズスが同盟を結ぼうとしている。そんなときに、帝国の威信を揺らがせるわけにはいかない。隣国の使者が陛下に毒を盛ったのならば、武力をもってこれに報い、我が国の威信を内外に知らしめるべきだ」

「ごもっともな判断ですわ、殿下。しかし一方で、法には敬意を払わねばなりません。先人たちが試行錯誤を重ねた、その結果なのですもの」

「ならば、その代理人審判とやらを、早急に終わらせるまでだ！」

話は終わりだというようにフリッツは勢いよく立ち上がると、ふたりの代理人および証人の選定を行うよう、ユグドラシルへと指示を出した。無論、あとひとりの代理人は皇子自身が務めるつもりである。

「あなたも、あの者の無実を信じるならば証言台に立てばいい。もっとも、あなたには外相とともに隣国へと報せを運ぶよう命じてある。無事に、審判に間に合えばいいがな」

「安心なさって。私、いざとなれば馬にも乗れますの。それと殿下。あとひとつだけ」

「まだ何かあるのか！」

立ち去りかけていたフリッツが、苛々と吐き捨てる。夫人は余裕を崩さぬまま、にこりと微笑みを返し、手をぱんぱんと2回打ち鳴らした。高い天井のためにその音は大きく響き、おそらく外にまで伝わったのだろう。ややあって、控えめに謁見の間の戸が開いた。

そこに現れた姿に、皇子はがんと頭を殴られたような衝撃を受けた。

「シャー……ロット」

固まる皇子の視線の先で、シャーロット・ユグドラシルが薄く開けた戸の隙間から入室し、ぺこりと頭を下げる。顔を上げたとき、怯みも迷いもなく、シャーロットは皇子と父である宰相とを順番に見つめた。

二の句を継げずにいる皇子の前で、夫人はシャーロットをひらりと手で指し示した。

「審判の結果が出るまでは、リディ様は隣国の客人。ですから、世話役をひとりつけることをお許しください。彼女でしたら、お二方ともよくご存知でしょう？　ここにいる全員が安心して任せられる子を、ちゃんと選びましたのよ」

「……君も、私を選んではくれないのか」

シャーロットに向けられたフリッツの表情が、傷ついたように歪む。だが、シャーロットはほんの少しだけ悲しそうに目を細めたものの、全身から滲む固い決意が揺らぐことはない。しばし気まずい沈黙がその場を満たすが、穏やかな声がそれを破った。

「私は賛成です」

果たして声を上げたのは、しばらくの間、静観を貫いていた宰相だった。明らかにショックを受けた様子の皇子を庇うよう、さりげなく夫人との間に立つと、ユグドラシルはシャーロットに向けてにこりと笑みを浮かべた。

「クラウン夫人の仰るように、審判が決するまでは客人は丁重に扱わなければならない。とはいえ、牢からお出しするわけにはいかない。――お前がそばにいてお世話をするのならば、私も安心だ。殿下、よろしいでしょうか？」

「…………好きにしろ。〝客人〟に失礼のないよう、立派に務めを果たすがいい」

「はい、殿下」

ありがとうございます、と礼儀正しくお辞儀をしたシャーロットにちらりと視線をやってから、フリッツは今度こそ檀上から降りた。道を譲った少女の脇を通り過ぎるとき、彼はほかの者には聞こえないように二言三言を囁いた。その返答を待たずして、皇子は謁見の間を後にした。

コツコツと、硬い床を靴底が叩く音が響く。その後ろに続くもうひとり分の足音に耳を澄ませながら、皇子の胸の内は雪の朝のように冷たく張り詰める。

誰も、本当の意味では彼を必要としていない。

だから彼は、自分の居場所を自らの力で得ることを欲した。

しかしながら、己が求められていないことを意識するからこそ、フリッツが誰かを心から信じることはない。いまは手を結んでいる宰相にしても、同じことだ。

――唯一、心を得たいと願った少女にしても、それは。

「……それでも私は、もう立ち止まることはできないんだ」

誰に言い聞かせるでもなく零《こぼ》れた呟きは、季節外れに凍えた空気の中に紛れて消えていったのであった。


ズキズキと、後頭部に鈍い痛みが走る。ついでに言えば背中も腰も、全身どこもかしこも節々が痛い。

微睡《まどろ》みの中、体を蝕む不快感にリディが小さく呻いたとき、カチャカチャと金属がぶつかる音がした。つられて薄く目を開くと、徐々にはっきりしていく視界の中にふたりの人物の姿を認めて、彼は思わず跳ね起きた。

「クラウンふじ、いっつぅ!?」

「大変！　リディ様、どうぞそのまま静かにしていてくださいな。シャーロット、すぐに傷の手当を！　駄目ですわ。怪我をされてるのに、そのように激しく動いては」

「いいや、このくらい別にどうってことな、つぅ‼」

「やっぱり。後ろ、腫れちゃってます。それとおでこ。少し、切れてますね……。大丈夫ですよ、すぐに手当てしちゃいますから」

素早くしゃがみ込んで頭部の傷を確認したシャーロットが、両手を握りしめて頼もしく頷く。そして宣言通り、てきぱきと布で傷口回りを清潔にし、さらに薬を塗り込んでいく。そのまま彼女は、強がりを言う暇もなく為すがままでいるリディの頭部に、あっという間に包帯を巻きつけてしまった。

「完成です！　あとは、あまり頭を動かさないほうがいいので……。そう、そうやって、後ろに寄り掛かって座ってください。ぐらぐら動いちゃだめですよ！」

「あ、ああ。ありがとう。……それで、その、クラウン夫人。あなたは、なぜここに？」

そのように問いかけるとき、リディの声は僅かに緊張で震えた。しかし次の瞬間、柔和に微笑み返したベアトリクスに、ほっと胸をなでおろした。

「もちろん、リディ様との約束を守りにきたのですよ。この身に流れる王族の血の誇りにかけて、あなたとハイルランドの友であり続けると誓ったでしょう？」

「よかった……！　では、アルは、――アルベルトは、無事に屋敷にたどり着き、あの夜に起きたことをあなたに伝えたのですね？」

安堵に表情を緩めたリディであったが、アルベルトの名前が出た途端、今度はベアトリクスが顔を曇らせた。

「実を言うと、アルベルト様とは、直接はお会いできていませんの。屋敷の周りの警備が厚くて、とてもじゃないけれど近づけない様相でしたから……。けれど安心なさってね。とある筋にお願いして、そちらで保護していただいています。審判――それについても、ご説明しなくてはね。とにかく、それが始まる頃には合流できるよう、こちらで手配いたしますわ」

そうして彼女は、この場に来る直前に繰り広げたという、皇子や宰相とのやり取りの内容をリディに説明した。

リディは言われた通り、なるべく大人しくこれまでの経緯に耳を傾けた。だが、身の回りの世話役としてシャーロットがそばに控えることが決まった件については、思わずがばりと前に身を乗り出した。

「シャーロット殿が⁉　しかし、それは、」

「駄目ですってば！　リディ様、後ろにちゃんと寄り掛かって！」

「わ、わるかった」

勢いよく動いたリディを咎め、シャーロットがすかさず叱責をひとつ。対するリディも、うっかり言いなりとなって、慌てて元の姿勢に戻って謝罪をひと言。そのやり取りにくすりと笑ってから、クラウン夫人は首を振った。

「彼女のことは心配いりませんわ。シャーロットはきちんと、覚悟と意志を持って、この場に立ってくれているのですもの」

「ですが、彼女は……」

戸惑いを込めて、リディはシャーロットを見る。なんといっても、シャーロットはユグドラシルの娘だ。加えて、クラウン夫人には、ユグドラシルがリディの追う黒幕であるかもしれないということも伝えてある。それらを踏まえれば、彼女はむしろ味方に引き入れるべきではない人物だと判断できるはずだ。

しかし、そんなリディの疑問に答えたのは、シャーロット本人の告白であった。突然、シャーロットは「ごめんなさい！」と叫ぶと、呆気にとられるリディの前で頭を下げたのである。

「もしかしたら。いえ。たぶん、きっと。リディ様を陥れたのは私の父と――、そして、フリッツ殿下なんです」

「……どうして、そう思ったのかを伺っても？」

どのように答えるべきか迷った末、それだけをリディは問い返した。まさしく彼女の言う通りであるのだが、まさかシャーロットの口からそれを聞くとは思わなかったのである。

するとシャーロットは、身を縮めつつも覚悟を決めたようにぶるりと小さく震えてから、すべてを打ち明けた。自分とフリッツ皇子が特別な関係であること。皇子の様子がしばらくおかしかったこと。最近になって父と皇子が共にいることが急に増えたこと。

「エリザベス様が倒れ、リディ様が捕まったと聞いたとき、おかしいと思ったんです」

目に涙をうっすらと溜めたまま、シャーロットの告白が続く。何かの間違いではないか、――何か、背後でよからぬことが起きているのではないか。不安に突き動かされるまま、シャーロットは皇子に会いにいった。そして、リディを犯人と決めつけるべきではない、このままでは戦争になってしまうと訴えた。

だが皇子は、首を振った。そして言ったのだ。

君は、何も心配しなくていい。あと少しで、すべてが上手くいくから、と。

たった一言ではあったが、嫌な予感が確信に変わるには十分であった。

「殿下はずっと、エリザベス様を超えることを強く望んでいました。けど、こんな方法は間違ってます！　誰かに罪を擦《なす》り付けて、しなくてもいい戦争を起こすなんて、そんなの……」

なんとしてでも皇子を止めなくては。その一心で、シャーロットは続いて父のもとへと急いだ。

だが、結果は同じことだった。極めて理性的で、温厚な父とは思えない判断。それが物語るのは、父と皇子は繋がっており、父もまた、この〝暗殺劇〟を裏で操っているのだということだった。

「私には、難しいことはわかりません。殿下が目指す像の大きさも、父がなぜこんなことをするのかも、全然わからないんです。だけど……、だけど、このままじゃたくさんの人が傷つくって、それだけはわかるから。だから、私……！」

強い光を瞳に宿したシャーロットを見て、リディは、ああ、と小さく呟いた。大切なひとだからこそ、間違った道を進もうとしているならば、全力で止めたいと願う。それは、かつてリディの胸に熱く沸き起こった感情と同じものだ。

「あなたの決意はわかりました。——ならば、クラウン夫人。あらためて、教えていただきたい。黒幕は……ユグドラシル宰相は、必ず私を有罪にしようとするでしょう。この先、私たちはどのような手を打つべきか、その展望は見えているのでしょうか？」

リディの視線を受けて、ベアトリクスは頷く。

「考えがありますの。もっとも、これは、我が国にとっては賭けとなりますが……」

様々な思惑が交錯し、歴史の歯車を動かす。
ばらけていた欠片《かけら》が集まり、新たな様相を浮かび上がらせる。
満天の星々の下、神秘的な丘の上で、少年は手に持つ木筒をくるりと回す。
木筒を覗き込んだまま、少年はにこりと口元に笑みを浮かべた。
新たな未来への扉は、あと少しのところに迫っていた。

4. 青薔薇姫のやりなおし革命記

隣国の使者が国境の検問所に到着した。その報《しら》せは、たまたまシェラフォード地区を訪れていたオットー補佐官に直ちに届けられた。それを聞いたナイゼルは、王女に同行しての視察をいったん離れ、予定にはなかった使者の来訪目的を確かめるべく国境へと向かう。

そこで彼は、リディ・サザーランドが投獄されたという事実を知ったのである。

「ベアトリクス様！」

ナイゼルから手短に事情を説明されたアリシアもまた、国境へと急行した。隣国の使者――エアルダールのクラウン外相とその妻ベアトリクスが待つ部屋へ到着すると、中で座って待っていた夫妻もすぐに立ち上がってアリシアを迎えた。

「ああ、アリシア様！　お会いできてよかったわ。ちょうどヴィオラにいてくださったのは、とても幸運でしたわ」

「私も同じ気持ちです。それで、リディが投獄されたというのは、どういうことなのですか？」

アリシアが腰を下ろし、その後ろにオットー補佐官と護衛のロバートが控えるのと同時に、クラウン外相が代表して口を開き、ここ数日の間に隣国で起こった〝事件〟について説明する。外相が語ったのは、エアルダールとしての公式見解――つまり、リディ・サザーランドに女帝暗殺未遂の疑いが掛かっているというものだ。

「リディがエリザベス様に毒を？　そんな、まさか！」

「リディ様は、2日後の正午より審判にかけられます。我が国としての対応が決するのは、その後。──ですが、ここだけの話、リディ様のお立場は非常に危ういと言えるでしょう。フリッツ殿下は、リディ様が犯人だとほぼ確信しておられるようです」

「ありえないわ……。リディを捕らえるのは、殿下ご自身がなさったのですか？」

「陛下が倒れられた部屋に駆け付け、そこで捕らえたのです。その場には殿下のほかにも、ユグドラシル宰相と兵士たちもいたと聞いております」

「ユグドラシル殿が……」

アリシアがナイゼルに目配せすれば、王の筆頭補佐官は眼鏡の奥に鋭い光を浮かべつつ、小さく頷く。やはり、彼もアリシアと同じ結論に至ったらしい。

すなわち、リディは嵌《は》められたのだ。犯人は、エアルダール宰相のエリック・ユグドラシル。彼はリディからの手紙で、ロイドと通じていた黒幕かもしれないと示唆されていた。今回のことは、リディの動きを警戒したユグドラシルが、思い切った手段に打って出たのだろう……。

「アリシア様、お願いです。私と共に、エアルダールへ来てください」

「え？」

虚を衝かれたアリシアは、思考を一度止めてベアトリクス・クラウンを見た。クラウン夫人もまた、真剣な表情でまっすぐにアリシアを見返した。

「殿下は、このまま開戦に踏み切るおつもりです。真実が何か、正義が何か。あの方はいま、それを見失っておられます。どうかエアルダールに来て、殿下を止めてください。陛下のお心をも摑んだアリシア様だけが、唯一残された頼りなのです」

「お待ちください」

鋭く声を上げ、ナイゼルが前に進み出る。厳しい表情のままベアトリクスを一瞥《いちべつ》してから、筆頭補佐官はアリシアに向け頭《こうべ》を垂れた。

「申し訳ありません、出過ぎた真似を」

「かまわないわ。王の右腕として、思うところを話してちょうだい」

「御意」

アリシアが先を促すと、ナイゼルは再度一礼。それから彼は、かちゃりと眼鏡の位置を直してから、改めてベアトリクスに辛辣《しんらつ》な視線を向けた。

「失礼ながら、クラウン夫人。あなたの仰《おっしゃ》ることは、あまりに不確かで危険な賭けだ。そんなものに、我が国が大事な御方をみすみす差し出すと、あなたは本気でお思いか？」

「無謀は承知の上、当然受け入れがたい提案だということはわかっております。それでも、敢えて私はこのように答えます。どうか、私を信用なさって。何物にも代えて、アリシア様の御身は私が御守りいたします」

「それこそ、無理な提案と言えましょう。あなたはエアルダールの使者です。突き詰めた先、あなたの忠義はエアルダールにある。ハイルランドにはない」

「少しだけ間違っていますわ。私が忠義を尽くすのは、ただひとり。エリザベス様――偉大なる皇帝陛下、そして、私の可愛いベス。あの方だけ」

だけど、愛する者はたくさんいるのだと。自身の爪先へと視線を落として、夫人はそのように続ける。

「事件が起きる前日、私はリディ様より、エアルダールに来訪した真の目的を伺っております。その上で、ハイルランドの友であり続けることをあの方に誓いました。……あの夜、本当は何が起こったのか。それも、あの方より聞き及んでおります」

「ならば真実を伝え、直接フリッツ皇子を止めたらいかがです？」

「残念ながら私が申し上げたところで、殿下が聞き入れることはないでしょう。理由は言えません。けれど、お二方とも、薄々と見当がついていらっしゃるのではないかしら」

その返答に、ナイゼルはこめかみを押さえて深く嘆息し、アリシアは唇をきゅっと引き結んだ。つまり夫人は、ユグドラシルだけではなく、フリッツ皇子も事件の背後に関わっていると示唆したのだ。

どこかで、星の瞬きを閉じ込めたような高く澄んだ音が響いた気がした。

それでアリシアはゆっくりと瞼を閉じた。

ナイゼルはますます難色を示し、首を横に振る。それをなんとか説得しようと、尚もベアトリクスが言い募る。だが、その言葉のどれとて、アリシアの耳には届いていない。音も、光も、感覚さえも。すべてを遮断した暗い世界で、彼女はたったひとりだった。

アリシアはその場所を、とても寒いと感じた。なぜ自分だけしかいないのだろうと考えて、そうなることを選んだのは自分だったことに気づいた。

進むべき道が見えない。上も下もわからない。

出口が、見えない。

そのとき、終わりのない暗闇の中で紫の光が瞬いた。

〝重要なのは与えられたきっかけに対して、何を考え、何を為すかです。少なくとも私はあなたの本心を知り、ますますアリシア様が主君でよかったと思っております〟

はっとして、アリシアは紫の光を追いかけて首を巡らせた。すると、今度は反対側で、緑の光がゆらゆらと揺れた。

〝まずは飛び込んでごらんなさい！　それが、あなたの十八番でしょう？〟

でも、と。アリシアは両腕で体を抱いて、湧き上がる恐れに首を振った。何も壊したくない。誰も失いたくない。けれども大事なものはいつも脆《もろ》くて、指の隙間から零《こぼ》れ落ちてしまいそうになる。

すると、今度は目の前で、赤い光がぴょんぴょんと跳ねた。

〝安心して、リディ・サザーランドという駒を使えばいい。僕だけじゃない。あなたは優秀な駒をたくさんお持ちだ〟

光に向けて、アリシアは問いかけた。それでいいのかと。みなが信じてくれる自分は、未来を託してくれる自分は、本当は大したことのない人間だというのに。一度はすべてを失い、再び同じ過ちを犯すことを恐れる、弱くて小さいただの人間なのに。

赤い光はぷるりと震えて、大きく跳ねてどこかへ飛んでいった。代わりに光が消えた先で、再び紫の光がちりりっと瞬いた。その光は徐々に大きくなり、闇を優しく穏やかに、アメジスト色に塗り替えていった。

引き寄せられるように、アリシアは光へ手を伸ばした。恐れ、躊躇《ためら》い、それでもどうしても触れたくて。葛藤の末、細く白い指が光に触れた。

途端、数多の流星が光の中心から飛び出した。

様々な人の姿が洪水のように溢れ、目の前を通り過ぎた。王国の未来のために、改めて絆を結びなおした枢密院。輝かしい功績を上げる、頼もしい商人とひとりの領主。憧れの人を超え、自らの道を歩き出した青年。傷つけるためではなく守るため、剣に誓いを立てる騎士。

そして、誰よりも近くにいた、誰よりも大切なひと。

〝あなたの補佐官は私ですよ。それだけは、奪わないでください〟

ああ、そうかと。アリシアの胸に熱い思いが込み上げた。

過去に怯《おび》え、道を見失う前に。自分は己と、己と共に歩みを進めてくれた者たちとの軌跡に目を向け、きちんと信じるべきだった。

貴族も、商人も、友も。みなそれぞれが悩み、決断し、その上で道を選んできた。その結果が今であり、この先を切り拓くのもまた、みなと積み上げた歩みである。

これは、王女アリシアのやりなおしであり。

同時に、彼女と共に進むすべての人のやりなおしなのだ。

「とてもじゃありませんが、了承できません。陛下も、そのようにお答えなさるでしょう」

「ここでお会いできたことこそ、運命なのです。お願いです。今はとにかく、時間がありません。このままでは、間に合わないことに……」

「待って」

アリシアが片手を上げると、すぐにナイゼルとベアトリクスが口を閉ざす。様子を見守っていたクラウン外相と騎士ロバートも、同時に彼女へと視線を向けた。

4つの視線が集まる中心で、王女はゆっくりと手を下ろす。そして、少しの曇りもない澄んだ瞳でみなを見返してから、桜色の唇を開いた。

「エアルダールへと渡ります。ナイゼル、あなたは王都に戻り、お父さまにこのことをお伝えして。クラウン外相、そしてベアトリクス様。すぐにでも同行をお願いします」

「アリシア様……！」

「自棄を起こしたわけじゃないわ。安心して」

息をのんだ筆頭補佐官であったが、向けられた王女の微笑みにおやと言葉を飲み込んだ。ここ数日彼女がまとっていた、どうにも思い詰めているような嫌な緊張がふいに消え、代わりに凛とした、それでいて静かな闘志が王女の中に宿っているのに気づいたのである。

「このまま何もしなければ戦争が起き、リディも、多くの民の命をも失うことになる。だから私は可能性に賭けるわ。ハイルランドの人々のため。そして、自分のために」

「ですが……」

「どのみち、いずれは対峙しなければならない相手よ。それが、思ったより早かっただけ。それにナイゼル？　私があちらに渡る以外に、何かいい手が思いつく？」

父王そっくりに首を傾げてこちらを見た王女に、王の筆頭補佐官はやれやれとこめかみを押さえた。彼女の言うように、このままでは数日のうちにリディは有罪となり、宰相と皇子はそのことを口実に戦争へと踏み切るだろう。

だがアリシアが隣国へと渡れば、いくつかの可能性が生まれる。彼女はそもそもリディを隣国に派遣した張本人だし、証言台に上がるために隣国へ渡ることに不自然さはない。加えてアリシアは女帝と協力関係にある。今は臥せっているという女帝とどうにかコンタクトを取り、真の敵が誰であるか白日の下に暴き出すことができれば、この危機的状況を乗り越えることもできるかもしれない。

だが、とナイゼルは同時に首を振る。この事件には宰相だけではなく、フリッツ皇子も絡んでいる。状況が変わった今、女帝がアリシアとの関係を維持する保証はない。そしてひとたびリディの有罪が決せば、アリシアもそのまま隣国で捕虜とされるだろう。

「2日です」

王女を見据えて、補佐官が告げる。

「キングスレーでの滞在は2日間。その後は審判の行方がどちらであろうか、あるいは結論が出ておらずとも、こちらにお戻りください」

「それは……いくらなんでも時間が足りないわ」

「ご自身で仰ったように、これは賭けです。多くの時間を投じたところで、勝率に変化が生まれるとお思いですか?」

少し考えてから、アリシアは納得をして頷いた。確かに、これは時間を長くかけたほうが上手くいく類の問題ではない。こちらが使えるカードは限られているし、新たなカードを手に入れられるか否かもほとんど運のようなものだ。

「ご理解いただけたこと感謝します。では、アリシア様の御身をお預けする代償と言ってはあれですが……」

「私が残ろう」

ナイゼルの視線を受けて、クラウン外相が後を引き継ぐ。

「人質としての価値は妻のほうがあるだろうが、彼女はアリシア様に同行させたほうがいいでしょう。その点、私は使者として、ジェームズ王に報せを運ぶ義務もある。――私もこの戦争には反対だ。陛下の命ではない限り、止める術があるなら足掻きたいのです」

「正直なところ、あなたを捕虜とすることに効力があるかは甚だ疑問ですが、この際仕方がない。アリシア様が無事帰国されるまでは、その身を預からせていただきますよ」

結論は出た。そうして、集まっていた人々は解散し、慌ただしく己が次に向かうべき場所へと足を踏み出した。


ただちにナイゼルはクラウン外相を連れて、エグディエルへと発った。もちろん、まずはジェームズ王にこのことを知らせるためだ。

――約束を過ぎ、アリシアが帰国しなければどうなるか。最後まで王の筆頭補佐官はそれを口にしなかったが、王女にも大体の予想がついた。そのための捕虜であり、そのための騎士団なのである。

「……みなを守るためにも、なんとしても戻ってこなくてはならないわね」

手早く身支度を済ませ、あとは馬車の準備が整うのを待つばかり。そんな折、忙しく駆け回る騎士たちを見つめて、アリシアが呟く。それはほとんど独り言であったが、隣に立つロバートがすかさず肩を竦《すく》めてウィンクをした。

「当然。いざとなったら、俺がこの剣で道を拓いてみせますよ」

「そうはならないことを祈るばかりね」

悪戯《いたずら》っぽく剣に手を添えてみせた銀髪の騎士に、アリシアは苦笑をする。ロバートを含める数名の護衛騎士は、このままアリシアについて隣国へと渡る。エアルダールへ行くのを決めたことには後悔はないものの、彼ら騎士たちの身も同じように危険に晒すこととなってしまい、アリシアの胸はちくりと痛んだ。

「ごめんなさい。あなたたちまで巻き込んでしまって」

「やれやれ、ご冗談を。俺たち近衛騎士の剣は、主君を守るためにある。……いいや、近衛兵だけじゃない。とにかく、姫様はどれだけ自分が愛されてるか自覚がないようだ。あなたのためなら、みな這ってでもお供するでしょうよ」

それに、とロバートは苦笑した。

「もしもあなたがひとりで行くのを許しでもしたら、俺があいつに殺されちまう。ご存知ですか？あいつ、意外と怒ると怖いんですよね」

「……ええ。知ってるわ」

大切な補佐官の――大好きな人の反応が容易に想像でき、アリシアはくすりと笑う。

言いたいことがたくさんある。伝えたいことがたくさんある。彼が受け入れてくれるか、許してくれるかはわからない。だけれども、まずは己の役割を果たさなければ。

天を見上げて、アリシアは胸の内でその名を呼ぶ。そして誓った。

必ず、この国に戻ってくると。

「クロくん？」

呼びかけられて、アリシア付き補佐官クロヴィスは我に返った。空に向けていた視線を前へと戻せば、ローゼン侯爵ジュード・ニコルが不思議そうに首を傾げていた。

「どうしたの？　何か、空に探し物でも見つけたかい？」

「……いえ」

首を振って、クロヴィスは誤魔化す。本当は、名を呼ばれた気がしたのだ。だが、彼女は遠いヴィオラの町にいるはずで、ここで彼女の声がすることなどあり得ない。

さて、改めて気を引き締めなおして、クロヴィスは目の前の光景を――そびえ立つ帆船を見上げた。抜けるような晴天の下で白い船がくっきりと浮かび上がる様は大層見事だ。これで帆を開き、海風を受けてぐいぐいと前に進んだならば、さぞや美しいことだろう。

「素晴らしいよね。この美しい船が、僕らをどこにだって運んでくれる。大海原の先、未知なる大地に向けて、僕らはどこまでも自由さ！」

「そうですね。とても、胸が躍ります」

クロヴィスの答えに、ジュードは「そうでしょう、そうでしょう」と満足そうに頷く。そんなふたりの横を、積荷を運ぶ船員たちが通り過ぎる。彼らの手により、1日分の食料や水、そういったものが船に積み込まれていく。――エアルダールへの船旅に向けて。

ここは、ローゼン領の港町ヘルド。帆船はメリクリウス商会の商船で、これからエアルダールのイスト商会への〝土産〟を乗せてサンプストンへと発つのである。

「ああ。早くダドリーの驚く顔が見たいよ。彼はきっと。いいや、必ず。僕らの贈り物を気に入るだろう」

「ええ。素人の私でも、あれはとても美しいと思えました」

「それこそ重要さ。目が肥えることとは素敵なことだけど、心を動かす美は理屈じゃない。なんだかよくわからないけど惹かれるというのが、一番幸せなことだと僕は思うね」

おどけて肩を竦めて見せたローゼン侯爵に、クロヴィスは少しだけ笑って返した。

ニコル家の抱える研究機関から白磁が焼き上がったとの報せが入ったのは、建国式典の最中であった。ちょうどジュードが領地に戻ってすぐに物を確認できるように、当初よりスケジュールを早めたとのことである。それでクロヴィスも、イスト商会との交渉材料を確かめるために、急遽ローゼン領を訪れることになったのだ。

見せられた白磁の出来は素晴らしく、相手の気を引くには十分なものだった。それが確認できたからこそ、こうして船を準備し、いよいよイスト商会代表のダドリー・ホプキンスとの交渉に向かおうとしているのである。

「せっかくだから、クロくんも一緒にどう？　船旅はいいよ、風が気持ちいいし。少しばかり、揺れは気になるかもしれないけど」

「そうですね。たまにはそういう旅をしても、楽しいかもしれません」

「おや、めずらしいね」

きょとんとした顔をして、ジュードは腕を組んだ。

「クロくんのことだから、アリシア様が待っているから断ります！　って、お決まりの流れかと思ったんだけど。……って、ねえ。本当にどうしたの？」

「何がです？」

ふいに声の調子が変わったジュードに、クロヴィスは瞬きをした。すると侯爵は、口をへの字にして明るい緑色の瞳でクロヴィスの顔を覗き込んだ。

「無意識なのかな。君はアリシア様の話題が出るたび、かたーい表情になる。何か困っていることがあるなら、僕でも話を聞くくらいならできるよ」

「いえ。そんなことは……」

「ない？　少なくとも僕には、すぐにわかってしまったけどね。……式典ではあんなに幸せそうだったというのに、一体、何があったっていうのさ」

「は？」

後半、ジュードが声を落として何やら呟く。その内容がどうにも聞き捨てならないものだった気がして、クロヴィスは違う意味で慌てた。動揺を飲み込み、ジュードに真意のほどを問いかけようとする。

だが黒髪の補佐官が口を開くより先に、港の先にひとりの騎士が姿を現すのを見た。遠目に騎士の顔を見て、クロヴィスはすぐに眉をひそめた。彼が北方騎士団に所属する騎士ではなく、ロバートと同じ近衛騎士のひとりだったためである。

騎士もまた、クロヴィスに気づいた。すると彼は、人の波を器用によけて足早にこちらに向かってきた。

「クロヴィス・クロムウェル補佐官。王宮のナイゼル・オットー筆頭補佐官より至急の報せです。どうぞ、こちらを」

騎士の告げた言葉に、クロヴィスはますます眉根を寄せた。ナイゼルならば、王の代理人としてシェラフォード領の視察へ向かったはずだ。それがなぜ、エグディエル城にいるというのだろう。訝《いぶか》しみつつ、クロヴィスは封を開き手紙に目を通す。その紫の目は、すぐに驚きで大きく見開かれた。

「まさか、これは……っ」

ただならぬ様子のクロヴィスに、ジュードがちらりと心配そうに彼を見る。だが侯爵に答えてやることもできずに、彼はもう一度手紙にゆっくりと目を通す。その手は、小刻みに震えていた。

リディ・サザーランドが捕まり、エアルダールとの開戦の危機が迫る。その状況を打開するべく、王女アリシアが隣国へと渡った。

簡単に言えば、手紙にはそういった内容が記してあった。一方で、クロヴィスへの指示などはこれといって書かれてはいない。だが。

「——至急、王都へ向け出立します」

「いえ！　お待ちください、クロムウェル補佐官！」

身を翻したクロヴィスを、騎士が慌てて引き留める。焦りを滲ませて振り返れば、騎士はさらに2通の手紙を差し出した。

「陛下は、クロムウェル補佐官に王都に戻らなくてよいと仰《おお》せです。詳細は、こちらを読むようにと……。そして、もう1通はアリシア様からです」

「……アリシア、様から」

息をのんで、補佐官は2通の手紙を受け取った。手の中のそれらを見下ろし、クロヴィスはしばし逡巡した。そののち、意を決した彼はまずジェームズ王からの手紙を開いた。

『シアがエアルダールに向かったことを知って、お主はとても驚き、慌てていることだろう。けれど、お主が城に戻る必要はない。私はお主に、別の役目を与えよう』

真剣に、クロヴィスはジェームズ王の少し癖のある字を追っていく。だが、ある部分に行き着いたとき、彼は思わず「……は？」と声を出していた。

『ところでクロヴィス。私は知っているからね。何を、とは言わないがの。強いて言うなら……そうだね。私の宝は、とても愛らしく魅力的だとは思わんかの？』

「な、な、な……!?」

「ちょっと。大丈夫かい？」

目に見えて動揺するクロヴィスの肩を、ジュードが控えめに揺する。それで、補佐官はなんとか立て直すことができた。――正確には、ジェームズ王の放ったとんでもない爆弾に彼の胸中は大混乱をきたしていたが、とにもかくにも、今は先に進まなくてはならない。

『まあ、それはそれとして。シアはヴィオラより隣国へ渡った。言わずと知れた、陸路の拠点である。そしてお主は偶然に、そして幸運にして、航路の拠点ヘルドにいる。たしか、そこからサンプストンまでは、大型帆船であれば1日ほどで行けるらしいの』

風が強く吹き抜け、潮の香りが頬を叩く。目を見開く青年の手の中で、王の手紙は彼に命じた。

『エアルダールに渡れ、クロヴィス。彼の地へ赴き、シアを救い、王国を救うのだ。それが叶ったならば、私の宝をお主に授けよう』

クロヴィスは沈黙した。表情を消したまま補佐官はもうひとつの手紙を――アリシアからの手紙に手をつける。時間がなかったためだろう。人差し指ほどの細長い紙をくるくると開いていくと、見慣れた字で一行だけ記されていた。

――だが、そのたった一行が、彼の世界を鮮明に塗り替えた。

「……――ふ、ははっ」

「ク、クロくん？」

「クロムウェル補佐官？」

ふいに笑い出したクロヴィスに、いよいよジュードと騎士は顔を見合わせる。よもや、衝撃的な報せのせいで彼がおかしくなってしまったのではないか。そんな不安に脅かされつつ、代表してジュードがクロヴィスに触れようと手を伸ばす。

だが侯爵が触れるよりも先に、クロヴィスがぱっとジュードに詰め寄った。

「お願いです、ジュード」

「わっ⁉」

突然のことに、若き侯爵は思わず後ろにのけぞった。目を白黒させてジュードが見返せば、強い光を湛《たた》えた紫の双眼が自分を射抜いている。わけがわからずごくりと唾を飲み込んだジュードに、彼は落ち着いた口調で告げた。

「私を乗せ、すぐに出航してください。行先は予定通りサンプストン。ハイルランドを――あの方を、救いにいきます」

それから僅か数時間のうちに、予定を大幅に早めて帆船は大海原へと旅立った。その先端にて手すりに手を添え、海の向こうにうっすらと見えるエアルダールを見ながら、クロヴィスは己を振り返っていた。

ローゼン侯爵領への道中。否、ヘルドに着いてからも、彼はずっと考えていた。前世の真実を知った今、自分に彼女のそばにいる資格はあるのか。――いっそのこと、補佐官という立場すらも、捨ててしまおうかと。

だが何度考えても、それはできなかった。

このままではいけないと心の奥底で何かが叫んでいた。

フリッツ皇子との縁談をまとめることが、もしかすると彼女の言うように王国を救うことになるかもしれない。だが、それだけではだめだ。王国が救われるだけでなく、アリシアもまた救われていなければ、その未来はクロヴィスにとって価値がないのだ。

――いいや、より正直に言えば。その未来では、己が彼女の隣にありたい。それも、ただ隣にいるだけではなく、愛し愛されるかえがえのないパートナーとして。

(俺も随分と、欲深くなったものだな)

苦笑して、クロヴィスは首を振る。その昔、まだ彼がグラハムの呪縛に囚われていた頃であれば、決して抱くことのなかった願望だ。

殻に閉じこもっていた彼の世界を開き、手を伸ばすことを教えてくれたのは彼女だ。だからクロヴィスは、この変化を好ましいと思う。

資格があるとか、ないとか。

そんなものはとうの昔に、共に歩んできた日々が証明してくれている。そしてこれからも、変わらず彼は証明し続けていくつもりだ。

だからもう迷わない。どんな手を使ってでも彼女を手に入れ、その笑顔を、王国を、守り抜いてみせる。

──そのように、やっとのことで己が答えを摑んだというのに、彼女ときたら。

「ところで、クロくん。アリシア様の手紙だけどさ」

船員と針路の確認を取っていたジュードが、話を切り上げてクロヴィスに声を掛ける。海風に黒髪を揺らし彼が振り返れば、侯爵は興味津々といった様子で彼に笑いかけた。

「あれに目を通したとき、君、笑ったよね。一体、なんて書いてあったんだい？」

「ああ。手紙ならこれですよ。どうぞ。見られて困る内容ではありませんから」

渡された細長い文を、ジュードは嬉しそうに覗き込む。だが、すぐに彼の表情は怪訝《けげん》なものに変わった。

「これだけ？」

「そうですよ」

手紙を──『あなたが必要です。』と、それだけが書かれた紙切れを返しながら、ジュードが肩をすくめる。

「僕はてっきり、もっとロマンティックな台詞が記されているのかと思っていたよ」

「そう思いますか？」

侯爵の言葉に笑って、クロヴィスは大海原へと視線を戻し、眩《まばゆ》い蒼に目を細めた。

「彼女が俺を必要としてくれる。俺には、どんな言葉をもらうより価値がありますよ」

青空の下に白い帆が広がり、風を受けてぐいぐいと前進する。その上で、青年は愛しい人を救うため、まっすぐに未来を見据えたのであった。


馬車が大門を潜り抜け、キングスレー城の本殿へと向かう。

カーテンの隙間から外を覗き見たアリシアは、庭園のずっと先にこぢんまりとした建物――ミレーヌ殿が見え隠れするのを見つける。ベアトリクスの話では、エリザベス帝は療養を理由にあちらへと身を移されているそうだ。

ミレーヌ殿が見えなくなってほどなくして、徐々にスピードを落としていた馬車が完全に停まった。ややあって扉が開けられ、アリシアはゆっくりと外へと足を踏み出す。

前に城を訪れたときとは異なり、大勢の市民が彼女を出迎えるということはない。代わりに大扉へと通じる階段の両脇には衛兵が並び、輝く槍の切っ先を天へと向け、微動だにせず佇んでいる。

馬車から降りたアリシアは、外相夫人ベアトリクス、そしてロバートを筆頭とした近衛騎士を引き連れ、階段を上る。そのとき大扉が開き、中央に細身の人物が立った。

(宰相、ユグドラシル……)

「お待ちしておりました、アリシア様。長旅ご苦労様です」

アリシアの見上げた先で、最後に会ったときと同じ、静かな水面を思い起こさせる穏やかな笑みを浮かべ、ユグドラシルが恭《うやうや》しく城の中を指し示す。

「ご案内いたします。フリッツ殿下が、首を長くしてお待ちでございます」

「夫人から報せを受けたときは驚きました。ちょうど、シェラフォード地区での視察中であったとか」

「ええ、偶然に。ベアトリクス様とお会いできたのは幸運でした。おかげで、こうして駆け付けることができましたから」

前を歩く宰相に答えながら、アリシアは注意深くその背中を見つめる。改めて前にすると、この温厚で思慮深い人物が両国を戦争へと導こうとしているなど、とても信じがたいことに思える。だが、リディからの手紙、そして蘇った前世の記憶が、彼こそが黒幕であると告げていた。

彼がハイルランドを得ることに、なぜそこまで固執するのかはわからない。だが、それが利害、大義、信念の何であろうと、アリシアが身を引く理由にはならない。

彼女はただ、やりなおしの生の中で懸命に目指した未来を――民を、王国を滅亡から救うという願いを叶えるため、己の全身全霊をかけて宰相に挑むだけだ。

そして、向き合うべきはもうひとり。

「殿下。アリシア王女殿下をお連れいたしました」

「ああ」

短く答えた皇子は、己の近くへ控えるよう宰相に手で示す。エリザベス帝に代わり玉座に座るフリッツ皇子を見上げ、アリシアは目を細めた。

皇子の纏う空気は、最後に会ったときとがらりと変わっていた。表情を消した端正な顔から滲むのは研ぎ澄まされた刃のような鋭さであり、母親そっくりの深緑の双眼は冷徹にアリシアらを見据える。玉座に腰掛ける姿は堂々としており、彼もまた、何かしらの覚悟を固めた上でこの場にいることをうかがわせた。

皇子は肘をついて軽く前に身を乗り出すと、片方の眉をくいと上げた。

「驚いたぞ。報せを聞いた上で、我が国に乗り込むとは……。君の度胸は大したものだ。君に、恐ろしいと思うことはないのか？」

「私にとって最も恐ろしいことは、このまま両国の絆が壊れ、多くの罪なき血が流れることです。それを考えれば、この場に立つことなど造作もありません」

「罪なき血、か。相変わらず、君の答えは模範的だ」

皇子の視線が鋭くなり、唇の端が僅かに歪む。だが、その変化は一瞬のことであり、すぐに彼は元の凍り付くほどの無表情へと戻った。

「しかし、悲しいな。君がそれほどの覚悟を持って来ているというのに、この危機的状況を生んだのが、身の程知らずな臣下の策謀とは」

「恐れながら、殿下。私は強い意志が、正義が、真実を明るみに出してくれると信じております」

「奴の無実を信じているのか？」

「ええ。もちろん、リディを信じます。信じる気持ちがなければ、私は彼を、この地に送ることはなかったでしょう」

アリシアの答えを、フリッツは鼻で笑った。それから彼は宰相から羊皮紙と羽根ペンを受け取り、自らのサインをさらさらと書き入れた。

「許可証だ」

宰相を通じてアリシアにそれを渡しながら、彼は告げた。

「公平性を期すため、証言台に立つ者には審判に掛けられる者と面会する権利が与えられる。それが、伝統に基づくルールだそうだ。そうだな、ユグドラシル」

「はい。殿下の仰せの通りでございます」

そう言って、宰相は微笑む。その当然と言わんばかりの態度に、アリシアは薄気味悪さを感じた。一方で、いくら伝統とはいえリディとの面会を平然と許可するほどに、ハイルランドは不利な状況にあるのだと。そのことを、改めて実感した。

「以上だ。審判は、明日の正午より始まる。それまで、好きに過ごすといい」

皇子の合図で、謁見《えっけん》の間の扉が開かれる。アリシアは軽く頭を下げ、その場を退出しようとした。

――思いとどまって、もう一度フリッツ皇子を見上げた。

「フリッツ様。ひとつだけ、お伺いしたいことがあります」

「なんだ」

皇子は僅かに首を傾け、先を促す。温度を感じない深緑の瞳を見つめながら、アリシアの頭に浮かぶのは、いつの日か丘の上でエリザベス帝に問いかけられた言葉だ。

「以前、王とは何か陛下に問いかけられたとき、王は力であり、象徴であると。国家そのものであると、殿下はお返事されました。そのお考えは、今でも変わりませんか？」

真意を探ろうとするように、皇子はしばらく沈黙を貫きながらアリシアを見つめた。ややあって、彼は厳かに口を開いた。

「変わらない。変わることはない。……それはおそらく、君の答えとは別なのだろう。だが、それは見解の相違というものだ。どちらが正しく、どちらが間違っているというものではない。だから私は、私の理想を追うまでだ」

君も同じだろう、と。薄く微笑んで、フリッツが問いかける。それに対しアリシアは、小さく、しかし確かに頷いた。

「そうですね」答えた声は凛と響いた。「私も、私の信念を貫きます。そのために、この地に来ました」

ぱちりと、静かだが激しい火花が皇子とアリシアの間に散る。それを最後に、アリシアは今度こそ謁見の間を退出した。

やはり、皇子と自分は違う。王族としての理想も、国家への考え方も、何から何まで重ならない。皇子の言うように、そこに成否はないのだろう。だからこそ、単純な話し合いで彼を止めることは叶わない。

――ただひとつ、審判のなかで勝利を収めることでしか。

「奴さんも頑固ですね。これは、一筋縄ではいかなそうだ」

唯一、護衛として謁見の間まで同行していたロバートが、後ろで肩を竦める。なお、ベアトリクスや他の護衛騎士は、控えの間で待機していた。

周囲を警戒しつつも、いつも通りの飄々とした声でロバートが問いかける。

「さて。一応、客人としての仁義は通したわけですし。この後はどうします？　行先がどこであろうと、俺がきちんとお守りしますよ」

「これを使うわ」

フリッツから渡された証書を騎士に差し出し、アリシアは微笑む。対するロバートもアリシアの答えを予想していたのだろう。整った顔ににやりと笑みを浮かべて、「そうこなくっちゃ」と嬉しそうに言った。


「アリシア様⁉」

クラウン夫人とロバートとを伴い、暗く冷たい階段を下りてアリシアが地下牢へと姿を現すと、リディ・サザーランドが仰天して牢の中で立ち上がった。

着ている上質な服は薄汚れてしまっているものの、思ったよりも元気な姿にアリシアはほっと息をつく。夫人からあらかじめ聞いていたように、頭部に包帯を巻いている以外に目立った外傷はなく、囚人として痛めつけられた様子はない。

兵士が鍵を開けるのを待って、アリシアは牢へと入りリディのもとへ駆け寄った。

「リディ！　よく無事で……」

「なぜ、こんなに早くエアルダールへ？　早くても、審判が始まってから到着されるかと思っていたのですが……」

困惑を顔に浮かべて、リディがアリシアとロバートを見る。

彼にしてみれば当然だ。クラウン夫人から、最後の賭けとしてアリシアをエアルダールに呼ぶつもりであると聞かされてはいたが、ジェームズ王がそれを了承するとは思えなかった。それなのに、予定を大幅に上回る早さで王女が駆け付けたとあれば、何があったのかと驚くのも無理はない。

そんなリディの心中を察したアリシアが、ここに至るまでの経緯を説明してやろうとする。だが彼女が口を開くより先に、たたたたっと誰かが階段を駆け下りる音が響いた。

「アリシア様！　ベアトリクス様‼」

「シャーロット！」

階段に通じる物陰からぱっと飛び出した赤髪の少女は、アリシアを見つけるとやはり牢の中へ飛び込んできた。

「よかった、来てくださって……。ごめんなさい、アリシア様。父が、殿下が……」

「いいのよ。それより、リディを守ってくれてありがとう」

心からの感謝を込めてアリシアが手を握ると、シャーロットは大きな瞳にいっぱいの涙を浮かべる。

事実、ベアトリクスや彼女が味方につかなければ、リディの身は危なかった。皇子と宰相は、審判など開かずにリディを処刑、もしくは〝不慮の事故〟で亡き者とし、早々に開戦まで持ち込みたかったはずだ。それをしなかったのは、フリッツの精神的支柱であったシャーロットがこちら側についてくれたおかげだろう。

さて。何から話し、何から聞くべきだろうか。

アリシアとリディ、そしてシャーロット。それぞれに渦中にあり、怒濤の時を過ごした3人は、互いに向かい合ったまま途方に暮れる。

そんな3人の戸惑いを吹き飛ばすように、ぱんぱんと乾いた音がした。はっとして3人がそちらに顔を向けると、両手を合わせたまま微笑むベアトリクスと、その横で愉快そうに腕を組むロバートがいた。

「みなさま。気持ちはわかりますが、とりあえずは落ち着きましょう」

「ええ。ご夫人の言う通りです。せーの。ほら、息を吸って。吐いて。ね、すっきりしたでしょう？」

「あ、ああ」

「そうね……」

「こうして、会えましたしね」

頬をかくリディと、ぱちくりと瞬きするアリシア。そんなふたりにシャーロットが少しだけ笑って、暗く澱んだ地下牢の空気がちょっぴり明るくなる。

三者三様の反応を見せた3人に相変わらず様になるウィンクをひとつ飛ばし、ロバートが優雅に右手を掲げた。

「では、情報交換と行きましょうか。俺のモットーはレディファーストなんだが、そうも言ってられない。まずは坊ちゃん。エアルダールでお前に起きたことを、洗いざらい話してもらうぜ」

「シャーロット。母さま、いつお元気になるの？」

「母さまに、まだお会いしてはいけないの？」

「リリ様、ララ様……」

季節の花の香りが甘く漂う、キングスレー城の中庭にて。噴水のふちに腰掛けるシャーロットは、ドレスの裾に縋《すが》り付いて不安そうに己を見上げる双子の姫君に、なんと答えるべきか返事に窮していた。

そのとき、彼女の頭に浮かんだのは、地下牢でひと通り情報を共有したあとにアリシア姫が見せた、強い意志を宿した空色の瞳であった。

地下牢にて集った、あの後。騎士ロバートが口火を切ったのをきっかけに、まずリディ、次いでシャーロットが、エリザベス帝が倒れた「あの夜」にまつわる事柄についてアリシアに報告した。シャーロットが話したのは、以前リディに説明したのと同じ、自分がフリッツと父を疑うに至った経緯だ。加えて、そもそもなぜフリッツを「様子がおかしい」と思えたのか――その、特別な関係についても告白をした。

フリッツに想いを告げられ、密かに恋仲となった。その事実を口にしたとき、シャーロットの足は恐ろしさと罪悪感とに震えた。

フリッツとの関係について、シャーロットは誰にも打ち明けたことはない。彼は次期皇位が約束された皇子で、自分は宰相の娘とはいえ血のつながりのないただのもらい子。皇子は心配する必要はないと繰り返したが、彼女にしてみれば到底結ばれるはずのないふたりであったからだ。

それに、わずかな時間しか話す機会はなかったが、シャーロットはアリシアの持つ凛とした強さ、その人柄に強く惹かれていた。だからこそ、自分の行いがアリシアを裏切るものに思え、罪悪感に苦しんだのである。

　しかし、涙と震えとともに真実を告白したシャーロットを、アリシアは少しも責めなかった。それどころか彼女を労《ねぎら》い、受け止めてくれた。

〝教えてくれて、ありがとう。すべてを打ち明けるのは、とても勇気がいることだったと思うの〟

　なだめるようにシャーロットを抱きしめてから、アリシアは力強く頷いた。あとは自分たちに任せてと。己を貫くまっすぐな眼差しはとても眩しかった。

　それを最後に、シャーロットは先に地下牢を後にした。雰囲気から察するに、リディやアリシアはまだ本題を口にしていないようだったが、フリッツや父が接触してくる可能性を考えれば、自分が多くを知るべきではないと判断したのだ。

「ねえ、シャーロット。兄さまもね、元気がないの」

「とってもこわいお顔をしていたの」

「リディさまにも会えないの。みんな、会ってはいけないというの」

「母さまに会いたいの。シャーロット……」

　2組のそっくりな瞳に、途方に暮れたような頼りない自分の姿が映り込む。そのことに気づき、シャーロットは己を叱咤激励した。そして再度アリシアを思い浮かべ、双子の姫たちにとって自分も同じように頼もしく見えることを願った。

「大丈夫です。リリ様、ララ様」

　小さなふたりの手に己のそれを重ねて、シャーロットはリリアンナとローレンシアに笑いかけた。

「お城にはアリシア様が来ています。ベアトリクス様もアリシア様も、リディ様も。みんなが力を合わせているんですもの。それにフリッツ様も、あの方も、本当は……」

「兄さま!!」

目をまん丸にして後ろを見つめたリリアンナ姫に、シャーロットは思わず立ち上がって振り返った。すると噴水のちょうど反対側、生垣で作られた通路の間に、無表情でこちらを見つめるフリッツ皇子の姿があった。

心臓を摑まれたように胸がきゅっと痛みを覚える。皇子はそんな彼女を一瞥してから、双子の妹たちへと呼びかけた。

「リリアンナ、ローレンシア。風が冷えてきたから、部屋にお戻り。お前たちまで体を壊してしまっては、母上が心配する」

「……はい、兄さま」

声音は優しいが有無を言わさない皇子に、双子の姫は素直に兄の後ろへ控える侍女のほうへと歩いていく。ふたりが侍女に連れられて城へと去っていくと、その場にはシャーロットとフリッツ皇子だけが残された。

皇子と顔を合わせるのは、謁見の間で彼がベアトリクスと言い合ったとき——シャーロットが、己はリディの味方につくと彼に示したとき以来であった。

シャーロットは彼が身を翻すのを待ったが、フリッツは先ほどと同じ場所に立ったまま動こうとはしない。仕方がないので自分が立ち去ろうかと彼女が思い始めた頃、ふいに皇子が動き、こちら側へと大股に回り込んできた。

「フリッツ様、わたしは」

「黙っていろ」

一気に間合いを詰めた皇子はそのままシャーロットの肩を掴み、唇を奪った。荒々しい口付けは容赦なく言葉を封じ、拒むことを許さなかった。

「言ったはずだ」

ようやく唇を離した皇子は、乱れた金髪の合間から鋭くシャーロットを見据えた。

「私は、君の都合など考慮しない。君が肩入れするのがあちらであろうと——君が私を選ばずとも、君を自由になどしてやらない」

怒りと渇望。それらが綯《な》い交ぜになったフリッツの視線を受け止めながら、シャーロットは思い出していた。

謁見の間で牢へ入れられたリディ・サザーランドの世話役になることを告げたとき。壇上を降り立ち去りかけた皇子は、一度足を止め、ちょうど今と同じことを彼女に囁いたのだ。

全部あのときと——初めて唇を奪われた宴の夜と同じだ。自分を押さえつける力、言葉、視線、そのすべてに抗えぬ強さがあるというのに、どこかに悲壮が混じる。

失いたくない。誰にも奪わせない。

そんな切願が、彼の面差しに影を差す。

だが、それでも。

「だめです！」

自分にできる精一杯の力で、シャーロットは己を閉じ込めるフリッツの固い胸を押しやった。

そして彼女は、自分を見下ろす皇子をキッと睨みつけた。

「フリッツ様。私は弱いです。何の力もない、殿下には遠く及ばないただの小娘です。けど、そんな私だけど。あなたを止める、これだけは諦めちゃいけないんです！」

「私を拒むな、シャーロット」表情をゆがめて、彼は問う。「私はこの国のすべてを手に入れる。誰にも邪魔をさせない。誰も私のものは奪えない。無論、君も……。私が創る新しい世界で、君に何の不満がある？」

「あります！　大ありです！」

叫んだ声の激しさに怯《ひる》んだのか、肩を摑むフリッツの手が緩まる。その隙をついてシャーロットは彼の手を払い、皇子と距離を取って向かい合った。

「フリッツ様。あなたは、あなたのために王になるおつもりですか？」

「……何？」

「フリッツ様は自分のことしか見えてません。戦争になったら、弱い人たちはどうなるんです？　リリ様は？　ララ様は？　ううん、それだけじゃない。街に、国に、たくさんのひとの涙が、苦しみがあふれるんですよ？」

「それがどうした。大いなる王を前に、国民は従うものだ」

「ええ、そうです。抗うことも、世界を変えることもできない。だから傷ついたって――たとえ本当の家族と引き裂かれたって、文句も言えずに受け入れるしかないんです」

「それは……」

はじめてフリッツの瞳が揺れた。さすがの彼も、愛しい恋人の身にかつて起こった悲劇を「致し方のないこと」と一蹴するほど冷酷にはなれなかった。

そのわずかな変化を、シャーロットは見逃さなかった。否、見逃すわけがなかった。なぜなら彼女は皇子を——かつて彼女を守ってくれた優しさを、双子の妹たちに向ける視線の温かさを信じているのだから。

「待っています。あなたが私を、私たちを本当の意味で愛してくださることを」

「……っ！　シャーロット！」

振り返らず、シャーロットは駆けた。ドレスの裾を翻し、生垣の間を走り抜ける彼女を追いかける者はいない。それでも彼女は、足を緩めようとしなかった。

しばらくして息の上がった彼女は、大きく肩を揺らしながら藍色に染まり始めた空を見上げた。そこには、きらりと輝く一番星があった。

〝誰も、——母も、私を認めはしまい。偉大なる女帝の栄光の影で、日を重ねるごとに小さな失望が積み上がる。その重みが、苦しみが、君にはわからないだろう〟

かつてフリッツから零れ落ちた言葉が、ぐるぐると彼女の頭の中を駆け巡る。

彼が言う通りだ。シャーロットには、皇子を追い詰めたものの半分も理解することはできない。そして同時に、どうすれば彼の重みを取り除いてやれるのか——どうすれば彼を正しい道へと導いてやれるのか、その方法もわからない。

それでも、彼女は。

「殿下……フリッツ様。見えますか。星、すごく綺麗ですよ。ちゃんと見えてますか？」

彼女は、庭園にまだいるであろう彼が、同じ空を見上げていることを願った。

——この星が彼の道を示してくれることを願った。

初秋の風が吹き、落ち葉がはらはらと舞う。薄雲の張る空から注がれる日差しは思いのほか暖かく、これから始まる熾烈な争いを忘れさせるほどに穏やかだ。

「気分はどうです？　ま、長年煮え湯を飲まされてきた相手とこれから対峙しようってときに、聞くことじゃない気もしますが」

馬車の中でそのようにアリシアに尋ねたのは、向かいに座るロバートだ。多くの場合、彼女と同乗するのは黒髪の補佐官であるのだが、その不在とあって、代わりにロバートが王女を守る最も近い剣として馬車に乗り込んでいるのである。

騎士の言葉を受け、アリシアは改めてリディと地下牢で交わした内容を思い返した。

痣のある男にまつわる推理と、アダム・フィッシャーの奇妙な死。

宰相ユグドラシルに関する〝噂〟。

事件のあった夜と、皇子の冷ややかな笑み――。

「問題ないわ」そう言って、アリシアは頷いた。「リディはちゃんと、役目を果たしてくれていた。彼が掴んでくれた真実は、私たちの武器となるわ」

「ははっ。相変わらず、姫さまは度胸が据わってらっしゃる」

くつくつとおかしそうに笑ってから、ロバートは軽く肩を竦めた。

「ひとつ不満があるとすれば、ここにあいつがいないことだ。頭は切れるし、機転も利く。友達ってひいき目なしに、今日の対決にクロヴィス以上にふさわしい男はいないでしょう」

「そうね」

昨日のことを思い出し、アリシアも笑った。常にアリシアのそばに控えているはずの補佐官の姿がないことに気づいたリディが、「あいつ、ライバルたる僕のピンチにいないだと……⁉」と取り乱したのである。

「あいつはどうしますかね？　おっかけこっちに来ますかね？　それとも国に残って、外交策でも練りますかね？」

「わからないわ。手紙には、来いとも来るなとも書かなかったもの。……けどクロヴィスなら、必ず最善の解を導き出してこの危機を救ってくれる。その力が、彼にはあるわ」

「信じているんですね。あいつを」

「ええ。心の底から」挑戦的に微笑み、アリシアは答える。「知っているでしょう？　6年前、私が手を掴んでからというもの、あの人はいつも期待を上回り続けてきたわ」

「ちがいない」

そのとき、馬車ががたりと揺れて止まった。ロバートが窓から確認するのと同時に、外から御者がキングスレー城に到着したことを告げた。

扉が開かれ、先に降りたロバートに手を引かれてアリシアは外へと一歩を踏み出す。目の前にそびえ立つ華美な造りをしたキングスレー城を見上げ、アリシアは大きく息を吸い込み、吐く。そして彼女は、空色の瞳でまっすぐに前を見据えた。

「行くわよ」

ロバートを筆頭とする護衛騎士たち、そして別の馬車から降りて合流したベアトリクスに向けて、アリシアは声を上げた。

「絶対に、王国を守ってみせる――――！」

審判が開かれたのは、やはりというか謁見の間であった。正面には3人の代理人が掛けられるよう椅子が用意されているが、そのうちのひとつは玉座である。

アリシア一行の到着からほどなくして姿を現したフリッツ皇子は、当然のように玉座へと腰掛ける。続いて宰相ユグドラシルがその隣に座り、反対側には別の男が控える。アリシアの記憶が正しければ、たしか皇帝の相談役として城に仕える学者のはずだ。

代理人と証言者、そして審判の行く末を見守るために集まったエアルダールの重鎮たち。それらが一堂に揃うなか、重苦しい音と共に大扉が開き、両脇を騎士に固められたリディ・サザーランドが姿を現す。

ガチャガチャと音がするのは、リディの両手が鎖で縛られているためだ。そのことに表情を曇らせたアリシアに気づいたのだろう。さすがにいつもよりは強張っているものの、王女を安心させるように、リディはにやりと唇を吊り上げてみせた。

リディはそのまま広間の中央へと連れられ、証言台として用意された場所に繋がれる。

「しばし堪《こら》えてほしい、隣国の客人殿」

嘲りを滲ませ、皇子は口を開いた。「そなたが無実であれば、とても許される扱いではない。だが、この審判がそなたをどのように扱うべきであるか明らかにするだろう」

「お気になさらず。私の微々たる経験によれば、今までにない体験を積むことは存外悪いことじゃない。今回のことはいずれ、孫に聞かせる武勇伝にでもしますよ」

「そういう日が来ることを、私も心から願うとしよう」

言葉とは裏腹の冷たい声音で言い捨ててから、フリッツは傍らの宰相に向けて右手を掲げた。

それを合図にユグドラシルは立ち上がり、今ここに、エリザベス帝の暗殺未遂の容疑でリディ・サザーランドの審判を行うことを宣言した。

言うまでもなく、審判はリディにとって不利な形で進んだ。エリザベス帝の倒れた現場を目撃した侍女が証言台に立ったのを皮切りに、次々に現れる証言者たちは口々にリディこそが犯人だと〝告発〟し、その根拠をとうとうと述べた。

なかには、明らかにリディを挑発し失言を引き出すための作り話とわかるものもあり、アリシアは内心ひやひやした。すっかり丸くなったとはいえ、かつてのリディは怒りっぽい性格をしていた。こうも虚偽の証言が続いてはそれが復活してしまわないかと案じたのである。

だが心配に反して、不愉快そうに顔をしかめてはいるもののリディが怒り出すことはなく、彼は終始冷静に耳を傾け、何かを問われれば落ち着いて受け答えをした。それはおそらく彼が身に着けた強さの証であり、同時にアリシアへの信頼の表れだ。

「アリシア様、少しよろしいですか？」

4人の証言が終わって小休憩が挟まれたとき、目立たないようにそばに来たベアトリクスがアリシアにこっそりと耳打ちをした。

「アルベルト様の身をお預かりしている協力者から、伝令が届きましたの。状況が変わり、こちらには合流せず別行動でサポートをすると」

「どういうことですか？　別行動というのは？」

驚いたアリシアが聞き返せば、ベアトリクスは僅かに眉をしかめて首を振った。

「詳細はわかりません。ですが、協力者——あの子が裏切ることはないですわ。あの子にも私たちに協力をする理由があるのですもの」

「けど……アルベルトが、証言台に立つことはない、と」

「はい。しかし、任せてみる価値はあると、伝令は告げておりますわ」

「そう……」

口元に手を添えて、アリシアはしばし思案した。アルベルトはあの夜に現場に居合わせたひとりであり、リディ以外に真実を語ることのできる貴重な存在だ。彼の証言を得られないことは痛手となるし、ここに彼が姿を現さないことはハイルランドにとってさらに不利な状況を生む可能性すらある。

だが一方で、アルベルトがリディの忠実な従者であることは、エアルダールの人々もよく知るところだ。アルベルトがどれだけ真剣に真実を訴えたところで、皇子はリディを庇うために嘘をついていると一蹴するだろう。

「——わかりました。アルベルトの抜けた穴は、なんとかします。こちらはこちらで、できることをしましょう」

「はい。その通りですわ」

ほっと笑みをもらし、ベアトリクスが頷く。彼女がアリシアのもとを離れて席へ戻ったのとほぼ同時に、審判は再開となった。

次に証言台に立ったのは、そのベアトリクスだ。貴婦人として堂々と中央に立った彼女は、それまでの澱んだ空気を打ち払うように軽やかに、しかし反論を挟む隙を与えない明快さで次のように宣言した。

「私、ベアトリクス・クラウンは、天の星々に誓って客人リディ・サザーランド様が無実であると、ここに証言いたします」

それから彼女は、己の知る〝あの夜〟について次々に告白した。

リディ・サザーランドが、ある特命を帯びて隣国から招かれたということ。

特命は彼を派遣したアリシア王女の意志のみならず、女帝エリザベスの意志により与えられていたこと。

あの夜にリディが女帝に接触をしたのは特命について報告を上げるためであり、女帝が念入りに人払いをしたのもそのためであること。

以上に述べたようにエリザベス帝とリディ・サザーランドはある種の共犯関係にあり、彼が女帝に毒を盛ることは考えづらいということ。

はっきりとそれらを彼女が述べたことで、エアルダールの人々の間には少なからず衝撃が走った。

彼女がハイルランド贔屓《びいき》であることも、混乱を治めるためにアリシアを連れて帰ってきたことも、当然みな知っている。それでも女帝がもっとも信頼を置く人物のうちひとりが、はっきりとリディを女帝暗殺未遂の犯人ではないと口にしたことで、人々は疑いはじめたのだ。

目の前で繰り広げられる攻防の真の対立構造――それはエアルダール対ハイルランドという単純なものではなく、実のところ皇子と女帝の、玉座を巡る争いなのではないかと。

突如浮かんだ恐ろしい可能性の答えを探るように、玉座から冷たくみなを見下ろす皇子と、自らの席に澄まし顔で座るベアトリクスとを、人々は交互に窺い見る。そんな中、３人の代理人に連なる老齢な学者が代表して口を開いた。

「証言をありがとうございます、クラウン夫人。ですが、特命というのは一体？　それが明らかとされなければ、サザーランド殿と陛下の繋がりがどれほど強固なものであったのか、私たちは判断できませぬ」

だが対する夫人は敢えて答えず、いっそ清々しいほどきっぱりと首を振った。

「さあ？　私は存じませんわ。なにせ〝特命〟なのですもの。どうぞ、他の方に聞いてくださいまし」

そのように言って夫人が視線を送った先に、人々はたしかに質問に答えるにふさわしい人物を――ハイルランドの青薔薇、アリシア王女が立ち上がるのを見た。

四方八方から寄せられた視線を受け止めながらアリシアは落ち着いた足取りで中央へ向かい、リディのつながれた証言台の隣に立った。

空気が変わったと、アリシアは空色の瞳で人々を見渡した。さすがは外相夫人。巧みな言い回しと演出によって、続くアリシアの証言にみなが注目せざるを得ない状況を作り出した。

しかしながら、王の代理人として席を並べる宰相ユグドラシルとフリッツ皇子に慌てる様子はない。こちらが女帝とアリシアの繋がりを切り札として掲げてくるはずだと、当然予想していたのだろう。

ひじ掛けに頬杖をついて、フリッツが薄い笑みを口元に浮かべる。その横で、進行も兼ねるユグドラシルが軽く会釈をした。

「ご足労いただき感謝いたします。アリシア様、証言をお願いできますでしょうか」

「はい」

短く答えて、アリシアは小さく息を吐き出した。そうして気を落ち着けてから、改めて彼女はすっと背を伸ばし、集まる人々に向けて凛と声を上げた。

「クラウン外相夫人の証言は真実です。私、アリシア・チェスターは先の訪問の際にエリザベス様と密約を交わし、リディ・サザーランドの派遣を陛下との合意の上で決しました。ゆえに、彼の者が陛下を襲う理由はございません。私から申し上げられることは以上です」

それだけ言い終えたアリシアは、その場で淑女の礼をする。

肝心なことは何ひとつ語らずに口を閉ざした証言者に広間はざわついた。それでも、アリシアはまっすぐに正面を見据えたまま微動だにしない。すると、ふいにフリッツが立ち上がり、広間に満ちた困惑を打ち払うかのように右手を水平に払った。

「アリシア。君はこの審判を、我が国を愚弄するつもりか？」

「いいえ、殿下。そのようなつもりはありません」

「ならば君はすべてを語ったというのか？　明らかにするべき真実のすべてを」

「それも違います。申し上げられることはすべて語ったと、そう言ったのです」

「なに？」

再び広間にざわめきが満ちる。そのすべてをものともせず、アリシアは澄んだ声を張り上げた。

「私とエリザベス様の契約は、ふたりの合意の上密かに結ばれたものです。私ひとりの判断で、証言することはできません。よって、公正な審判の継続のため、エリザベス様を証人としてお呼びいただくことを要求します」

人々が耳を疑い、顔を見合わせる。だがアリシアの空色の瞳は、まっすぐにフリッツ皇子にのみ向けられている。その皇子も呆気《あっけ》にとられる横で、宰相ユグドラシルが眉を下げてふわりと微笑んだ。

「申し訳ありません、それは致しかねます。陛下はいま、病床に臥せっておられます。ゆえに、このように3人の代理人を立て審判を行っているのです」

「わかっています。しかし聞くところによれば、陛下の容態はすでに安定しておられるとか。長い審判のすべてに立ち会うことはできずとも、ほんの十数分、こちらにお越しいただくだけでもよいのです」

「私からはなんとも……。医務官の判断ですので」

「では、せめてミレーヌ殿へ参らせてください。一言、陛下のご了承を得たいのです」

「同じことです。どうか、ご理解いただけないでしょうか」

「そう……ですか」

あくまで真摯に、理性的に。ユグドラシルは、アリシアに語り掛ける。当然、彼の言い分は筋が通っているし、王女も渋々ながらそれを受け入れるしかない。そう、人々は思った。

しかし。

「ユグドラシル宰相、これでは約束が違います」

首を振り、アリシアは厳しい詰問口調で宰相に向けて問う。突然の呼びかけに人々が眉をひそめるなか、フリッツ皇子も初めてアリシアから目を離し、訝し気に首を傾げるユグドラシルへと視線を向けた。

「約束？　約束とはなんだ？」

「恐れながら、私には身に覚えのないことです」

「白を切るつもりですか？　閣下もまた、陛下とは別に我が国と手を結んでくださっていたではありませんか」

「何を仰っているのですか？　私には、意味がわかりかねます」

「まさか、これをお忘れなのですか？」

そう言って、アリシアが目の前の台の上に何かを放る。ぱさりと音を立てて落ちたのは、丸めて結ばれた一枚の紙だ。

さらに眉根を寄せた宰相の横で、フリッツが目配せし、近くに控える兵に紙を持ってこさせる。受け取ったそれを開いた瞬間、皇子は目を瞠《みは》った。

「これは……!?」

「〝我、天の守護に誓う。我、汝を友に迎える者なり〟」

内容をそらんじてみせたのはアリシアではなく、それまで静かに成り行きを見守っていた被告人、リディ・サザーランドその人だ。通常、被告が勝手に発言をすることは許されていないが、固唾《かたず》を呑んで先を待つ人々の誰とて、彼を責めようとはしない。

そうしてリディは瞳の奥にぎらぎらと熱く燃える炎を宿し、宰相ユグドラシルを睨みつけた。

「古い誓約を立て、その証として征服王ユリウスの黒馬の刻印を押した。エリック・ユグドラシル。あなたが、それを行った」

「違う！　そうじゃない‼」

叫んだのはフリッツ皇子だ。取り乱した彼は疑惑の目を宰相に向け、「だって、お前が誓約を結んだのは……。だが、しかし」と首を振った。

やはりと、アリシアは自分たちの見立てが正しかったことを悟った。

夜の庭園で皇子とふたりで話をした際に、フリッツ皇子の中にエリザベス帝を追い落とし、代わりに自分が王位に就くだけの野望が眠っていたように思えない。となると、彼が決意を固めたのはあの夜より後だ。

そのように考えれば、自ずと宰相と皇子の協力関係もここ最近の間に成立したものだと推測することができる。

すなわち、皇子と宰相の間に固い信頼関係はない。だからアリシアは、そのやわで脆い関係を壊しにかかったのだ。

こちらが元老院の刻印が押された誓約書を証拠に宰相を糾弾することを、当然相手も予想していたはずだ。だから真実を語ったかどうかは別にして、己がハイルランドと誓約書を結んだ経緯を、宰相は皇子に説明していたに違いない。

そこでアリシアは、フリッツにとって衝撃的な〝事実〟を――彼が最も恐れる「宰相も己を裏切っている」という可能性をちらつかせてみたのだ。宰相とハイルランドとの間にも密かに協定が結ばれているように示唆した上で誓約書を見せられれば、彼を信頼しきれない皇子は途端に疑念を抱くのではないかと考えたのである。

（ここまで上手くいくとは、正直思っていなかったけれど……）

動揺もあらわに宰相を睨みつけるフリッツを前に、アリシアの額からは一筋の汗が滑り落ちた。

無論、先ほどアリシアたちが語ったのは嘘っぱちだ。ユグドラシルがロイド・サザーランドと誓約を交わしたのは両国の関係を崩すためであって、ハイルランドに協力するためなどではない。

冷静な状態であれば、皇子もこれが罠だと気づいたはずだ。

しかしながら皇子は、本人が自覚するよりもずっと追い詰められていた。

痺れ薬とはいえ、実の母に毒を盛ったという事実。己の原動力であるはずの最愛のひとに裏切られた痛み。唯一の共犯者である宰相が自分とは異なる思惑で動いているという確信。それらは真綿のようにじわじわと彼を苦しめ、アリシアが起こした波紋を機に、もはや抑えきれない不安となって爆発したのだ。

このとき、皇子は必死に考えていた。もしもアリシアが言うことが真実であれば、最悪の場合、宰相が己と手を結んだのは自分を嵌めるためだったという可能性が出てくる。

だとするならば、ユグドラシルの助言に従ってエリザベス帝をこの場から遠ざけたのは、果たして正しかったのだろうか。このままユグドラシルと危うい協力関係を結び続けるより、エリザベス帝を呼び、彼女の前ですべての罪を宰相に負わせたほうが賢明なのではないだろうか。

「お願いです。どうかご決断を」

「なりません、殿下！　すべて作り話です！」

「フリッツ様！」

「殿下！」

アリシアとユグドラシル、ふたりの声が広間に反響する。黙れと。口を閉ざせと叫び出しそうになるのを、フリッツ皇子はどうにか堪えた。そして、己がこれから取るべき選択肢を目まぐるしく考えた。

宰相を信じ、アリシアの要求をはねのけるか。

宰相を切り、アリシアの要求を呑むか。

――どちらの道が、己を生かすすか。

しかし、皇子が答えを出す前に、扉が開かれてひとりの騎士が謁見の間に飛び込んできた。騎士は一礼をしてからまっすぐに皇子の下へ向かい、人々に向け「失礼つかまつります」ともう一度謝罪をした上で、皇子に次のように耳打ちをした。

「ご報告です。ただいま、正門に民衆が詰めかけております。数は数百を超し、ますます膨れ上がろうとしています。王都警備隊が対応に当たっておりますが、このままでは暴動へ発展しかねません。いかがいたしましょう――」


謁見の間でリディ・サザーランドの審判が開かれた日の早朝。エアルダールの港町サンプストンに、ハイルランドからの一隻の船が入港した。

サンプストンの沿岸警備隊は初め、隣国との情勢を鑑みて船の乗組員の上陸を阻もうとした。

だが、イスト商会が長ダドリー・ホプキンスからの強い要請が入り、少々のごたごたはあったもの彼らは上陸を許された。

ダドリーがわざわざ要請を入れたのは、もちろん船がメリクリウス商会のものであったからだ。予定より随分と到着は早いが、もともと商談の約束をしていた相手。しかもダドリーの優れた商売人的勘が、今回の商談で相手は「とんでもないギフト」を持ってくるに違いないと告げていたのである。

エリザベス帝の庇護があるからと、また勝手を言いやがって。警備隊の一部から冷ややかな視線を向けられながらも、港でどーんと構えるダドリーにそれを気にする様子はない。と、軽やかに船から降り立ったとある男の姿に気づいたダドリーは、もともと小さな目をさらに細くした。

「ダドリー！　友よ！」

「ローゼン卿、ご無事でなによりですぞ」

大股に歩み寄った背の高い男――ローゼン侯爵ジュード・ニコルの抱擁を受けとめたダドリーが、その背中をぽんぽんと叩く。体を離したジュードは、相好を崩して小太りな商会長を見下ろした。

「いやあ、助かった。警備隊の頭が固いのには困ったものだね。君の口利きがなければ、僕はこのまま船でヘルドに逆戻りするか、……ちょっと、その辺の崖からよじ登って入国しちゃうところだったよ」

「そうならなかったことに感謝しよう。さすがのイスト商会も、密入国者を庇うのは少々骨が折れる。もちろん、そうするだけの価値があれば、手間も苦とは思いませんが」

肩を並べて二、三歩進んだところで、くいっと眉を上げてダドリーがジュードを見上げる。問いかけるような商会長の眼差しを受け、ジュードもまたメリクリウス商会の代表として含みのある笑みを浮かべた。

「価値は大ありさ！　むしろお釣りがくるほどだよ。なんたって今日は、僕ですら予期してなかったギフトのオマケ付きなんだ。……これが君にとって〝ギフト〟となるかどうかは、君の腕次第だけどね」

そう言って、ジュードは振り返って背後を指し示す。ちょうどダドリーがつられてそちらを見たとき、目立たないよう長いローブを片手に抱えたひとりの男——アリシア付き補佐官クロヴィス・クロムウェルがサンプストンの港に降り立った。

すぐに彼がハイルランド王女の一の側近であると気づいたダドリーは目を丸くした。次いで、声を上げて笑い出した。

「なるほど、なるほど！　これは確かに大したギフトですな！」身体を揺らして笑ったあとで、ダドリーは目を細めた。

「喜びなされ、ローゼン卿。天の守護星は、たしかにあなた方に微笑まれたようですぞ」

予想以上の好反応に、クロヴィスとジュードは顔を見合わせる。だが、それもつかの間のこと。用意された馬車に乗り込み、クロヴィスとジュードはすぐにサンプストンを離れた。

やたらと先を急ぐダドリーを不思議に思いつつも、時間が惜しいのはこちらも同じ。幸いダドリーの馬車が先導したおかげで検問も問題なく過ぎ、一行はスムーズにキングスレーへと入る。

そうして帝都にあるイスト商会の拠点へと到着したとき、クロヴィスはようやく、ダドリーが上機嫌であったわけを知った。

「クロヴィス様⁉　どうしてここに⁉」

目を丸くして頓狂な声を上げた相手に、クロヴィスはもう少しで、それはこちらの台詞だと返しそうになった。こめかみを押さえ、しばし困惑が去るのを待ってから、改めて彼は自分たちを迎えた先客を――リディの付き人としてエアルダール家を訪れていたサザーランド家使用人、アルベルトを労った。

「ご無事で何よりです、アルベルト殿。さっそくですが、いろいろと状況を教えていただけますか？」

〝行け、アル。行先はクラウン外相邸。夫人を頼れ。真実を彼女に伝えるんだ〟

リディに命じられ、助けを呼ぶために窓から夜の庭園へと身を躍らせたアルベルトが、その後どうなったのか。彼がイスト商会の支店にいる理由を明らかにするには、まずそこから話をしなければならないだろう。

あの夜、ちょうど雲に月が隠れていたことや警備の兵が女帝の倒れた現場のほうに引きつけられたのが幸いし、アルベルトは意外とすんなりキングスレー城を抜け出すことに成功した。しかしながら、その後が苦戦を強いられた。

リディが捕まると同時に、一緒にいたはずの従者の姿が見えないことが明るみに出たのだろう。すぐに王都警備隊が、アルベルトを捜してあちこちを警戒して回るようになったのである。

それでも彼はリディの命を遂行するべく、人目を避けてクラウン外相邸を目指した。だが、なんとか屋敷の近くまではたどり着いたものの、屋敷回りは特に警備隊の数が多く配置され、とてもじゃないが気づかれずに近づくのは不可能だった。

だが、捕まったリディを思えば猶予はない。彼の立場なら即刻処刑になる可能性は少ないとはいえ、安全を確保するには一刻も早くベアトリクスに真実を伝える必要がある。

かくなる上は、無理やりにでも警備を突破しようか。多少の危険が伴うが、最終的に夫人の前で口が動けば問題あるまい――。

そうアルベルトが判断して茂みから飛び出そうとしたとき、その肩を摑んだ者がいた。それが、イストの副会長バーナバス・マクレガーだったのである。

「バーナバス殿は、なぜアルベルト殿の保護を？」

一通り話を聞いたところで、クロヴィスは向かいに腰掛けるバーナバスへと問いかける。ちなみに、この場には彼らのほかにもジュードとアルベルト、そしてここまでクロヴィスらを連れてきたダドリーの5名が集っていた。

「理由か……。それを理解してもらうには、少し時間がかかるんですがね」

クロヴィスに問われたバーナバスは、そう言って額にかかる前髪をかき上げ、自身がベアトリクスの協力者としてアルベルトを匿《かくま》うことになった経緯を話し始めた。

その日、バーナバスがアルベルトの姿を見つけたのは偶然だった。いつものように仕事を終えた彼が商会を出たとき、街に警備隊が溢れ、女帝が倒れたとの噂が流れていた。それだけでも驚きだったが、さらに隣国の使者、リディ・サザーランドが犯人として捕まったらしいと、人々は口にした。

噂を聞いたバーナバスは、とっさにリディが身を置くクラウン邸へ向かった。彼が親友アダム・フィッシャーの足跡を追っていると明らかにしたのは、つい先日のこと。それ以来、バーナバスはどうにもリディのことが気になっていたのである。

だが、着いてみれば王都警備隊がうようよとうろついており、噂の真意を確かめるどころの騒ぎではない。まさかと焦る心を抱えて、続いてバーナバスはユグドラシル邸へ向かいシャーロットを訪ねようと考えた。そうして屋敷を離れようとしたとき、まさに暗がりから飛び出そうとするアルベルトを見つけたのである。

「それで彼を連れてここまで来て、そこで俺はアルベルト殿から聞かされたんだ。リディ様を嵌めた男が誰か、……俺の、友人を殺した男が、ユグドラシル様だってことを」

ずっとそんな気がしていたのだと、バーナバスは絞り出すような声で告げた。なぜなら、アダムが義理を尽くし、あそこまで焦燥を見せる相手といえば、孤児院から己を見出してくれたユグドラシル以外にあり得なかったのである。

信じたくはなかった。それでも、真白な布に滲む一点の染みのように、疑いは彼の胸から消えなかった。だからこそ彼は、友人の死を悼む以上の熱意と執着を持って、アダムの死の真相を追っていた。そうすることで、敬愛する恩人への疑念を晴らしたかった。

だが、彼の願いと裏腹に、疑念は真実へと変わってしまった。

バーナバスは悩んだ。恩人としてのユグドラシルと、友の命を奪った敵としてのユグドラシル。そして、商会の後援者である女帝への反乱者としての、ユグドラシル。この先、己はどのようにエリック・ユグドラシルと向き合うべきなのか。

結果、彼はベアトリクスに接触し、彼女の協力者としてアルベルトを匿い、来る審判の日にはキングスレー城まで彼を送り届ける約束をしたのである。

「俺は元孤児で、今はイストの副会長だ。どちらにせよ、このまま戦争が起こるのを黙って見過ごすわけにはいかない。あの人の真意を突き止めるのも、自分の中で整理をつけるのもその後でかまわないと、そう考えたんだ」

事情を打ち明けられたダドリーも、すぐにそれを了承した。イスト商会としては女帝陣営の筆頭であるベアトリクスに恩を売るチャンスであるし、最悪リディが審判に負けて宰相に睨まれても、バーナバスひとりの暴走だったと言い張れば問題ないと判断したのだ。

「いやはや、運命というのは悪戯なものだね。いろんな偶然が重なって、僕らはここに集うことができたわけだ」

やれやれと肩を竦め、ジュードが笑みを見せる。

「とはいえ、これで一安心かな。予定通りなら、そろそろ審判が始まる頃合いだ。アルベルトくんと共に僕らも城に向かい、アリシア様と合流しよう。あとは正々堂々、宰相閣下とやり合おうじゃないか」

「……本当に、それでいいのでしょうか」

意気揚々と拳を握りしめたジュードとは対照的に、クロヴィスは顎に手を添えて思案する。意外な反応を見せる補佐官に、ローゼン侯爵は首を傾げた。

「ここまで来て、何を言っているんだい。クロくんが海を渡ったのは、アリシア様のもとへ行くためだろう?」

「バーナバス殿。クラウン夫人とは、どれほど密に連絡を取り合っていますか?」

ジュードの質問には答えず、クロヴィスがバーナバスを見る。突然話を振られた副会長はきょとんと瞬きをしつつも、すぐに的確に答えを出す。

「一日に一度から二度。向こうから使者が来て、毎回俺が対応している。最後に連絡が来たのは、今朝のことだ」

「夫人は、エリザベス帝について何か言っていますか? 陛下と接触できたかどうか、など」

「いや。陛下とお会いすることは叶わなかったと、それだけだ。何度か謁見の要請はしたらしいが、医務官が首を横に振っているとの一点張りらしい」

「なるほど。それはユグドラシル宰相からの返答、ということですか?」

「厳密には、フリッツ殿下だ。陛下が倒れてから、城での指揮は殿下が執っていると聞く。って言っても、実際はユグドラシル様がいろいろ助言をしているんだろうが」

バーナバスの返答に、クロヴィスは再び考え込む。

言うまでもなく、審判において鍵となってくるのはエリザベス帝の存在だ。アリシアらもそれをわかった上で審判の場に女帝を連れ出す策を練っているだろうし、対する宰相もそれを阻むことだろう。

だが、策が上手くはまって女帝を呼ぶことができたとして、果たしてそれで上手くいくのだろうか。

クロヴィスの頭にあるのは、エリザベス帝が今でもアリシアの味方となりうるかどうかだ。ベアトリクスはイスト商会——具体的にはダドリー・ホプキンスがこの件から手を引くことを恐れて伝えていないのだろうが、おそらく宰相はフリッツ皇子を味方につけている。そうでなければ、女帝本人に毒を盛るなどという大それたことはしないはずだ。

苛烈な性格で知られる彼女のことだから、通常であれば宰相を許しはしないだろう。しかし、世継ぎであるフリッツが共犯だと知ったとき、彼女がどういう判断を下すかは未知数だ。皇子を庇うため宰相に同調し、リディこそ犯人だと証言する可能性だってある。

黒髪の補佐官は、さらに考える。

審判が始まる前に、アリシアたちは女帝と接触できていない。だからこそ彼女は、審判を勝負の場ととらえている。そしてジェームズ王からの命はアリシアを救えということだ。彼女と合流しろとは言っていない。

ならば、己が取るべき最善の道はなんだ。

彼女の先を読み、導く光となる策は。

「キングスレー城へは向かいます。ただし、審判のためではありません。それより先にすべきことがある」

クロヴィスの言葉に、部屋にいる人々の目が一斉に彼へと向けられる。期待と興味、それらが入り交じった視線を受け止めて、クロヴィスははっきりと告げた。

「エリザベス帝に会います。みなさん、手を貸してください」

数時間後、キングスレー正門に大勢の人々が押し寄せた。はじめは百名を超えるくらいだったが、騒ぎというのは不思議なもので、次、またその次の人をも呼び寄せ、今では数百を超えるほどにまで膨れ上がっている。

一見すれば暴動が起きる一歩手前のような危うさがあるが、彼らの手に武器はない。代わりに握りしめた拳を掲げ、人々は怒りの叫びを上げる。

「陛下に星々の加護を！　反逆者には死を！」

「エリザベス帝、万歳！　エアルダール万歳！」

エアルダールの黒馬のシルエットが中央に描かれた国旗がはためき、その下で人々が勇ましく拳を振り上げる。そうして彼らが求めるのは、エリザベス帝に毒を盛った犯人への厳粛な裁きの執行だ。

正門を守る兵たちは、この事態にどう対処すべきか判断しあぐねていた。彼らが怒りの矛先を向けるのは女帝に毒を盛った犯人だ。つまり人々を突き動かしているのは、愛国心と女帝への深い忠誠。ならば、無理に彼らを追い払う理由はないのではと考えたのである。

だが、いくらなんでも人数が膨れ上がりすぎた。何かのきっかけで暴動に発展すれば、たちまち手が付けられなくなる。そこで、とりあえず一度皇子に報告を上げておこうと、ひとりの騎士が謁見の間に向かった。

さて、報告に向かった騎士は気づかなかったが、正門に集った民衆にはいくつか特徴がある。それは、彼らの中に少なからず——それも、最初から集まっていた人々の中に多くの商人が含まれているということだ。

さらに言うならば、彼らはイスト商会に所属する商人か、もしくはイストと深い繋がりを持つ商会のメンバーである。そのうちのひとり、すらりとした背高の男が大きな国旗を振り回しながら、やんやと叫んだ。

「エアルダール万歳‼　さあ諸君！　城内にまで、僕らの声を届けようじゃないか！」

「それくらいになしなされ、ローゼン卿。あなたはあまり目立たないほうがよいでしょう」

そう言って彼を見上げる小太りの男こそ、この騒動の仕掛け人、イスト商会長ダドリーだ。そして旗を振り回すのがダドリーをそそのかした張本人、メリクリウス商会代表、ジュード・ニコルである。

呆れた顔を向けるダドリーに、ジュードは得意げに胸を張った。

「なあに。心配には及ばないよ。貴族としての僕はひどい出不精でね。城の人々が僕を見たところで、どこの誰だかわかりゃしないんだから」

ジュードの返答に、ダドリーは軽く肩を竦めてから民衆へと視線を戻した。確かにエアルダールでローゼン侯爵の顔を知るものは少ないし、彼らのいる場所は門からはいくらか離れている。ジュードの言うことも一理あるのだ。

すると今度は、ジュードのほうが相棒へと声を掛けた。

「しかし見事なものだね。こんな短時間でオーダーを叶えてしまうなんて」

「当然。応えられないオーダーならば、最初から受けはしない。逆を言うならば、一度受けたオーダーならあらゆる手を尽くして客の期待を上回る。それが我らイストです」

それに、とダドリーは言葉を切って、恨めし気にジュードを睨んだ。

「あのようにニンジンをぶら下げられたら、我らは馬車馬のように走る以外に手はあるまい。今回の交渉は、いささか暴力的ですぞ」

ダドリーの言葉に、ジュードは「してやったり」とでも言いたげに爽やかな面立ちににやりとした笑みを乗せた。その顔を見て、ダドリーの表情はますます渋いものとなる。なぜなら全く同じ笑みを、つい数時間前もダドリーは目にしていたのである。

〝選択肢はふたつ。僕らに手を貸し、ギフトをものにするか。手を引きギフトをみすみす逃すかだよ〟

さかのぼること、イスト商会の談話室でクロヴィスから作戦について聞かされたあとのこと。それは無謀だと渋るダドリー相手に、見事な白磁を片手に掲げたジュードはそのように〝交渉〟した。

だが、ダドリーもすぐには頷かなかった。クロヴィスの案を受け入れてしまえば、のちにリディが審判に負けてしまった際、イスト商会が言い逃れできなくなってしまうと考えたのである。

しかしジュードは引かなかった。むしろ強気に出た。

〝いいかい。君が手を引いた場合、ギフトを失うのは君だけじゃない。このまま何もできず戦争が起きたなら、僕は我が領の研究所の解体および、代々の領主が積み上げた磁器研究のすべてを破棄するつもりさ〟

〝なっ……。気でも狂いましたか！〟

ダドリーは仰天して思わず声を上げた。

〝磁器の価値は、研究を後援してきたあなたが一番わかっているはずだ。どのような理由であれ、破棄するなどありえない。むしろ戦争で国が荒れたあとこそ、立て直すための宝が必要となるでしょうに！〟

〝仕方がないじゃないか。僕が賭けられるのはこれだけだもの〟

ジュードは平然と答えつつ、自国から運んできた磁器の白い肌を長い指でなぞる。その憂いを帯びた表情に、ダドリーはごくりと唾を飲み込んだ。彼の目を見れば、いざというときは本気で磁器研究のすべてを処分するつもりであるのが、明らかだったのである。

〝安心したまえ。手を貸してくれるなら、結果がどうなろうと君はギフトを手に入れる。もちろん、すべてが上手くいったなら色を付けるよ。ふふ、そうだね。我が領で最初に作るシリーズは『ブルーローズ』。けど、その次は決めてないんだ。――せっかくならエリザベス帝が好む図案で作ってみようと思うんだけど、どうかな？〟

その一言が決め手となった。ダドリーは条件を飲み、ただちに商会のネットワークを使って人を集めて騒ぎを起こした。

「あなたには驚かされましたぞ、ローゼン卿」

拳を振り上げる人々を見ながら、ダドリーは首を振った。

「自領と商売と磁器。興味があるのはそれだけだと、あなたは常々言っていたではありませんか。とんだ嘘つきだ」

「ひどいなあ。嘘は言ってないさ。実際、僕はそういう人間だったし、自分でも驚いているんだよ」

垂れ目がちの目を細めて、どこか嬉しそうにジュードは言う。そうして彼は、いままさに城の中で戦っているであろう王女の姿を思い浮かべた。

「昔、僕はエアルダールが羨ましかった。けど、今はハイルランドが楽しいんだ！　あの国を愛していると、今なら胸を張って言える。そして、これからも言い続けるだろう。なんたって彼女の思い描く未来は、とっても魅力的だからね！」

だから力になりたいのだと。ひどく優しい声で、ジュードは続けた。

「僕を変えてくれたあの方に、僕は恩返しをしたいのさ。そのための投資なら、いくらでも惜しくないよ」

「ずいぶんと惚れ込んでいますな。あのお方に」

答えながら、その気持ちはわからないでもないとダドリーは心のうちでそっと付け足した。なぜなら彼も、様々な打算を省いた根本のところで、同じような想いをエリザベス帝に抱いていたからだ。

そのとき、後ろのほうでわっと声が上がった。見れば、群衆によって道を塞がれ一台の馬車が立ち往生しており、通す通さないで揉めている。そちらを指さして、ジュードは声を弾ませた。

「ごらんよ。いよいよ始まったようだね」

「左様ですな」

サンプストンでジュードを迎えたときと同じく、腕を後ろで組んだダドリーは悠然と構えて騒ぎを見守る。それからふと、眉をぴくりと動かした。

「これが原因で馬車が一台だめになったら、メリクリウスに請求いたしますぞ」

「投資は惜しくないといったでしょう？」にこやかに笑って、ジュードは答える。「馬車でも馬でも、なんでもござれだ。だから存分に、小競り合ってくれたまえ！」

ジュードたちの視線の先では、いまだ馬車が前に進めずに立ち往生している。その扉にはイスト商会の紋章が入っているのだが、その戸は開かれ、中から顔を出したひとりの男——イスト商会副会長、バーナバスが民衆と言い合っていた。

「だから言っているだろう！　お前さんたちに付き合っている暇はない。さっさと道を開けて、そこを通してくれ！」

だが、立ち塞がる民衆も頑固である。帰れだの引っ込めだの、わあわあと口々に叫ぶ。もちろん、中にはダドリーが仕込んだ協力者たちが多数紛れており、詳しい者が見たらイスト商会同士で揉めているという妙な光景となっている。

だが、生憎と正門を守る兵たちに商人事情に詳しい者はおらず、彼らは別のことを案じながらこの事態を見ていた。

彼らは聞かされていた。被告人リディ・サザーランドの従者が、審判で証言をするためにイスト商会の馬車でこの正門へとやってくるということを。

だからてっきり、立ち往生しているのがイストの馬車だと気づいた途端、彼らは中にアルベルトが乗っているに違いないと考えたのだ。

幸い、イスト商会がアルベルトを保護したということは伏せられおり、現段階で同じような勘を働かせている者は民衆の中にいない。しかし、もしも馬車に乗っているのが隣国の、それも容疑を掛けられている男の従者と知ったならば、間違いなく暴動が起きるだろう。

正門の内側で、ひとりの騎士が舌打ちをした。そして彼は、部下たちに次のように指示を出した。事態が深刻化する前に、民衆に道を開けさせ馬車を通す。そのための応援を、すぐに正門へと集めろ。

この指令を受けて、城内を守るいくつかの部隊が正門へと向かった。本殿は審判の真っ最中であるから、それ以外の警備に当たる部隊が主にその対象となった。

エリザベス帝のいるミレーヌ殿を守る部隊も、他に漏れず応援へと向かった。もちろんすべてではないが、ミレーヌ殿は正門から離れていて安全なこともあり、比較的多い人数が正門へと回された。

さて、そのようにミレーヌ殿の警備が手薄となるなか、ふたりの人間が物陰から様子をうかがっていた。アリシア付き補佐官クロヴィスと、サザーランド家使用人アルベルトである。

「すごいです……。本当に、クロヴィス様の言った通りになりました」

正門へ向かっていく兵たちの背中に、アルベルトが感嘆の声を漏らす。そうして尊敬の眼差しを隣に向けるが、クロヴィスのほうは別段誇るでもなく淡々としている。

「親しくしている近衛騎士がいるので、兵の動き方はなんとなくわかるのです。それより、アルベルト殿こそ大したものです。あなたのおかげで、城に入り込めました」

「正門に警備の目を引きつけてくださったからですよ。けれど、二度も壁を乗り越えることになるとは思いませんでした」

照れたように頬を掻くアルベルトに、クロヴィスは僅かに笑みを返した。

ジュードやダドリーが集めた人々が、正門で集会を起こしたのとちょうど同じころ。彼らとは別に動いていたクロヴィスとアルベルトは東側の城壁をこっそりと乗り越え、キングスレー城の敷地内へと潜り込んでいた。

それは、女帝が毒に倒れた夜にアルベルトが乗り越えたのと同じ壁であった。そのあたりは、壁そのものは高いが建物から遠く木々が茂っているエリアとなる。加えて大事をとって正門に警備の目を引きつけたこともあり、難なく壁を越え、こうしてミレーヌ殿の近くに身を潜めることができた。

だが重要なのはこの後だ。自分たちの目的はエリザベス帝と話をすることであって、そのためにはミレーヌ殿へと入らなくてはならない。

兵が去っていくのを十分に確かめてから、クロヴィスはアルベルトと共に行動を始めた。騒ぎを起こして目立つことを避けるため、基本的には身を隠して先を急ぐ。やむを得ない場合はどちらかが注意を引き、もうひとりが相手の意識を刈り取る。といっても実際に戦うことになったのは、ミレーヌ殿に入るときと女帝がいると思われる部屋の前の二度だけで、あとはすんなりと進むことができた。

「審判はいまどのあたりでしょうか?」

縛り上げた兵士を物陰に押し込みながら、アルベルトが心配そうに眉を寄せる。彼が腕に抱えている男は、今しがたクロヴィスが意識を刈り取ったばかりだ。

「始まって、もう大分時間が経っていますよね。こうしている間に、旦那様の有罪が決まってしまったら……」

「その場合の対処も考えてますよ。だから今は、目の前のことに集中してください」

励ますように声を掛けるクロヴィスの瞼の裏に、一瞬、アリシアの姿が浮かんだ。

当然クロヴィスは、あらゆる事態を想定し手段をいくつも用意する。しかしながら、彼女は今この瞬間もユグドラシルとフリッツを相手に戦っている。長年仕える補佐官として――かけがえのないパートナーとして、まずは彼女を信じたいと、そう思うのだ。

アルベルトの準備が整ったのを見計らい、クロヴィスが扉に手をかける。そして、躊躇なくそれを開いた。

まず目に飛び込んできたのは、バルコニーへと続く大きな窓と、その先に広がる見事な庭園だ。続いてアルベルトは、眼下に広がる庭園を見下ろす背の高い女性の後ろ姿に気づいた。

一歩部屋の中へと踏み込んだクロヴィスがその場に跪《ひざまず》く。慌てて後に続くアルベルトの横で、クロヴィスは身を屈めたまま女性に呼びかけた。

「ご無礼をお許しください。ハイルランド王女、アリシア殿下付き補佐官クロヴィス・クロムウェル。謁見の許しを頂戴したく存じます」

「妙なことを。そなたは既に余の前にいる。これ以上、余に何を許せという」

女性にしては低めの声が響く。アルベルトが深く下げていた頭を動かしてちらりと前を窺うと、光沢のある黄金のドレスに身を包んだ女帝がふたりを見下ろしていた。

おやと、アルベルトは首を傾げた。美しさも威厳もそのままなのに、思わず竦み上がってしまうような威圧感が今の女帝にはない。表情は険しく、それでも女帝は静かにクロヴィスへと問いかける。

「申してみよ。そなたは何を望み、何を余に願う。――余があの者共の言い分を聞き入れ、ミレーヌに留まる理由をそなたは察しているはずだ。それでも尚、そなたは余とアリシアの道が重なると考えるか？」

やはりと、クロヴィスは内心に頷いた。

審判の最中にミレーヌ殿に留まるよう女帝に求めたのは皇子だろうが、エリザベスもそれを受け入れている。配置された兵の少なさが、それを物語っている。女帝が協力的でなければ、正門に兵を回すにしてもここまで減らすことはないはずだ。

苛烈なる皇帝エリザベスを躊躇させる、その理由。

何度考えても、それはひとつしか思い当たらなかった。

「互いに歩み寄ることは可能と考えます。ゆえに、私はここに参りました」

胸に手を当てたまま、クロヴィスが顔を上げる。美しい紫の双眼でまっすぐに女帝を見据えて、補佐官は凛と告げた。

「どうか、お任せを。我が主、アリシア様の道。そして、フリッツ殿下の道。その両方を、私が切り拓いてごらんに入れましょう」


キングスレー城正門の騒ぎは、まさに佳境であった。商会の馬車を通すために兵が出てきたことで集まった人々がいきり立ち、あちこちで小競り合いが起きたのである。

門を預かる騎士は頭を悩ませていた。剣を抜くことは簡単だが、ひとりでも切りつければ暴動が起きかねない。皇子からも、愛国心ゆえに集まった者たちを手荒に扱うなと言われており、乱闘は避けなければならない。これはどう対処すべきか……。

と、そのとき、ふいにその場の空気が変わった。騎士のいる場所より後方、門の内側を起点に、

兵たちの中に驚きと動揺が波のように広がったのだ。

何が起きたのだと、騎士は後方に首を巡らせた。だが、彼が答えを見つけるより先に、正門がゆっくりと開かれていくのを見て仰天した。

「すぐに門を閉めろ!! 誰の許可で開いているのだ!!」

大声でわめいて、騎士は門へと戻ろうと兵たちをかき分ける。しかし、それもすぐに不要となった。門のほうから順番に兵が左右にすばやく分かれ、正門から騎士のいる場所まで一本の道が開かれたのである。

遮るもののなくなった道の先にあるものを見て、騎士は先ほどよりもはるかに仰天し、そして弾かれたように跪いた。

エアルダールの威信を余すことなく伝える煌《きら》びやかな城を背後に背負い、帝国の象徴である黒馬にまたがる女性が人々を見下ろす。灼熱の太陽を思わせる髪は波打ち、皇帝にふさわしい黄金のドレスが黒馬の肌へと流れる。

「皇帝陛下……っ!!」

「道を開けろ」

決して張り上げてはいないのに、その声はよく通る。騎士、そして彼より後ろにいた兵たちは、その一言で慌てて前に倣って左右に分かれる。そうして道が開かれると、エリザベス帝は見慣れぬふたりの男——クロヴィスとアルベルトを従え、黒馬を前へと進めた。

「聞け、エアルダールの民よ!!」

首を巡らせて民衆に目をやりながら、女帝は馬上で叫んだ。

「余は倒れ、王冠は奪われつつある。悪しき心を内に秘めた、簒奪者《さんだつしゃ》の手によってだ。だが、余は屈しない。彼《か》の者に信念はなく、その手に正義はないからだ」

クロヴィスが恭しく剣を掲げ、女帝へと渡す。それを水平に、まっすぐに前へと示し、女帝はさらに続ける。

「平和を愛し、繁栄を求めるならば余に続け！　星の加護は、我が頭上にある!!」

黒馬がいななき、地を震わすほどの歓声がその上にかぶさる。馬首を巡らせて城の中へと戻る女帝を追いかけ、兵が止める間もなく民衆もわっと城内へと駆け出した。

「す、すごいですね、これは！」

人々にもみくちゃにされつつ女帝のまたがる黒馬を追いかけるアルベルトが、目を白黒させながらも興奮気味に隣のクロヴィスに呼びかける。

「なんと表現すればいいのか。そう、まるで革命に参加しているみたいですよ！」

「革命……。ふふ、そうですね」

「クロヴィス様？　どうかされましたか？」

ひどく可笑《おか》しそうに笑みを漏らした補佐官に、アルベルトは首をひねる。するとクロヴィスは、小さく肩を竦めせてみせた。

「実は、俺が革命めいたものに立ち会うのは、これで二度目らしいのです」

「二度目？　前は、いつどこで参加したのですか？」

「遠い過去。いや。消えてしまった未来とでも、言うべきでしょうか」

クロヴィスの返答に、アルベルトはますます訳がわからないという顔をする。当然だ。補佐官のわかりにくいジョークを理解できるのは、世界中を探したってアリシアひとりしかいないのだから。

それをわかった上で、クロヴィスは笑って首を振った。

「失礼、冗談です。行きましょう。我々の主を、救いに参りますよ」

騎士が何やら皇子に囁いたあと、リディ・サザーランドの審判は一時中断となった。3人の代理人のひとり、一番肝心なフリッツが席を外したためだ。

――作戦は、上手くいったらしい。一度自身の席に戻ったアリシアは、集まった人々の向こう、空の玉座を挟んで腰掛けるふたりの代理人のひとり、宰相ユグドラシルを盗み見た。

はじめユグドラシルは、騎士に連れられ出ていく皇子についていこうとした。しかし、それを留めたのはフリッツ自身だ。ふたりの会話は聞こえなかったが、うるさそうに手を振ったとき、皇子は宰相のほうを見ようともしなかった。

とにかく、これでふたりの間に亀裂を入れるという第一関門は突破した。けれども気がかりなのは、皇子が退出した訳だ。

皇子が姿を消してから、もう随分と経つ。騎士がわざわざ呼びにきたのだから外で何かイレギュラーが発生したのだろうが、アリシアたちにとってこの間は好ましくはない。できれば、皇子が冷静さを失っているうちに一気に畳みかけてしまいたかった。

とはいえ、皇子が無理やり審判を中断する可能性を考えなかったわけではないし、手はいくらでもある。外で何があったのかは、押さえておきたいところではあるが……。

そのとき扉が開き、皇子が謁見の間に戻ってきた。立ち上がる人々の視線を受けつつ皇子はまっすぐに自身の席へと戻ると、己が玉座へと腰掛けてからみなにも座るよう手で示した。

「審判を再開する。アリシア。同じ場所へ」

皇子の呼びかけを受け、アリシアは立ち上がる。先ほどと同じ、リディの隣の証言台に登った彼女は、みなを代表して口を開いた。

「よろしいのですか？　外で何か、問題が起きているのでは」

「君が気に掛ける必要はないし、ここで私がみなに説明する必要もない」

にべもない答えに、アリシアは仕方なく淑女の礼をとる。代わってフリッツは、声を張って宣言した。

「先ほどのアリシア王女からの申し出、皇帝の代理人として私が許可する」

「……っ」

「殿下、発言をどうかお許しください」

人々がざわつき、宰相の眉がぴくりと動く。だが口を開いたのは彼ではなく、もうひとりの代理人だった。学者としての見地から、彼は皇子を説得しようとした。

「恐れながら、審判における皇帝の代理人は殿下おひとりではございません。伝統の様式にのっとるならば、アリシア王女殿下からの要請は代理人3人で決を採るべきかと……」

「では申せ。エアルダール第一皇子フリッツの決に不満があるなら、今ここで」

冷ややかな眼差しを老齢の男に向け、皇子は淡々と告げる。何の感情もこもらない平坦な声に、男も諦めたらしい。頭を下げ「出過ぎた真似を」と短く詫びた。

「かまわん。――さて。ハイルランド王女アリシアの要請に基づき、この神聖なる審判の場に我が母、エリザベスを召喚する。……その、つもりだったが」

アリシアの胸の内を、嫌な予感がよぎった。だが、彼女が行動するよりも早く皇子が手を掲げた。それを合図に慌ただしく扉が開かれ、剣を手に武装した兵が謁見の間になだれ込む。突然の出来事に、あちこちで悲鳴が上がった。

「姫さま!!」

ひらりと銀色が舞い、ロバートが中央の広場へ身を躍らせる。彼に続いてほかの護衛騎士も素早く駆け付け、アリシアと、ついでに鎖につながれて逃げ出せないリディのふたりを庇うように包囲した。

「ロバート、これは……!」

「大人しく守られてくださいよ、姫さま。これはちょっとばかし、やばそうだ」

口元には笑みをたたえつつ、騎士の目は鋭く周囲を警戒する。その手に構えられた剣に、駆けるエアルダールの兵たちの姿が映る。

庇う背中の隙間から、アリシアは外を窺う。一列となって中央の広間に駆けて入ったエアルダール兵たちは、そのままロバートたち護衛騎士ごとアリシアらをぐるりと囲う。

さらに外を窺えば、エアルダール兵の輪はもうひとつある。中心にいるのは、ベアトリクスとシャーロットのふたりだ。ちらりと檀上を見れば、宰相は表情も険しく見ている。やはり彼もこの事態は予想外のことであるらしい。

と、兵の配置が完璧に整ったために、周囲の足音がやんだ。かわりにザッと金具が擦れる音がして、兵たちの剣が一斉に輪の中心へと向けられた。

「ハイルランド王女アリシア。ならびに、ベアトリクス・クラウン外相夫人とシャーロット・ユグドラシル。そなたたちには、別の容疑が掛かっている」

玉座から立ち上がり、フリッツが輪の中心にあるアリシアを見下ろす。その冷たい眼差しを見返し、アリシアは冷静に問う。

「容疑、とは。一体、なんのことでしょう」

「エアルダール皇帝にして我が母、エリザベスがミレーヌ殿より姿を消した」

動揺を露わにしそうになるのをぐっとこらえて、アリシアは毅然とその場に立つ。さすがにこのまま静観しているわけにいかないと判断したらしい宰相が、立ち上がってフリッツに並んだ。

「フリッツ殿下、陛下のお姿が見えないというのは……」

「そのままの意味だ」

騎士に連れられて城門での騒ぎを確認したあとフリッツは謁見の間に直接戻らず、エリザベス帝のいるミレーヌ殿へと向かったのだという。それが、アリシアの要請を受けるためだったのか、エリザベス帝を味方につけようとしてのことだったかはわからない。とにかくそこで、フリッツは衝撃の事実を知った。

「私が到着したとき、ミレーヌ殿は何者かの襲撃を受けたあとで、すでに陛下の姿はなかった。実に鮮やかな手口で、密やかに事は運ばれた。だが、昏倒《こんとう》から目覚めた兵によれば襲撃者のひとりは珍しい黒髪を持つ男だという」

となりでリディが息を呑み、前ではロバートが小さく舌打ちする。アリシアもまた、胸の前で手をぎゅっと握った。

黒髪の男と言われ、彼らの頭に浮かんだのは当然クロヴィスだ。だが彼がエアルダールに来ているならば、なぜアリシアの元へ駆け付けない。なぜエリザベス帝の誘拐など。

それでも、すぐにアリシアは頭を振った。

あまりに大胆な手段に踏み切ったクロヴィスの意図は読めない。しかし、クロヴィスが相手なら何を不安に思う必要があるだろう。審判の前に、ロバートに話した通りだ。アリシア付き補佐官となってからの6年間、クロヴィスがアリシアの期待を裏切ったことはない。

何より、彼は常にアリシアのことを第一に考え、選択をしてきた。

その想いを知るからこそ、アリシアは彼を信じられる。

「陛下の御身は、我が国の兵に追わせている。じきに無事お救いすることができるだろう。……懸命な君ならわかるはずだ。剣を収め大人しく従うよう、彼らに指示してくれるね」

肩越しにロバートが小さく首を振る。彼が言いたいことは、アリシアにもよくわかった。ここで皇子に従えば、アリシアは確実に牢へ入れられる。そうすると、ナイゼル・オットーとの約束が守れない。もし期限を超えてアリシアが帰らなければ、ジェームズ王も次の手に打って出ざるを得なくなるのだ。

けれどもアリシアは、一度頷いてみせた。

「わかりました。――しかし殿下。本当に陛下の御身は、攫《さら》われたのでしょうか？」

「なに？」

眉根を寄せたフリッツに、あえてアリシアは挑戦的に問いかける。澄んだ空色の眼差しの強さに、わずかに皇子がたじろぐ様子を見せる。

「陛下は意志が強く、勇敢な女性です。たとえ脅されたとしても、卑劣な手段に訴える誘拐犯に大人しく従うとは思えません。……陛下は自らの意志で、自らの足で、ミレーヌを出ていかれたのではありませんか？」

「なっ……!?」

「ならば、私が殿下の求めに応じる必要はありませんね」

その一言に、フリッツは表情を歪ませる。だが、彼が腕を振り上げて兵たちに指令を与えるより先に、ロバートが動いた。閃光が走り、鋭く切り込んだロバートの一太刀によってエアルダール兵が3人ほど吹き飛んだ。

「よくぞ言ってくださいましたぜ、姫さま！」

振り向きざまににやりと笑って、ロバートが叫んだ。

「これより、我が隊は救出作戦に移る。ミッションは王女殿下、およびリディ・サザーランド殿を我が国へ無事お連れすること。いいか。できるだけ穏便に、な！」

言いながら、ロバートが飛び出していく。その先をアリシアは目で追おうとしたが、隣で「ひっ!?」という叫び声と何かが割れる音が響いたので慌ててそちらを見た。そこには自由になった両手を唖然と見下ろすリディがいた。どうやら、味方のひとりがリディを繋ぐ鎖を叩き切ったらしい。

「こちらへ！　早く！」

「あ、ああ。行きましょう、アリシア様!!」

両手首のすぐそばを剣先がかすめたショックから立ち直ったリディが、アリシアに先を促す。

だが、飛び出していってしまったロバートがまだ戻っていない。そう思って首を巡らせると、ちょうど彼がベアトリクスとシャーロットのふたりを囲むエアルダール兵たちに切りかかるところだった。

できるだけ穏便に。そう口にしただけあって、相手の兵に致命傷はない。だが、戦闘を熟知した隙のない身のこなしと重く鋭く繰り出される剣先によって、武器を跳ね飛ばしたり相手を昏倒させたりなどして、ロバートは一瞬にして敵を刈り取っていく。さすがは剣聖の再来とまで謳われ、若くして近衛騎士団長の座に収まるだけある見事な手腕だ。

そうして輪を乱すと、ロバートはシャーロットたちに手を伸ばした。

「来るんだ！　一緒に走れるね」

「は、はいっ！」

すぐに騎士の意図を察したシャーロットが、ベアトリクスと共に駆け出す。すかさず先を阻もうとする兵を再びロバートが防いで、その隙にふたりはアリシアたちと合流した。

「アリシア様!!」

「シャーロット！　よかった。行きましょう！」

「っ！　待て、シャーロット!!」

フリッツの制止の声が響くが、ちらりと振り返ったシャーロットは悲しそうな顔をしただけで、すぐに前に向き直る。つないだ手の強さに彼女の覚悟の固さを感じ取ったアリシアは、自身もシャーロットの手を握り返し、出口に急ぐ足を速めた。

審判のため集まっていたエアルダール貴族たちも、戦闘を逃れるため我先に出口へと向かう。それも妨害となり、エアルダール兵たちは思うようにアリシアらに追いすがることができない。と、そうした混沌とした状況の中で異変が起きた。

最初に足を止めたのは、アリシアたちを先導していたハイルランドの護衛騎士だ。続いてエアルダールの兵らも足を止め、剣を構えなおして警戒の姿勢を取る。しかし、彼らはその剣を、ハイルランド勢に向けるべきか、それとも開け放たれた扉の向こうに向けるべきか迷っているようであった。

「今度はなんだ……!」

一応アリシアらを庇うように前に立ちつつ、武器を持たないリディが呻《うめ》く。その背中越しに、アリシアは床を震わすほどの大勢の足音が響く、回廊の先を見守った。

次の瞬間、角を曲がって、数えきれないほどの人々が黒い波のようにこちらへと押し寄せるのが見えた。その異様な光景に、先に回廊へと逃れていた人々も悲鳴を上げ、慌てて謁見の間へと逃げ戻る。

「な、なんだあれは！」

「いいから下がれ、坊ちゃん‼」

唖然と口を開けるリディの肩をぐいと引き、ロバートが叫ぶ。アリシアとシャーロットも、ベアトリクスに抱きしめられるようにして後ろに下がり、さらにその前を護衛騎士たちが守った。

そうしている間に扉のすぐ近くまで人々が迫り、エアルダール兵らが飛びついて扉を閉ざそうとする。だが、完全に戸が閉まる前にドンッと衝撃が走り、二度目の衝撃と共にせき止めていた水があふれ出すようにして人々が中になだれ込んできた。

「これは何事か‼」

「フリッツ様、こちらへ！　殿下をお守りしろ！」

前に出ようとしたフリッツを押しとどめて、ユグドラシル宰相が近くにいたエアルダール兵に呼びかける。一方アリシア一行も、遠巻きにぐるりと囲む人々を睨みつつ、剣を構えたまま警戒を続ける。

とそのとき、人垣が割れて道が生まれた。硬い蹄《ひづめ》が地を打つ音が響き、堂々と黒馬が謁見の間に入室する。フリッツが、ユグドラシルが、その他審判に集っていた人々の誰もが馬上の人物に、呆然と目を見開く。だがひとりだけ、アリシアだけは、黒馬にまたがる人物の横に控える黒髪の男に目を奪われ、瞳を潤ませた。

「我が王冠を返してもらうぞ」

黒髪の美丈夫、クロヴィス・クロムウェルを従え、エリザベス帝が冷たく宣告する。彼女はまっすぐに剣を檀上へ――凍り付いた表情のまま固まったフリッツと、すっと目を細めたユグドラシルへと向けて、女帝は赤い唇を吊り上げた。

「――これですべて終いだ、簒奪者」

簒奪者――。その一言は、白い布にじわりと広がる染みのように、広間に集まる人々に不安の影を落とした。

誰もが固唾を呑んで成り行きを見守る中、ふたりの人物だけが目立たないよう控えめに動く。サザーランド家使用人アルベルトと、補佐官クロヴィスだ。まずアルベルトがリディのもとへ駆け付け、続いてクロヴィスがアリシアへと歩み寄る。

黒髪の補佐官はアリシアの前に立つと、胸に手を当てて頭を垂れた。

「遅くなり申し訳ありません、アリシア様。ご無事でしたか？」

「たぶんね……。お前は随分と、派手な登場をしたものね」

思わずそう口にしたアリシアに、クロヴィスは小さく笑みを返す。それから彼は、その秀麗な顔をアリシアの耳元へそっと寄せた。

「すみません。私はエリザベス帝と、己の領分を超えた取り決めを交わしました。――俺を、信じてくれますか？」

「ええ、もちろん」即座に、アリシアは囁き返した。「私は、どんなときでもあなたを信じる。だから、あなたのしたいようにすればいいわ」

ありがとう。低く澄んだ声が、微《かす》かな甘さを帯びて耳元で響く。クロヴィスはすっとアリシアから身体を離し、馬上で静かに待つ女帝にちらりと視線を送った。

それが合図となり、女帝は黒馬から降りた。彼女が一歩踏み出すごとに、人々が左右に割れて道を作る。その手に剣を携えたまま、エリザベス帝はまっすぐに檀上へと向かう。

そのまま彼女は階段を上ると、表情を強張らせるフリッツの前に立つ。

「……簒奪者。あなたは、私をそう呼ぶのか」

母親とよく似た深緑の目を見開き、フリッツは震える声で女帝に問いかける。次の瞬間、彼は覚悟を決めたように表情を歪め、叫んだ。

「ああ、そうだ。私はあなたから王冠を奪った。だが、私は私の手で、この国を……！」

「黙れ」

有無を言わさぬ強さで、女帝が皇子を遮る。思わず言葉を飲み込んだフリッツを冷たく見据え、女帝はつまらなそうに続けた。

「そこをどけ、フリッツ。そなたに用はない。……邪魔だ」

「なっ……」

言葉を失った皇子を軽く鞘で押しやると、さらにその奥にいた人物——ユグドラシル宰相の前で女帝は足を止める。そして、広間全体に響く声ではっきりと宣告した。

「この男を捕らえよ。宰相エリック・ユグドラシル。この者こそが余に毒を盛り、王冠を奪った反逆者だ」

貴族たちの間に、悲鳴に近いどよめきが広まった。まさか。あり得ない。何かの間違いではないのか。人々の顔にははっきりとそうした疑念が浮かんでいたが、ほかでもない女帝の告発に、誰もが堂々と声を上げることをできずにいる。

そんな中、宰相はどこか驚いたような表情で女帝を見て、続いてクロヴィスを見た。——そして彼は気づいたらしい。恐ろしくも偉大な皇帝と、才覚に溢れた若き補佐官。両者はすでに、すべてユグドラシルひとりの罪として収めることで合意しているのだ。

そのとき、初めてユグドラシルの目に怒りが浮かんだ。凪《な》いだ夜の海を思わせる、優しく穏やかな、けれども時折どこか寂しげな眼差し。今の彼はそれを捨て、胸の内に激しく燃え滾《たぎ》る激情を瞳に映していた。

「それが、あなたの答えですか」

この場に集う誰もが聞いたこともないような声音で、ユグドラシルが吐き捨てる。驚く人々の目など物ともせず宰相は続ける。

「実につまらないですね。それが、女帝エリザベスの答えですか。帝国の繁栄のためならば、身内だろうと平然と手に掛ける冷酷非情なあなたが。今更、まるで普通の人間のように、子を庇うなど……っ!!」

「庇う？　そなたは、勘違いをしているようだ」

くいと眉を上げて、女帝が小さく首を振る。

「初めから無実の者を、庇う術は誰にもない」

ぎりっと歯を食いしばり、ユグドラシルが女帝へと一歩踏み出そうとする。だが、それは叶わなかった。素早くふたりのエアルダール兵がユグドラシルを捕らえ、その場に膝をつかせたからだ。

感情のこもらない目でそれを見下ろし、女帝は剣を引き抜き、鞘を捨てた。身動きのできない宰相の首に冷たい刃が添えられると、女官の間に悲鳴が上がった。

「告白しろ」場が騒然となる中、どこまでも冷ややかに女帝は続ける。「天の星々、地の賢人たちの前に、すべての罪を認めよ。そうすれば、命までは取りはしない」

すべての罪。その意味を正確にとらえることができる者は、かなり限られる。だが数少ない者たち——その中には、当然アリシアもいた——は、女帝が、フリッツの分の罪もすべてひとりで負うようユグドラシルに命じたのだと、正しく理解した。

　しかし、それを聞いたユグドラシルは笑った。憎しみと怒りをその目に宿したまま、それは壮絶としか表現しようのない笑みだった。

「それが脅しになると思っているなら、あなたは愚かだ。殺したければ、殺せばいい。ああ、そうです。あなたは今すぐに剣をふるうべきだ。──彼を守りたいならば」

　真意を探るように、女帝が目を細める。それに直接答えることはせず、ユグドラシルは自らを押さえつける手に抗い、金縛りにあったように立ち尽くす人々へと顔を向けた。

「私を見ろ!!」

　声を張り上げたユグドラシルに、アリシアのすぐ近くにいたシャーロットの肩がびくりと震えた。白くなるほど両手を握り合わせる彼女の視線の先で、首に冷たい刃を添えられたまま、ユグドラシルは人々へ鋭く視線を投げかけた。

「私は今日、ここで死ぬことになる。だが、血が流れ失われようと、誇りが穢されることはない。目を見開き、耳を澄ませ、見届けるのです。そして真実を……真に裁かれるべきは誰であるかを、あなた方は胸に刻みつけることでしょう」

　最後の部分で、ユグドラシルはその目をフリッツへと向けた。女帝に相手にされなかったときから呆然としていた皇子であったが、宰相の視線に射抜かれて、僅かに身じろぎをした。

　それだけで十分だった。元老院貴族のみならず、エアルダール内には宰相ユグドラシルを慕う者が多い。普段からの信頼、そして女帝に糾弾されてもなお毅然とした態度を貫く宰相の姿は、貴族たちを強く動揺させた。

　ここで彼を処刑したら、貴族たちは思うことだろう。一の側近であり、貴族たちの精神的支柱であるユグドラシルを、女帝は無実の罪を被せ処刑した。彼らがそう信じ込んだなら、みなの心は一気に女帝のもとから離れる。もともと保守層から反発の強い彼女だ。今まで力で抑えつけていた分、一気に不満が膨れ上がり、本当の意味で国が倒れる危険すらある。

　一方で宰相を生かした場合、フリッツ皇子を守りたいという女帝の願いは叶わない。ユグドラシルは女帝の意図を見抜き、その上で拒否をしたのだ。いずれ開かれる審判の中で、彼は必ず皇子を告発するだろう。

　それらを恐らく理解した上で、エリザベス帝はしばらく動かなかった。ややあって彼女は、ユグドラシルひとりにしか聞こえない声音で、淡々と呟いた。

「余の負けだ、ユグドラシル。そなたは余をただの女にし、さらに貶《おとし》めてみせた。見事だ。……だが、この敗北の先で、余は必ず勝つ。あの世でそれを、見届けるといい」

　悲鳴を上げたのは誰だったろうか。

　黄金の柄《つか》を摑む手に力を込め、女帝が剣を振り上げる。磨き上げられた鋭い切っ先が、高い窓から差し込む陽の光を受けて、銀の鈍い輝きを放つ。

　ひゅっと風を切る音が響き、勢いそのままに打ち付けられた刀身が地を砕いた。

「……──ふたりとも、邪魔をするな」

　響いた低い声につられて、人々は思わず伏せた顔を上げた。

彼らはまず、女帝に寄り添うようにして立つクロヴィスの背中を見た。彼の手は剣を持つ女帝の腕に添えられており、彼が阻んだせいで刃は狙った場所とは全く異なるところに振り下ろされている。

さらに人々は、ふたりの先――両側から羽交い絞めにされた宰相ユグドラシルの首に手を回し、庇うようにしがみつく赤髪の少女の姿を見た。

「……シャーロット、離れていなさい」

驚きに目を見開いていた宰相であったが、ややあって、ぴったりとくっついて離れようとしない娘をたしなめた。だが、彼女は嫌々をするように首を振った。

「シャーロット。言うことを聞きなさい」

「……嫌です」

「シャーロット、」

「嫌ったら、嫌です!!」

叫んだ少女の声は、涙にぬれていた。

彼女の目からは大粒の滴がいくつも零れ落ち、頬を伝って宰相の肩のあたりを湿らせる。そのことに戸惑いを見せるユグドラシルに、別の者が声を張り上げた。

「もう、その辺でやめたらどうです?」

果たして、声を上げたのはイスト商会副会長、バーナバス・マクレガーであった。共に乗り込んできた仲間の中から一歩前に踏み出した彼は、複雑な表情で宰相を見据えた。

「お前さんが何を企んでいようと――本当は、腹の内で何を考えていたんだとしても、彼女にとってお前さんは大切な親父で、恩人だ。俺だってそうさ。……これ以上、俺たちを失望させないでくれ」

兵たちは、シャーロットを宰相から引き離すべきか悩んだ。普通に考えれば乱入者は速やかに排除すべきところだが、隣国の補佐官に制止をされたまま、女帝はなかなか次の行動に移ろうとしない。

そのとき、アリシアが動いた。人垣が割れる中、ハイルランドの青薔薇姫は檀上へと上がり女帝の隣に立った。そして、まず王国の代表らしく女帝と二言三言を交わし、淑女の礼をした。それから、先ほどの混乱のさなかに皇子が手から落としたままになっていた、6年前の誓約書を拾い上げ、あらためて宰相に向き直った。

「ユグドラシル宰相。先ほどの発言を訂正し、あらためてあなたを告発します」

シャーロットにしがみつかれたまま、宰相はゆっくりと顔を上げた。そこに、いつも彼が浮かべていた穏やかな笑みはなかったが、といって先ほどまで見せていた激情もない。ただただ、まっすぐに己を見上げるユグドラシルに、アリシアは誓約書を差し出した。

「この誓約は、私とあなたの間に結ばれたものではありません。これは、旧シェラフォード公爵領の領主、ロイド・サザーランドとあなたが結んだもの。そうですね」

ユグドラシルは答えない。否、答えられなかった。彼が何か口を開いた途端、己にしがみつくシャーロットの腕が強くなり、彼に返事を躊躇わせたのだ。

一方、アリシアも返答を期待しての問いかけではなかった。唇を薄く開いたまま眉間にしわを寄せるユグドラシルを見下ろし、彼女は静かに続ける。

「あなたの目的は、統一帝国の建国。そのために我が国とエアルダールの関係を悪化させ、戦争へ導こうとした。けれど6年前、その試みは一度失敗した。だからあなたは、自分へとつながるふたりの人間を始末した。ひとりはロイド・サザーランド。そして、もうひとりはアダム・フィッシャー。……ロイドの息子、リディがそれを突き止めてくれたわ」

ふたりのやり取りを見守る人々の中で、リディがきゅっと唇を噛みしめ、強く手を握りしめた。そんな彼の肩を、檀上へ向けた視線は動かさずに、ロバートがぽんと軽く叩いた。

「真実に限りなく近づいたリディを、あなたは警戒した。焦ったあなたは、陛下に毒を盛り、彼をその犯人に仕立て上げた。……これが、一連の騒ぎの真相よ」

言い終えたアリシアはその場に屈み、ユグドラシルと視線を合わせた。そして、問うた。

「あなたは、なぜこんなことをしたの？」

黙ってふたりを見下ろす女帝の眉が、ぴくりと動く。口には出さずとも、そんなことを馬鹿正直に聞いてどうするのだと、女帝が言いたげであるのはよく伝わった。それでもアリシアは、気にせずに続けた。

「あなたは賢いひと。人望も厚く、みなに慕われている。……あなたのすべてが嘘だったと、私には思えない。本来のあなたなら――あなたを突き動かす『何か』がなければ、あなたはきっと、素晴らしい為政者になれたはずよ」

「……――そう、だったかもしれません」

かすれた声で、ようやくユグドラシルが答えた。未だ離れてくれない娘に身を預けるようにして、ユグドラシルは表情を歪めた。

「ええ、そうです。私はもはや、為政者とは呼べない存在だ。だが、そんなものはどうでもいい。人の命を虫けらほどにも思わず、邪魔な者は容易《たやす》く殺す。そんな王も、王を慕う愚かな民衆も、すべてが忌々しかった。――だから私は、誓った。彼女が不要だと切り捨てたものを、私が覆す。そうして、みなが偉大だと褒めたたえる女帝が取るに足らない存在だと――彼女の築く栄華に価値などないと、必ずこの手で証明してみせると……！」

「くだらない理由ね」

一瞬、ハイルランドの者たちは――クロヴィスですらも、己の耳を疑った。それほどに冷ややかに、アリシアの声が響いたからだ。一方、ばっさりと切り捨てられた宰相は、再び瞳に怒りを燃え上がらせた。

「くだらないだと……。あなたに、私の何が⁉」

「わからないし、わかりたくもないわ」

ぴしゃりと言い放ち、アリシアが宰相を睨む。

「あなたは一体、誰のことを話しているの？　人の命を軽んじ、邪魔な者を簡単に廃除する。その言葉、そっくりそのままお返しすればいいのかしら？」

「それは……っ」

「己を恥じなさい、ユグドラシル。そして、悔いるといいわ」

すっと立ち上がり、アリシアはユグドラシルを見下ろす。そして、どこまでも気高く、凛と響く声で宣言した。

「あなたの独りよがりの正義のために、民を傷つけることは許さない。決して、あなたの思い通りになんかさせない。私は、私が仕える民のために、何度でもあなたを否定するわ！」

ユグドラシルの目が、僅かに見開かれる。

民に、仕える——。その言葉を、彼は反芻していた。

熱く燃える信念を瞳に宿し、力強く宣言する若き王女の姿は青臭く、眩しい。若さゆえの純粋さだと、否定をすることは簡単だ。だが、そうしたくはないと思わせる何かが、彼女にはある。

しばらく考えて、ああそうかと、ユグドラシルは納得をした。より多くを知り、魑魅魍魎《ちみもうりょう》の渦巻く嵐の中を潜り抜けるしたたかさを持った彼女ではあるが、女帝も——エリザベス帝も、民には誠実であった。

ずっと、エリザベスを憎んできた。だまされたと。お前のせいだと。彼女によって消えていった者たちの最期の叫びが、夜闇の中で何度も響いた。そのたびに無力な己を呪い、死んだ者たちに詫び、彼に願いを託した友に復讐を誓った。

だが、心のどこかで、彼女を優れた君主だと認めていた。急進的すぎる政策を力ずくで通してしまうことも、反対派の意見に耳を貸さないところも、いろいろと頭を悩まされることは数多《あまた》とあったが、エアルダール帝国の発展のためという確固たる軸をぶらさないところは、純粋に尊敬に値すると思っていた。

すべては、帝国にとって有益であるか、そうでないか。その判断基準は、時として人間らしい温かみを欠いた非情な決断を、彼女にさせる。

わかっていた。エリザベスはユグドラシルを出し抜こうとして、嘘をついたのではない。帝国の未来と人としての情を天秤にかけ、その上で選んだのだ。

だが、それを認めてしまえば――仕方がなかったのだと諦めてしまえば、誰が死んでいった者たちを弔うのだろう。誰が、レイブンの最期を悼むのだろう。

そう決めつけて呪いをかけたのは、他でもない自分だった。

「……――愚か者は、私のほう、か」

ぽつりと呟き、宰相が項垂《うなだ》れる。

それから彼は、己の肩のあたりに顔をうずめているシャーロットに何かを囁いた。父の変化を、彼女も感じ取ったのだろう。今度は素直に応じて彼女が離れると、宰相はエリザベス帝へと顔を向けた。

罪を、すべて認める。女帝を見上げ、ユグドラシルはそう告げた。

その一言は、やりなおしの生を与えられた少女の戦いにも、ひとつの終止符を打ったのであった。

5. ハイルランドよ、永遠に

一筋の流れ星が、藍色の空を駆け抜ける。

「おめでとう、アリシア。——そして、ありがとう」

細く尾を引く星の欠片《かけら》の下で、少年は色素の薄い髪を風に揺らす。星の使いの姿はすぐ目の前にあるのに、なぜだかアリシアは彼がとても遠い場所にいるように感じる。

「君は成し遂げてくれた。……ああ、僕にはわかるよ。彼が、喜んでいるんだ。彼だけじゃない。僕の大切な、古い友人たちの声がする」

ああ、これが最後かと。そんな不思議な確信に、アリシアの胸はきゅっと痛む。それを見透かしたように、星の使いはひどく優しく、美しい笑みを浮かべた。

「もう行かなくちゃ。けれど、忘れないで。僕は守護星。ハイルランドの守り神。僕はどんなときも、ハイルランドに祝福を捧ぐ。そして君にも——運命を変えた、奇跡の薔薇姫にも」

まるで、どこかで誰かが魔法をかけたように、星たちが夜空をゆっくりと流れ出す。いくつもの光の筋が生まれる下で、星の使いはアリシアの両頰を白く小さな手で包み込んだ。

君に、星の加護を。

そう囁いて、星の使いはアリシアの額に軽く口付ける。

次にアリシアが瞼を開いたとき、すでに星の使いの姿はなかった。

草原にひとり佇む彼女の頭上には、ただ、満天の夜空が広がるだけだった。

　車輪が石に乗り上げたのか、馬車がガタンと大きく揺れる。

　その衝撃は、深い眠りの中にあったフリッツ皇子の意識を無理やり浮上させたらしい。女性のように長いまつ毛がぴくりと動き、重く閉ざされていた瞼がゆっくりと開く。薬により眠らされたためか、気だるげに身体を起こした皇子は、瞳が焦点を結んだ途端にはっと息を呑んだ。

「ここは……っ」

「落ち着いてください、フリッツ様。あなたは今、安全です」

　カーテンをはねのけ窓の外を確かめようとしたフリッツが、差し込む光の強さに呻《うめ》いて、とっさに手で目を覆う。その腕にそっと触れて、シャーロットは努めて落ち着いた声音でフリッツに語り掛ける。

　話しかけられるまで、シャーロットの存在に気づいていなかったのだろう。二、三度まばたきをして目を慣らしてから、フリッツは訝《いぶか》しげに彼女を見つめた。

「シャーロット……？　ここはどこだ？　私たちは、一体どこに向かっている？」

「オルストレです。ここはまだエアルダール国内ですが、明日の夕方にはオルストレの宮殿に到着する予定になっています」

「オルストレ!?　なぜ、そんなところへ」

「留学です。しばらくの間、フリッツ様はあちらの国でお過ごしになるよう、陛下がお決めになられたんです」

その答えに、フリッツ皇子は言葉を失った。

彼の混乱も無理はない。キングスレー城での騒動のあと、フリッツは自室で軟禁状態にあった。それが、今朝になって突然、複数の兵を伴ってエリザベス帝が部屋を訪れた。そこで、まともな会話もないうちに妙な液体を飲まされ、目が覚めてみれば今の状況である。

目を見開き呆然とする皇子に、シャーロットが一枚の書状を差し出した。

「こちらを。お目覚めになられたらお渡しするようにと、陛下よりお預かりしました。読めば、すべてわかるからと……」

「いらぬ!!」

カサリと音がして、振り払われた少女の手から書状が落ちる。はっと我に返ったフリッツは、慌ててシャーロットを見た。だが彼女に皇子が手を出したことを責める様子はなく、まっすぐな瞳に皇子を映していた。

「殿下――フリッツ様。お願いです。手紙、ちゃんと読んでください」

「……必要、ない」

「どうしてですか？　エリザベス様からのメッセージが書いてあるんですよ？」

「読まずとも、わかっている！」

叫んだ皇子は、表情を歪めてシャーロットから目を逸らした。

取り繕う余裕もなく、己がみじめであった。底なし沼に足を取られたかのような絶望と怒りに、眩暈《めまい》すら感じるほどだ。だから彼は、堰を切ったように嘆きを吐き出す。

「つまり私は、用なしというわけだ。オルストレに送るのが、その証拠だ」

「そんなことありません！　だって……」

「人質だよ。君だって、わかるだろう？」

隣国オルストレといえば、強大化するエアルダールを警戒して長年いがみ合ってきたリーンズスと同盟を結んだことで、最近諸外国をざわつかせている。もともとはエリザベス帝も、そうした南方の動きを警戒してハイルランドからアリシア姫を招いたのだ。

そのオルストレに、第一皇子であるフリッツが送られる。留学といえば聞こえはいいが、要は、外交の道具として売り渡したということなのだろう。

「陛下の血を引くのは、何も私だけではない。……皇帝にたてついた皇子など、下手に処分しても醜聞が広がるばかりだ。ならばいっそ、人質として有効活用したほうがまだいい。実に母上らしい、合理的な判断だ」

「違います！　陛下があなたをオルストレに送ると決めたのは、そうじゃなくて」

「なら、なぜ私を裁かない!!」

悲痛な響きに、シャーロットはぐっと言葉を飲み込む。そんな彼女の前で、フリッツはぎりっと奥歯を噛みしめた。

「私は、私の意志で、あの場所に立った。帝国の――皇帝の、駒として生きることはごめんだと。なのに、この様だ。……いっそ、殺されたほうがまだマシだ。陛下には、私の意志など意味がない。糾弾する価値すらない。だから、私を……！」

「いい加減にしてくださいっ!!」

ぱんと乾いた音が響き、頬がじんと痛むのをフリッツは感じた。だが、痛みよりも何よりも頬を張られたことそのものに驚いて、フリッツは目を丸くして前を見た。その視線の先に、愛らしい顔に怒りを浮かべて、こちらを睨むシャーロットがいた。

「どうして、フリッツ様はいつもそうなんですか⁉　なんで、そんなにひねくれているんですか⁉」

「ひねくれてる？　ひねくれものの、わからず屋です！」

「そうです！　ひねくれものの、わからず屋です！」

とても一国の皇子に向けたとは思えない発言に、フリッツは張られた頰を片手で押さえたまま唖然とする。一方シャーロットは興奮が冷めぬまま、女帝からだという手紙を拾って皇子に突きつけた。

「手紙、読んでください」

「だが、」

「今すぐ読むの‼」

ぴしゃりと有無を言わさない剣幕に、思わずフリッツは息を吞む。やや逡巡してから、皇子は手を伸ばして書状を受け取り、丸められたそれを仕方なく開いた。

――そこに書かれていたのは、確かに予想通りの内容ではなかったが、といって目を瞠《みは》るものというわけでもなかった。見覚えのある字で、事務的に、端的に、オルストレの文化・政治を学んでくるよう指示が書いてある。

しかし、最後の一行に行き着いたとき、皇子の目はそこに吸い寄せられた。言葉もなく、ただ食い入るように文を読むフリッツに、シャーロットがそっと声を掛ける。

「陛下は、フリッツ様にやりなおしてほしいんです」

「やりな、おす……?」

「そうです。けれど、どうしても今は、国内にいてはフリッツ様をお守りできない。だから陛下は、フリッツ様の留学をお決めになったのです」

信じられない思いで、フリッツはもう一度手紙に視線を落とす。

オルストレと友好を結び、己の力を証明してみせろ。

その後、エアルダールへ戻ってこい――。

手紙の最後は、そう締めくくられていた。

「父は、すべて自分の罪だと認めました。けど、一部の人々はあの日の光景を見て、あなたに疑いの目を向けています。……いまは、時間が必要です。それにちゃんと功績があれば、国に戻ったあともみんながあなたを認めてくれる。陛下はそこまで考えて、オルストレを選ばれたんですよ」

かさりと音がして、フリッツの手から手紙が滑り落ちる。とっさにそれを拾い上げようとして、彼は自分の手が震えていることに気づいた。

「なぜだ」震える手を押さえて、彼は呟いた。「なぜ、母上はこんなことをする?」

「まだ、わからないんですか」

少しだけ呆れたように、シャーロットが肩を落とす。上目遣いで皇子を見つめる大きな瞳には、ちょっぴり非難の色が混じる。

短く嘆息してから、シャーロットは唇を開く。

「愛しているから。あなたに、期待しているから」

だからに、決まっているじゃないですか、と。

その一言は驚くほど素直に、すとんとフリッツの胸に届いた。

「――……あ」

気づいたときには、ひと滴の涙が頬を滑り落ち、床に落ちた手紙に染みを作っていた。驚き、なすすべもなくそれを見つめる皇子の目から、さらにふたつの滴がぽたぽたと落ちる。

言葉もなく、身じろぎひとつしない彼を、ふと、柔らかな感覚が包み込んだ。

言うまでもなく、それはシャーロットだった。向かいの席から皇子の隣へと移った彼女は、そっと彼を抱きしめたのだった。

「大丈夫ですよ。もう、大丈夫です」

優しく、温かく。まるで泣く子を慰める母親のように、シャーロットがフリッツの髪をなでる。

「いろんなものを見て。たくさんの人と会って。もう一回、やりなおすんです。心配しないで。フリッツ様が悩んだときは、私がそばにいます。一緒に空でも見ながら考えましょう。だから――だから、今度はちゃんと自分を、みんなを好きになってくださいね」

包み込む腕の中で、声もなく、フリッツの唇が歪んだ。

力なく下ろされていた手が、恐る恐る彼女の背へと回される。怯《おび》えるように慎重な手つきでシャーロットに触れた皇子は、初めはそっと、続いてぎゅっと強く、彼女を抱きしめた。

ひとつの動乱が過ぎ、回る車輪がふたりを運んでいく。

だがきっと――この道は、きっと。必ず、どこかへ繋がっている。

なぜなら彼らも、新たな世界に生きるひとりであるからだ。

エアルダール皇帝エリザベスは、一連の騒動の首謀者として宰相エリック・ユグドラシルを捕らえた。ほかにも、彼の協力者として数名が牢に入れられたが、基本的には重く責任を負うのはユグドラシルひとりであった。それが女帝の意向であり、同時にユグドラシルの望んだことだ。

ユグドラシルはただひとつの真実——第一皇子フリッツが協力者であったことを除いて、長年にわたる策謀のすべてを速やかに明らかにした。これにより、ユグドラシルによるハイルランドへの内政干渉とロイド・サザーランド暗殺への関与が正式に認められ、女帝エリザベスはそれらについてジェームズ王に謝罪した。

すべての罪を告白したユグドラシルは、宰相地位の剝奪はもちろん、キングスレーからの追放、名家ユグドラシルからの除籍と極めて重い処分が下されたのち、最終的に僧院へと送られた。

なかには、これを疑問に思う者もいた。エリザベス帝であれば、ユグドラシルの処分は即刻処刑か、そうでなくてもダンスク城砦へ幽閉するかと思ったのだ。

なぜ、彼女がそれをしなかったのか。そのことについて、エリザベスは最後まで側近の誰にも明らかにしなかった。とにかく言えるのは、僧院に入ったユグドラシルは静かな日々の中、死んでいった者、そして犠牲にしてしまった者たちへ祈りを捧げて過ごしたという。

一方、ユグドラシルと共謀していたことを伏せられたフリッツ皇子はというと、2年のオルストレ留学へと旅立った。その付き人、ないしは御目付役として彼に同行したのが、シャーロット・

ユグドラシルである。

　ユグドラシルが失脚したのち、彼の妻とその子たちは窮地に立たされた。エリックは女帝に逆らった罪人であり、すでに名家ユグドラシルから除籍されている。おまけに妻は元王族、子は血のつながりのない貰い子たちと、どちらにしても扱いが非常に難しい。こうした事情もあって、ユグドラシルの親戚たちは救いの手をなかなか差し伸べなかったのだ。

　そんな中、彼らの後見人として名乗りを挙げたのが、クラウン外相夫妻だった。

　結果として、それは妥当な収まりどころと言えた。ベアトリクスとユグドラシルの妻は元王族という点で共通していたし、娘のシャーロットはもともとクラウン外相邸に行儀見習いに出ていて交流がある。それに、先の混乱のなかシャーロットがベアトリクスと行動を共にしていたことを、多くの人が知っていた。

　とにかく、シャーロットはクラウン家という後ろ盾を得た上で、皇子と共にオルストレへと渡った。――実はその裏には、女帝とベアトリクスのとある思惑があったことを、シャーロット本人ですら知らない。

　様々な点で不安定ではあるものの、女帝は皇子に期待をしている。そんな彼の心の支えとなりうる、強く勇気があり、芯の通った娘。彼女がもしも留学を経たあと、変わらず皇子の隣にあることを望んでくれるなら、そのときはと――。

　こうして、アリシアにとっては前世から続く長いながい闘いの旅は、ようやくゴールを迎えたのであった。

「まさかの宰相告発、女帝陛下の異例の謝罪、おまけに第一皇子の突然の留学……。その全部に関わっているなんて、全く君はケタ外れな子だね」

そう言って首を振るのは、オルストレの第二王子ナヴェルだ。やれやれと髪をかき上げる様は、いつかの式典と同じに南国仕込みの色気がぷんぷんと香る。

その向かいに座るアリシアは、澄ました顔で紅茶に口をつける。フリッツのオルストレ留学を女帝に提案したのは自分ではない——そんなことを内心で思いながら。

かちゃりとカップをソーサーに戻し、アリシアは逆にいたずらっぽく微笑む。

「ナヴェル様は、こちらにいていいのですか？　明日が、フリッツ殿下がオルストレへと入られる日だったはず。てっきり国境へお迎えに上がるのはナヴェル様かと」

「いいんだ。国境には兄上が出迎えに行くから。兄上は大喜びだよ。フリッツ皇子と友好関係を築ければ、兄上の評価は急上昇だ。王太子としてこれ以上ない功績になる。——って、君にはそんなこと説明するまでもなかったね」

「さあ？　私には検討もつきません」

にこりと笑って首を傾げるアリシアに、ナヴェルは肩を竦《すく》めた。

一連の騒ぎについてフリッツ皇子の責は問わず、すべてユグドラシル個人の犯行とする。ミレーヌ殿に乗り込んだクロヴィスは、そのように女帝に約束した。その中で、彼は皇子の国外留学をエリザベスに持ち掛けたのである。

エリザベス帝が毒に倒れたあと、臨時とはいえエアルダールの指導者としてフリッツは立ち、その上でハイルランドを糾弾した。当然、フリッツもユグドラシルと組んで、わざと隣国との関係を悪化させたのではと疑う者が出てきてしまう。

だからこそ、ほとぼりを冷まし、汚名を返上するほどの手柄を立て得る場所に皇子をしばらく送るべきだと、クロヴィスは女帝を説得した。

留学先としてオルストレを勧めたのも、クロヴィスだ。

オルストレといえば、エアルダールに対抗するため王子と王女の結婚という形でリーンズスと同盟を結んだのが記憶に新しい。しかし、二国がエアルダールに戦争を仕掛けるかというと話は別だ。なぜなら同盟にハイルランドが加わらなかったことで、国力、地理の双方において、優位性に欠けているからだ。

そうなると、彼らが取る道はひとつ。エアルダールおよび他国との関係を地道に深め、諸国の中での影響力を強め、エアルダールと対等に渡り合えるだけの力をつけることだ。これに関し、オルストレの第一王子が積極的に外交に乗り出しつつあると、補佐室では情報を摑んでいた。クロヴィスはそこに目をつけたのだ。

彼の提案を認めたエリザベス帝も、ただちに動いた。

同盟国側から見れば、第一皇子の留学はまたとない申し出だ。間違いなくエアルダールと歩み寄るチャンスとなるし、ここで恩を売ることで、互いに対等な外交相手であると女帝に認めさせることもできる。

とはいえ、オルストレも突然の申し出に警戒の色を見せた。しかし、ハイルランドが間に入って交渉にあたったことで、同盟国側も皇子を受け入れるメリットのほうに目を向けると決めたらしい。こうして、異例の速さでフリッツの留学がまとまったのである。

「オルストレとリーンズスの同盟国。そしてエアルダール帝国に、中立国ハイルランド。３つの軸からなる均衡は、絶妙なバランスで調和を保つ――。民の興隆こそが国の繁栄。ハイルランドは、君は、そう言いたいのだろうね？」

「どうでしょう。しかし、みながそのような考えのもと選択を行えば、世界はもっと平和になるでしょうね」

「ふふ。ロマンティックな夢を語るものだね。たまにはその夢に溺れるのも悪くない」

組んでいた長い脚をはらりと崩し、ナヴェルが立ち上がる。合わせて立ち上がったアリシアに対し、彼は白い歯を見せて南国らしい笑みを浮かべた。

「そろそろ行くよ。馬を飛ばせば、明後日の友好式典には間に合うだろう。フリッツ皇子のお相手は兄上に任せるけど、麗しの乙女たちが私を待ちわびているから」

「お気をつけて。兄君にも、よろしくお伝えください」

「ありがとう」

ウィンクをひとつ残し、ナヴェルは立ち去りかける。だが、ふと何かを思いついたように立ち止まると、夜会でよく彼が見せる、情熱的な流し目をアリシアへと送った。

「ところでアリシア、覚えているかい？　前に言ったよね。君が恋に破れ涙に頬を濡らすことがあれば、私の胸はいつでも空いていると。今でもそれは変わらないけど……どうかな？」

面白そうにこちらを見つめるナヴェルに、一瞬アリシアは言葉に詰まった。それから少しだけ考え、年相応の娘としてはにかんだ。

「必要ありません。受け入れてもらえるまで、何度でも想いをぶつけるつもりだもの」

「いい答えだ！　強い乙女は好きだよ。応援したくなる！」

けらけらと嬉しそうに笑うと、「チャオ！」と手を振って、今度こそナヴェルは背を向ける。そうして扉の近くに控えていた側近を伴い、サロンを後にした。

残されたアリシアは、己の頰にそっと触れる。その掌にはわずかに熱が伝わった。

「アリシア様」

ふいに掛けられた声に、アリシアは扉のほうへ目を向ける。そこには、ナヴェルとその側近を見送り、戻ってきた王女付き補佐官クロヴィスの姿があった。

「ありがとう。ご苦労さま」

労《ねぎら》うアリシアの声には、ほんの少しだけ緊張の色がある。おやと小首を傾げる補佐官に、アリシアは天井にまで届く大きな窓から広がる空を指し示した。

「とても気持ちのいい天気よ。少し、外を歩かない？　──あなたに、ちゃんと話したいことがあるの」


「いったい、どこに行かれるのですか」

後ろを歩くクロヴィスが、アリシアに問いかける。彼が疑問に思うのも無理はない。外を歩こう。そう彼女が言うものだから、てっきりクロヴィスは庭を散歩するものだと思った。しかし、彼女は庭をまっすぐに通り抜けただけで、さっさと城内に戻ってしまったのである。

ふたり分の足音が、静かな回廊に響く。いくつかの曲がり角を越え、階段を下り、たどり着いた先でクロヴィスは切れ長の目を瞠った。

「ここは……」

「星霜の間よ」

足を止めたアリシアが、くるりと振り返る。青い髪が揺れた向こうに、灰色の像がいくつも立ち並ぶ回廊が奥へと続くのを、クロヴィスは見た。

形のよい眉を寄せて、クロヴィスは主人に問いかける。

「なぜここへ？　……お言葉ですが、この場所は」

「前世で、私が死んだ場所。――私が、あなたと初めて出会った場所。だからよ」

だから、ここに来たのだと。アリシアがもう一度そのように繰り返すと、補佐官は主人の胸の内を探ろうとするようにじっと彼女を見つめ、それから改めて星霜の間へと視線を移した。

星霜の間。ハイルランドの歴代王、そして聖人たちの姿が並ぶ場所。まさしく、この国の歴史と威厳が濃縮されたような、神聖なる空間。

この場所がすべての始まりだった。

「あなたはとても、恐ろしかった。怒りと憎しみ。そして、憤り。あなたはそれらを、容赦なく剣に込めた。――式典であなたの姿を見たときは、心臓が止まるかと思ったわ。まるで、黒い死神。本当に、そう見えたの」

光が満ちる、大ホールの中央。艶やかな黒髪が揺れて、整った白い面差しと、印象的な紫の瞳がゆっくりと上を向く――。

そのとき感じた震えを、今でも鮮明に覚えている。

「けれど、去っていこうとするあなたを見て、どうしても放っておけなかった。だから、あなたに手を伸ばした。……あなたを補佐官にすると決めたことは、私が最も誇れる決断よ。おかげで私は、多くを学んだわ。己の愚かさや、目指すべき道。そして、愛すらも」

はっと息を呑み、クロヴィスが顔を上げる。その視線の先で、アリシアは苦笑した。

「気づいてなかったの？　そうよね。私は子供だったし、あなたに熱い視線を送る女性は大勢いた。それに私は、自分の心に蓋をした。だってそうでしょう？　私には、前世の過ちがある。やりなおしの生をやり遂げるまでは、誰かを愛する資格はない。そう、思ったから」

「すると、あなたは……」

「ええ。ずっと前から、あなたを――クロヴィスを、愛している。あなたが想像もつかないくらい、長い間」

紫の目が大きく見開かれ、唇が驚きのために薄く開かれる。ややあって彼は、視線を逸らし、不服そうに腕を組んだ。

「……そのくせあなたは、私を拒みましたね」

「あなたを、死なせたくなかったの」

けれども、その選択は間違っていたと。苦々しく、アリシアは続ける。

「前世の恐怖より、私はみんなと、あなたと、一緒に歩んできた今を信じるべきだった。その過ちのせいで、あなたを、深く傷つけてしまった。許してほしいなんて、そんなこと言えない。けど、お願いよ。もう一度チャンスが欲しい。もしあなたが受け入れてくれるなら……っ!!」

「私が受け入れるなら、ですか。随分と控えめで、中途半端な要求ですね」

遮られた声に、アリシアは言葉を失った。恐る恐る前を見れば、クロヴィスは腕を組んだまま、どこか呆れたような顔をしてアリシアを見下ろしていた。

「では問いましょう。私が嫌だと言えば、あなたは諦めるのですか。初恋は綺麗なものとして封印し、心を殺して、またどこぞの王族でも伴侶として迎えるつもりですか」

「そんな……だって……」

「残念ながらその程度の覚悟では、見通しが甘いとしか言いようがありません」

容赦のない言葉が突き刺さり、息苦しさと鋭い痛みがアリシアの全身を駆け巡った。

何も言うことができず、アリシアは力なく俯《うつむ》く。大きな瞳にみるみるうちに涙が溢れ、視界が歪んでいく。ついにそれが零《こぼ》れそうになったときに、溜息がひとつ聞こえた。そして、大きな手が彼女の頭にぽんと置かれた。

「全く。これでは俺が、あなたを虐めているみたいだ」

「クロヴィス……？」

「仕方がない。あなたに手本を示してごらんに入れましょう」

そう言うと、彼は補佐官用の長いローブの下からいくつかの書状を取り出した。突然のことにぱちくりと瞬きをするアリシアの前で、彼はまずひとつ目の紐を解いてくるくると開き、アリシアに差し出す。受け取ったアリシアは、署名の主を見て「えっ」と声を上げた。

「これは何？」

「ジェームズ陛下の王命です。『我が娘、アリシアの夫に、クロムウェル家のクロヴィスを迎える』。そう、補佐室へと御触れが出ています」

「はい？」

「まだあります」

唖然とするアリシアに、クロヴィスは次々に書状を渡していく。

「こちらは王命を受けて、補佐室が枢密院へ交付した書状です。そしてこれが、枢密院からの合意の返書。……全く、抜け目のない方だ。ジェラス公からはさらに、ホブス家として婚礼の儀を支援するとの申し出が来ています」

「え？　ええ？」

「最後はこちら――エリザベス帝からです。『皇帝エリザベスは王女アリシアを次期ハイルランド王として支持し、また彼の者が定めし夫もまた、二国の友好をもたらす者として歓迎する』。加えて彼女は、これからの二国の外交窓口に、要望として私の名を挙げています」

ついにアリシアは、ぽかんと口を開いたままその場に棒立ちになった。彼女の空色の瞳は、まず渡された書状を一通り追い、それから余裕を滲ませるクロヴィスへと向けられた。

「いくつか聞きたいことがあるのだけど」

「ええ。かまいません」

「これらは、いつ用意したの？」

「もちろん帰国してから。といっても陛下のものは、お願いするより先に出てきましたが」

「エリザベス帝からのものは？」

「届いたのは昨日です。しかし、話を通したのは帰国前。囚われの身であったエリザベス帝を味方に引き込むために、ミレーヌ殿へと乗り込んだ際に」

「あのときに話したの!?」

仰天して、思わず声が裏返る。するとクロヴィスは少しも悪びれる様子なく、軽く肩を竦めた。

「エリザベス帝はすぐに頷きました。当然です。リディの件でフリッツ皇子を糾弾しないと誓ったばかりか、あの方の留学先まで工面すると約束して差し上げたのですから」

再び言葉を失って、アリシアはまじまじとクロヴィスを見上げた。対するクロヴィスは、大真面目に「仕方がないでしょう」と続けた。

「あなたを手に入れるには、確実な方法で外堀を埋める必要があった。国内は陛下の御言葉があれば問題ないとはいえ、諸外国に横やりを入れさせないためには、エリザベス帝の書状が最も手っ取り早い方法だったんです」

「けど、さすがに大袈裟すぎない……？」

「あなたを逃がさないためなら、どこまでいってもやりすぎというものはありません」

ぐっと抱き寄せられ、アリシアはクロヴィスの胸に手を突いた。戸惑う彼女を、秀麗な面差しが真剣に見下ろす。愛おしむように青く美しい髪をゆっくりと撫でてから、クロヴィスは再び口を開いた。

「以上が、俺の覚悟です。――もう一度、チャンスを差し上げましょう。あなたは、俺をどうしたい。あなたは、俺とどうなりたいんですか？」

「答えて、アリシア」と、クロヴィスが耳元で囁く。いつもより近くで響く声は低く、そしてどうしようもなく甘い。背筋に震えが走るのをなんとか堪《こら》えて、アリシアはそろそろと顔を上げる。

空色と紫。ふたつの眼差しが交わり、彼女の頬に朱が浮かんだ。

「わ、私は……」

答えを待つクロヴィスを見上げて、アリシアは思う。

運命というのは、なんと数奇なものだろう。

取り戻した記憶の中で、彼をどんなにか恐ろしく思ったことだろう。それがいつの間にか頼もしい味方となり、かけがえのない友となり、愛おしい想い人となった。

大好きで、誰よりも大切な人。

相手にとって自分も同じになれたらと、何度胸に焦がれたことか。

「私は、あなたの唯一になりたい」

手を伸ばし、アリシアは彼の白い頬にそっと触れる。そのまま頬を包み込むと、クロヴィスの切れ長の目がゆっくりと瞬きをした。

「もう絶対に手を離さない。あなたにも離してほしくない。お願いよ、クロヴィス。補佐官としてじゃない。クロヴィス・クロムウェル。あなた自身のすべてを、どうか私に……」

クロヴィスが身を屈めて、アリシアの唇を奪う。柔らかく、温かな感触はどうしようもなく心地よく、泣き出したくなるくらいに優しかった。

「逆ですよ」

唇を離したあとで、クロヴィスはアリシアの背に手を回した。抱きしめられた腕の中で、アリシアは不思議と、少し早い彼の鼓動を感じた気がした。

「俺のすべては、すでにあなたに捧げています。――今度は俺が、あなたを奪う番だ」

アリシアが瞼を閉じる。その頬を、ひと滴の涙が滑り落ちた。

ああ、そうだ。6年前、アリシアがその手を掴み、彼が応えてくれたあの日から、ずっとふたりはゴールを探して歩いてきた。

その道は険しく、暗く、霧に満ちていた。時にひどい嵐に見舞われ、苦しみ、そして悲しみを経験した。けれども、彼が決して手を離さずにいてくれたから、アリシアは足を止めずに進んでこれた。嵐を抜けた先には必ず光があり、その美しさをふたりで喜び合った。

そうして今、ふたりは新たな草原にいる。

ここはどこまでも自由で、どこまでも不自由だ。生い茂る草に覆われた地には道はひとつもなく、同時に、いくつもの道が隠れている。決められたゴールもない。行く先も、道も、どこに足を踏み出すのかすらも、すべてが探索者にゆだねられた世界。

だけどクロヴィスが一緒なら、そんな世界も怖くない。

草原を抜けた先にはきっと、見たこともない素晴らしい星空が広がるはずだ――。

首の後ろに手を回すと、彼がほんの少しだけ顔を持ち上げた。甘い熱がゆらゆらと揺れる紫の瞳を、アリシアはまっすぐに見つめる。そして、小さく息を吸い込んだ。

――よろこんで、と。

その答えを聞いたクロヴィスは微笑み、強くつよく、彼女を抱きしめたのであった。


抜けるような晴天に、鐘の音が響く。祝福の音色に応えて白いハトたちが青空に飛び立ち、美しい曲線を描いた。

その日人々が集うのは、エグディエル城の東、セント・ジュール大聖堂だ。壮麗な聖堂の中、駆け付けた大勢の人々に見守られ、今日という日、ハイルランドの青薔薇は愛する男と結ばれる。

「汝、今このときより終わりのときまで、伴侶アリシアを愛し、共に歩むことを誓うか」

高い天井に、司祭の読み上げる誓いの言葉が朗々と響く。

「誓います」

堂々と答えたクロヴィスの声が、聖堂の中に響き渡る。老年の司祭はクロヴィスの返答に頷くと、今度はアリシアへとその顔を向けた。

「汝、今このときより終わりのときまで、伴侶クロヴィスを愛し、慈しむことを誓うか」

その言葉を受けて、アリシアは顔を上げた。少しだけ視線を横にずらせば、固くつながれた手があり、そして、自分を見下ろす紫の瞳がある。

「誓います」

アリシアがそのように答えると、手を包み込むクロヴィスの強さが増した。

互いに誓いを交わし、ふたりは改めて人々のほうへと向き直る。次期女王、そしてその夫が結ばれる場をひと目見ようと集まった人々は、途端に聖堂のあちこちで感嘆の声を漏らした。

ステンドグラスから差し込む陽光に包まれ、純白を身に纏うふたりの美しさは、いっそ神々しいと言えるほどだ。何より救国の姫として立つアリシアと、彼女に勝利をもたらしたクロヴィス。こんなにも似合いのふたりが、ほかにいるだろうか。

「どうか祝福を！」

ふたりの背後で、司祭が声を張り上げた。

「誓約は結ばれ、男と女はひとつとなった。星の加護が光を灯し、永久の先までふたりを導くで

あろう」

「幸福なるときも、災いあるときも、わたしは永久にあなたのもの」

声を合わせて答えたアリシアとクロヴィスに、わっと歓声が上がり、ふたりを見上げる大勢の人々による拍手が聖堂に反響する。クロヴィスに手を取られたまま、アリシアは彼らの一人ひとりを見渡した。

手前側には、枢密院の貴族たちがいる。ジェラス公爵に、ハーバー侯爵。アダムス法務府長官や、ドレファス地方院長官。よく見ると、ドレファスの近くにはリディの姿もある。ひげ面の長官に肩を抱かれて迷惑そうにしつつも、どこか諦めた様子だ。

少し離れたところには、メリクリウス商会から招いた者が数名。筆頭にいるのは、もちろんジュードだ。貴族たちと一緒ではなく、商会の人々の中にいるのが彼らしく、見つけたアリシアもつい笑みを漏らしてしまう。

ここからは見えないが、聖堂の外には大勢の市民たちも街道に出ている。きっとその中には、教会のみんなやエドモンドなど職人たちもいることだろう。

数えきれない人々の笑顔が、ここにはある。

彼らが力を貸してくれたからこそ、今日このときがある。

「アリシア。そして、クロヴィス。私の子供たちよ」

そばで見守っていたジェームズ王が前へと踏み出し、アリシアとクロヴィスはそちらに顔を向ける。王の後ろには、筆頭補佐官ナイゼルと、近衛騎士として控えるロバートもいる。

ナイゼルはアリシアとクロヴィスを交互に見て、困ったような泣き出すような、そんな笑みを浮かべた。一方で騎士の礼服に身を包んだロバートは、いつもと同じようににやりと笑い、アリシアを促すように己の背後にちらりと視線を流す。

つられてそちらを見たアリシアは、思わずくすりと笑みを漏らした。人々からは見えない柱の陰で、アニとマルサが抱き合って泣いており、その隣にはなんとフーリエ女官長までいる。おそらくフーリエも涙が止まらなくなり、一旦袖へと引っ込んだのだろう。彼女にチーフを貸してあげながら、侍女たちはアリシアに向かって何度も頷いていた。

司祭が身を引き、代わりにジェームズ王がそこに立つ。アリシアが見上げれば、ジェームズ王はアーモンド色のきらきらと輝く目を細め、アリシアの額に口付けを落とした。

「可愛いシア。幸せになるんだよ」

「ありがとうございます、陛下」

「クロヴィス。君もだ」

「ありがたきお言葉にございます」

クロヴィスを軽く抱きしめてから、ジェームズ王はナイゼルから王笏《おうしゃく》を受け取る。宝石がいくつもちりばめられたそれは、まさしく王の証。それをアリシアに見せて、ジェームズ王は茶目っ気たっぷりにウィンクする。――まるで、自分でやる？　と問いかけるように。

アリシアは笑って、それに首を振る。ジェームズ王により、正式に次の王と指名されたアリシアだが、王位を継承するのはまだ先のこと。それまで、まだまだ自分には学ぶべきこと、目を向けるべき事柄がたくさんある。

クロヴィス、そしてやりなおしの生が結んでくれた多くの人々との絆を抱き、これからもハイルランドと共に歩んでいこう。そんな決意を込めて隣を見上げれば、クロヴィスが応えて微笑んだ。

見つめ合う若いふたりの後ろで、王は王笏を高々と掲げ、叫んだ。

――ハイルランドに、祝福あれ!

番外編

青薔薇姫のやりなおし革命記 3

Princess Blue Rose and Rebuilding Kingdom

紡がれる未来

そっと扉が開き、隙間から少年が外を窺う。

すぐ近くに人がいないことを確かめた少年は、もう少し扉を開けて、隙間から首を出す。大きな瞳で回廊の端から端まで確認した彼は、思い切って廊下へと足を踏み出した。

トテトテと、少年は回廊を歩く。中庭の前に差し掛かったとき、カンッと乾いた木がぶつかる音と「うわあ！」という誰かの叫び声がして、少年はそちらを覗き込んだ。

「いててて……。おい、ロバート！　もう少し手加減してくれてもいいだろう⁉」

「なーにいってんの。シェラフォード支部の発展のため、あちこちを飛び回るから護身術を身につけたいって言ったのは坊ちゃんだろ。それに、可愛い坊やに剣術を教えてやるのに、これくらいはできたほうがいいんじゃないか？」

「それはそうだが……」と唇を尖らせるリディは、地面に尻餅をついている。疲れた様子の彼とは対照的に、木刀に寄り掛かって立つロバートは飄々としている。と、そのとき、ロバートが少年の存在に気づいて顔を綻《ほころ》ばせた。

「これは殿下。ひとりでお散歩かな？」

「殿下？　うわ、びっくりした！　これは殿下、ご機嫌麗しく」

ふたりの視線がこちらに向いたので、少年は中庭へと出る。リディが落としたらしい木刀に手を伸ばすと、ロバートは笑って、もっと細くて軽い棒を渡してくれた。

「それは殿下には重すぎますよ。さ、殿下！　ちょっとばかし、手合わせしましょうか」

「おいおい。殿下が怪我されるようなことはするなよ？」

リディの心配をよそに、ロバートはひらり、ひらりと華麗な軌跡を描き、軽い調子で剣をふるう。その一つひとつに少年が棒を当てると、ロバートは嬉しそうにリディを振り返った。

「見ろよ、坊ちゃん。殿下はすでに、お前より筋がいいと見えるぞ」

「お前な……。その半分でいいから、僕にも労《いたわ》りの心を持て」

「労ってるさ。甘やかしはしないがな。まあ、安心しろよ。時が来たら、俺がお前んところの坊やにも剣を仕込んでやるさ。もちろん殿下は言わずもがな、ですよ」

そうやって、しばらく剣を打ち合わせてから、少年はふたりに手を振って中庭を後にした。去り際、次に王城に上がるときには息子を連れてくると、リディは約束をした。父親そっくりに赤い髪をした少年と遊ぶのが、彼は大好きである。だから少年は、次に彼らが来るときを楽しみに、うきうきと廊下を歩いた。

すると、今度はとある大きな扉の陰から、誰かがちょいちょいと少年に手招きしている。そちらに近づいていくと、アーモンド色の瞳をきらきらと輝かせて、ジェームズ王が少年を執務室へと招き入れた。

「ふふふ、いいところに来たね。おいで、一緒にお菓子を食べようかの」

「陛下、まだ書類は……はあ。こうなっては、仕方がありませんね」

嬉しそうな主の姿に早々に諦めたナイゼルが、侍女を呼んで菓子とお茶の準備をさせる。テキパキとティーセットが並べていく中、少年はジェームズ王の膝の上にちょこんと乗せられた。そのままご機嫌な王は、少年の頬をふにふにと指先で遊びながら貴族名鑑を開く。

「ささ、昨日の復習だよ。この紋章はどこの家かな？　父上と母上によく手紙をくれる……そう、ニコル家だね！　こっちはどうかな？　えっと、そうじゃなくてね。リディと仲良しの……そう、ホブス家だね！　どうしようかの、ナイゼル。この子は天才かもしれないよ」

「また、祖父バカと笑われますよ」

ソファの向かいに座るナイゼルが、呆れた顔で紅茶に口をつける。だが、そうは言いつつも、彼もまた身を乗り出して貴族名鑑を指し示した。

「では、私からもひとつ。この中で、チェスター家の紋章はどれでしょう。そうです、殿下も血を引くチェスターの……ええ、正解です。いかがしましょう、陛下。殿下はまれにみる覚えの良さをお持ちのようです」

「お主も人のことを言えないね？」

ちゃんと正解をしたご褒美に、少年は好物のパイを頬張る。甘いマーマレードの味が口いっぱいに広がり、少年は笑顔がこぼれる。この笑顔が見たくて、王が料理長に毎日焼き菓子を用意させているというのは、少年の両親には秘密の事柄である。

「ところでだね、今日も呼んではくれないかの。その、おじい……」

「陛下。それ以上は、おふたりに叱られますよ」

かちゃりと眼鏡を押し上げ、筆頭補佐官の立場からナイゼルが口を挟む。

「公の場では陛下。それ以外の場ではおじい様。こちらがそのルールを破っては、殿下が混乱してしまいます」

「お主は頭が堅いの。公では陛下。シアたちがいるときはおじい様。私たちだけのときはおじいちゃん。それでよいではないか」

「私が聞いていることは気にしないのですか」

「お主はグルだからいいのだね」

そんな会話が繰り広げられる中、お腹がいっぱいで眠くなった少年が、こくりこくりと船を漕ぐ。ついに眠ってしまいそうになったとき、ナイゼルに呼ばれたフーリエ女官長が、ちょうど王の執務室に到着をした。


「殿下は母君そっくりですね。お部屋を抜け出すところなど、まるで昔のあの方のような」

女官長に手を引かれて、少年はトテトテと歩く。眠いために、先ほどまでより少しだけ覚束ない足取りである。

「前にもお話したかと思いますが、幼い頃の母君は、それはそれはお転婆な姫君でした。勉強がお嫌いで、侍女を相手に毎日鬼ごっこを……。──そう考えてみると、学びへの姿勢については、殿下は父君のほうに似たのでしょうね」

淡々と話しつつ、女官長はどこか懐かしそうに昔を振り返る。そんな彼女の手を引いて、少年は両親に会いにいきたいとお願いをしてみる。

女官長はぴくりと眉を動かし、しばらく考え込んだ。

「母君と父君は、お忙しくしていらっしゃいます故……。いえ、しかし、今の時間ならあるいは……。かしこまりました。少しだけ、お顔を拝見しに参りましょう」

行先を変え、ふたりは王とは別の執務室へと向かう。すると反対側の角を曲がって、ワゴンをからからと押す侍女のアニとマルサが姿を現した。

「あら、フーリエ様。殿下とお散歩ですか？」

「殿下をお二方の執務室へとお連れするところですよ。そのティーセット……なるほど。やはりお二方も、ちょうど休憩をとられるのですね」

「こんにちはぁ、殿下。今日もとっても可愛いですねえ」

マルサが膝を屈《かが》めて少年を覗き込む。まだ彼は幼いので、「カワイイじゃなくて、カッコいいの！」なんてオマセな返事はしない。だから侍女にふわふわの髪を撫でてもらい、ご満悦ににこにこと笑みを浮かべている。

「あーあ、なんて天使なんでしょ！　さすが、あのふたりのお子だわ」

「髪は父上様譲りですねえ。けど、目は母上様ですねえ」

「顔は、うーん、強いて言えば母上様寄りかしら？」

「母上様に似て素直ですし、父上様に似てきちんとしているし……」

そこで空恐ろしいものを見たように、はっと息を呑んで侍女ふたりが顔を見合わせる。そして手を取り合い、同時に唇を震わせた。

「どうしましょう。城はいずれ、殿下への求婚者でいっぱいに……っ」

「馬鹿を言ってないで、早く参りますよ」

はしゃぐ侍女たちを一刀両断にして、フーリエ女官長は少年の手を引く。その後ろを、アニとマルサも慌てて追いかける。

そうして、とある部屋の前にたどり着くと、代表して女官長が室内に声を掛けた。

「クロヴィス様、アリシア様。お茶のご準備に参りました」

「ありがとうございます。……おや」

「なあに？　どうかしたの？　って、まあ！」

内側から戸を開けたクロヴィスが、少年を見て目を丸くする。そんな夫につられて顔をのぞかせたアリシアも、誰が部屋を訪ねてきたのかに気づくと驚いた声を上げた。

少年はフーリエとつないでいた手をほどいてクロヴィスに――父親に抱きついた。絶対に離れないと言わんばかりに、長いローブの裾をぎゅっと摑んで顔をうずめた少年に、クロヴィスは「まったく、お前は……」と眉を下げた。

「すみません、フーリエ殿。この子は今日も、陛下の執務室に？」

「はい。そちらで陛下とお菓子をお食べになられています。自室へお連れしようとお迎えに上がったのですが、父君と母君にお会いになりたいと」

「それで連れてきてくれたのね。ありがとう、フーリエ。けど、お前は本当に甘えん坊さんね。誰に似たのかしら？」

夫の隣にしゃがみこんで息子の頭を撫でつつ、アリシアがいたずらっぽく笑う。

それに対しクロヴィスは、「さあ？」と首を傾げる。無論、その瞳が若干泳いでいたことに気づいているのは、この中でアリシアだけである。

とにかく、こうして少年は大好きな両親のもとへとたどり着くことができたのだった。

初夏の穏やかな風がふわりとレースのカーテンを広げ、執務机の上に置かれた読みかけの書類をそよそよと揺らす。風の中、微《かす》かに混ざる薔薇の香りに安心したのか、妻の膝の上で眠る小さな王子は気持ちよさそうにふにゃりと笑う。

なんて優しく、愛おしい時間だろうと。

紅茶に口をつけたクロヴィスは、思わず吐息を漏らした。

「ねえ、クロヴィス。あなたはいま、幸せ？」

ふと問いかけられ、彼はカップをテーブルに戻し、自分に軽く寄り掛かるアリシアの横顔に目を向けた。彼女の瞳はすやすやと寝息を立てる息子へと注がれており、その手は慈しみを込めて父親そっくりの黒髪を撫でている。

そのまま彼女は、穏やかな笑みを口元に湛《たた》えて続けた。

「私はね、とっても幸せよ。あなたがいて、この子がいる。大好きな人の笑顔を、毎日見ることができる。まるで当たり前のように思えてしまうけど、そうではなかったこともちゃんと知っているもの」

けどね、時々こわくなっちゃうの、と、アリシアは苦笑した。

「たまに、すべてが夢だったらどうしようと思うのよ。不思議よね。幸せになればなるほど、失うことを恐れるようになる。あなたもこの子も、すぐ目の前にいるのにね」

「それは少しも、おかしなことではないさ」

クロヴィスは妻の肩に手を回し、息子を起こさないようにそっとアリシアを抱き寄せる。そうして温もりの心地よさを噛みしめてから、彼は紫の瞳で妻の顔を覗き込んだ。

「それは君が、俺たちのことを大事に思ってくれているということだ。――俺も同じだよ。君とこの子のことを、世界中の誰よりも愛している。君を支え、共にこの国を守れることが俺の誇りだ」

「相変わらず大袈裟ね」

「本当にそう思う?」

笑みを含んだクロヴィスの問いかけに、アリシアはふいと目を逸らす。もちろん、こういうときの彼女は照れているのだということを、クロヴィスは先刻承知である。

だから彼は愛しい妻の頬に優しく口付けてから、「それに、」と続けた。

「昔は好きにはなれなかったが、今はこの髪に生まれてよかったと思える。君のおかげだ、アリシア。君が俺を見つけ、この子を授けてくれたから」

「クロヴィス……」

「この子もこの髪を誇れるように、俺はますます頑張らなくてはならないな」

そのとき、アリシアが身を乗り出した。そうして優しく唇を重ねると、驚く夫の瞳をまっすぐに見つめた。

「私もあなたを愛しているわ、クロヴィス。大切な、私の旦那さま」

その一言に、彼の胸はじわりと温かいものが満ちた。

何度、自分は彼女に救われただろう。何度、彼女の愛に包まれただろう。そんなふうに思いながら、クロヴィスは甘く蕩《とろ》けるような声で囁いた。

「――――知っている」

アリシアの瞳に僅かに迷いの色が混じるが、やがて彼女はそっと瞼を伏せる。それを了承の意だと読み取ったクロヴィスが、彼女の桜色の唇を優しく塞ごうと身を寄せる。

だが唇が重なる刹那、王子が愛らしく呻《うめ》き、小さく身じろぎをした。

「……うぅん。……ちちうえ？　ははうえ？」

呼ばれたふたりは、目を見合わせて笑い合う。クロヴィスがちょっぴり残念そうなのは、この場合は仕方がないだろう。

「起きたわね、甘えん坊さん」

「お前は、よほど母上の膝の上が好きなんだな」

両親が見守る中、まだ眠たげに目をこすりながらも、少年はゆっくりと体を起こす。

父親譲りの夜の静けさを閉じ込めたような黒髪に、母親譲りの明るい春の空のような青色の瞳。まぎれもなく、アリシアとクロヴィス、ふたりの宝物だ。

王子は不思議そうにキョロキョロとあたりを見てから、両親を見上げた。

「ちちうえ、ははうえ。ぼく、ゆめをみていたよ」

「夢？　それは、どんな夢だったの？」

「いもうとがいたの。とってもかわいい、おんなのこだよ」

それを聞いて、アリシアとクロヴィスは思わず顔を見合わせる。そして、同時に笑みを漏らした。

「そうか、そうか」

二度ほど深く頷いてから、クロヴィスが王子を抱き上げ、自身の膝の上に乗せる。そうして、ポンポンと王子の頭を撫でながら続けた。

「それはいい夢だったな。その夢は、もしかしたら現実になるかもしれない」

「ほんとう？」

「ああ、本当だ。ね、アリシア？」

「ええ」

答えたアリシアは、自身のお腹のあたりにそっと触れる。まだ膨らみかけたばかりのそこを撫でながら、彼女は慈しみを込めて目を細めた。

「早く、あなたにも会いたいわ」


青き薔薇は、新たな未来を紡いでいく。

不確定で愛おしい、遥かなる時の向こうへ――――。

あとがき

青薔薇姫3巻をお手にとってくださり、ありがとうございます。枢《かなめ》です。

早いもので、ついに最終巻となってしまいました。

とにかく嬉しいという気持ちもあれば、寂しいという気持ちもあり。

相反する気持ちが綯い交ぜではありますが、この場を借りて、最後までふたりの物語を応援くださった皆様に御礼申し上げます。本当に、ありがとうございました。

実は、作品のテーマのひとつに「悪役救済」というものがありました。

主人公アリシアは物語の初めで王国を傾かせた毒薔薇として死を迎え、やりなおしを始めます。対するクロヴィスも、彼女を脅かす敵――悪役として登場しますが、やりなおしの生のなかで救済を受け、アリシアと歩み始めます。ほかにもサザーランド親子、フリッツ皇子と『悪役』が続くなか、特に難しかったのは宰相ユグドラシルとの決着でした。

ユグドラシルは過去の出来事のために歪んだ「正義」を抱えており、民を心から想い、まっすぐに未来を見据えて歩んできたアリシアとは対照的でした。だからこそ、アリシアとユグドラシルが物語のラストで対立するのは、ある意味、運命づけられていました。

けれども本来、ユグドラシルは賢く理性的な人物です。そんな彼なら、心のどこかで自分の過ちに気づいているのではないか。ならばアリシアの真っ向からの否定こそが、彼の呪いを解く鍵、――救いとなる。そう考え、あのようなラストへと繋がりました。

これから、ハイルランドはどうなるのか。そして、肝心なふたりの未来は。

書き下ろし短編ではその一端を明らかとしましたが、ハイルランドの未来について考えるのは、とても楽しいことでした。なぜなら、本編で数々の困難を乗り越えた彼らなら、この先も必ず明るい未来へ向けて歩んでいってくれる。そう、作者として確信しているからです。

最後となりますが、お世話になった方々への御礼を述べさせていただきます。

まずは、双葉はづき様。毎回、素敵なイラストの数々に目を奪われていましたが、特に3巻では「幸せいっぱい!!」としか言い様のないふたりの姿に、不覚にも目頭が熱くなりました。本当に、素晴らしい絵で彼らに命を吹き込んでくださり、ありがとうございました。

続いてPASH!編集部の黒田様、江川様。熱い想いで作品に向き合ってくださったお二方の言葉に幾度となく励まされ、頑張らねばならぬ！　と何度も決意を新たにしました。たくさんご迷惑をおかけしましたが、本当に最後までありがとうございました。

そして「皆さま」。いつも、ありがとう。あとは直接、お伝えします。

またどこかでお会いできれば幸いですが、今回はこのひと言で締めさせていただきます。

「ハイルランドに、祝福あれ！」

二〇一八年九月吉日　枢呂紅

ひょんなことからオネエと共闘した180日間

著 三沢ケイ イラスト 氷堂れん

令嬢ジャネットは今日も舞踏会場の壁の花。

エスコート役の婚約者・ダグラスが自分をほったらかすのは毎度のことだけど、今日は見知らぬ美少女と火遊び中の彼を目撃してしまい、こぼれる涙が止められない。

そんなジャネットに声をかけてきたのは、**大柄迫力美人のオネエ！**

「何をやってもブスで貧相でどうしようもない女なんて、この世に存在しないのよ！」

オネエのレッスンを受けることになったジャネットは、綺麗になって婚約者をギャフンと言わせることができるのか？

ジャネットとオネエが奮闘するドタバタな日々を上下巻でお届け！

妃教育から逃げたい私

著 沢野いずみ イラスト 夢咲ミル

王太子クラークの婚約者レティシアは、ある日クラークが別の令嬢を連れている場面を目撃してしまう。

「クラーク様が心変わり……ということは**婚約破棄！ やったぁぁぁ!!**」

娘を溺愛する父公爵のもとでのびのび育ってきたレティシアには、厳しい妃教育も、堅苦しい王太子妃という地位も苦痛だったのだ。

喜び勇んで田舎の領地に引きこもり、久々の自由を満喫していたレティシアだが、急にクラークが訪ねてきて恐ろしい宣言をする。

「**俺たちまだ婚約継続中だから。**近々迎えに来るよ」

――何それ今さら困るんですけど!?

絶対に婚約破棄したい令嬢 VS 何がなんでも結婚したい王太子の、前代未聞の攻防戦がここに開幕！

辺境の獅子は瑠璃色のバラを溺愛する

著 三沢ケイ イラスト 宵マチ

美貌を見込まれ、伯爵家の養女となったサリーシャ。王太子妃候補として育てられるものの、王太子のフィリップが選んだのはサリーシャの友人・エレナだった。かすかな寂しさの中で迎えた2人の婚約者発表の日、賊に襲われたフィリップとエレナを庇ってサリーシャは背中に怪我を負う。

消えない傷跡が体に残り、失意に沈むサリーシャのもとに、突然10歳年上の辺境伯・セシリオ＝アハマスから結婚の申し込みがあり!?

――お会いしたこともない方が、なぜ私に求婚を？

戸惑いつつも、**寡黙な彼が覗かせる不器用な優しさや、少年のような表情に**サリーシャは次第に惹かれていく。

ずっと彼のそばにいたい。でもこの傷跡を見られたらきっと嫌われてしまう。

悩むサリーシャだが、婚礼の日は次第に近づいてきて……

まだ早い！！

著 平野あお **イラスト** 安野メイジ

国一番の商家のひとり娘・フーリンは、花よ蝶よ甘いものをどうぞと育てられるうち、**とんでもない巨体**となってしまった。

ところがある日彼女の三段腹に、第二皇子の**運命の伴侶であることを示すアザ**が浮かび上がり……名乗り出ないといけないのはわかっているけど、こんな太った体じゃ到底ムリ。しばらく隠れていようと思っていたのに、伴侶探しに血眼になっている第二皇子が我が家にも来ると聞き、急遽隣国に留学を決める！

学園を舞台に繰り広げられる、冒険あり友情ありのドタバタ恋物語☆

紅の死神は眠り姫の寝起きに悩まされる

著 もり **イラスト** 深山キリ

強大な軍事力を持つエアーラス帝国と同盟を結ぶため、政略結婚することになった姫、リリスことアマリリス。

「目指せ、押しかけ女房！」の精神で嫁いだけれど、夫・皇太子ジェスアルドは、人々から呪われた**“紅の死神”**と恐れられ、リリスのことも冷たくあしらう。

しかし！ そんなことでめげるリリスじゃない！ このままお飾りの妃として、キスも知らないで生きていくのは絶対にいや!!

だけど実はリリスも、**国家機密級の秘密**を抱えていて——。

無愛想皇太子ジェスアルドと、不思議な力を持つ眠り姫リリスの押せ押せ王宮スイートラブロマンス！

悪役令嬢、時々本気、のち聖女。

著 もり **イラスト** あき

エリカ・アンドールは王立学院に通う16歳。

周囲が黙る美貌に、名門侯爵家の一人娘という肩書きで遠巻きにされているけれど、本当は**冒険小説が何より好きな夢見がちな少女。**

演劇で悪役“イザベラ”を演じたせいで、**男を次から次に手玉に取る悪女**……そんな噂を立てられ、あろうことかヴィクトル王子殿下の**お妃候補**と目されて!?

いいえ、わたしはせっかくできたお友達リザベルとの楽しい学院生活を謳歌して、あこがれのギデオン様と幸せな結婚生活を送るつもりなのよ！

引っ込み思案の自分を変えたいと奮闘する、純情乙女エリカの恋と魔法の学園物語。

この本を読んでのご意見・ご感想・ファンレターをお待ちしております。
〈宛先〉　〒104-8357　東京都中央区京橋3-5-7
（株）主婦と生活社　PASH！編集部
「枢 呂紅先生」係
※本書は「小説家になろう」（https://syosetu.com）に掲載されていたものを、改稿のうえ書籍化したものです。

PASH!ブックス

青薔薇姫のやりなおし革命記3

2018年10月8日　1刷発行
2021年6月23日　2刷発行

著者　枢 呂紅
編集人　春名 衛
発行人　倉次辰男
発行所　株式会社主婦と生活社
〒104-8357　東京都中央区京橋3-5-7
03-3563-5315（編集）
03-3563-5121（販売）
03-3563-5125（生産）
ホームページ　https://www.shufu.co.jp
製版所　株式会社二葉企画
印刷所　大日本印刷株式会社
製本所　大日本印刷株式会社
イラスト　双葉はづき
デザイン　柊 椋（I.S.W DESIGNING）
編集　黒田可菜　江川美穂